UNE NUIT DE TROP

DU MÊME AUTEUR

AUX ÉDITIONS DE L'ARCHIPEL

Crise d'otages, 2008.
Promesse de sang, 2008.
Garde rapprochée, 2007.
Lune de miel, 2006.
L'amour ne meurt jamais, 2006.
La Maison au bord du lac, 2005.
Pour toi, Nicolas, 2004.
La Dernière Prophétie, 2001.

AUX ÉDITIONS LATTÈS

La Sixième Cible, 2008.
Des nouvelles de Mary, 2008.
Le Cinquième Ange de la mort, 2007.
Sur le pont du loup, 2007.
Quatre fers au feu, 2006.
Grand méchant loup, 2006.
Quatre souris vertes, 2005.
Terreur au troisième degré, 2005.
Deuxième chance, 2004.
Noires sont les violettes, 2004.
Beach House, 2003.
Premier à mourir, 2003.
Rouges sont les roses, 2002.
Le Jeu du furet, 2001.
Souffle le vent, 2000.
Au chat et à la souris, 1999.
La Diabolique, 1998.
Jack et Jill, 1997.
Et tombent les filles, 1996.
Le Masque de l'araignée, 1993.

AU FLEUVE NOIR

L'Été des machettes, 2004.
Vendredi noir, 2003.
Celui qui dansait sur les tombes, 2002.

JAMES PATTERSON

UNE NUIT DE TROP

traduit de l'américain
par Danièle Momont

l'Archipel

Ce livre a été publié sous le titre
The Quickie
par Little, Brown & Company, New York, 2007.

Si vous désirez recevoir notre catalogue et être tenu au courant de nos publications, envoyez vos nom et adresse, en citant ce livre, aux Éditions de l'Archipel,
34, rue des Bourdonnais 75001 Paris.
Et, pour le Canada,
à Édipresse Inc., 945, avenue Beaumont,
Montréal, Québec, H3N 1W3.

ISBN 978-2-8098-0117-0

À John et Joan Downey

PROLOGUE

Personne n'aime les surprises

1

Je savais que c'était une idée géniale. Surprendre Paul, à l'heure du déjeuner, dans son bureau de Pearl Street.

J'étais venue tout exprès à Manhattan vêtue de ma petite robe noire préférée. Ravissante sans ostentation. Rien qui risque de faire tache au Mark Joseph Steakhouse. C'était aussi la tenue favorite de Paul, celle qu'il me demandait invariablement de porter lorsque je lui demandais son avis.

J'étais émoustillée. J'avais appelé Jane, son assistante, pour m'assurer qu'il était bien là – cependant, je ne lui avais pas dévoilé ma surprise ; Jane était l'assistante de Paul, pas la mienne.

Et Paul fit son apparition.

Comme je négociais le dernier virage au volant de ma Mini Cooper, je le vis sortir de l'immeuble où se situait son bureau en compagnie d'une blonde d'une vingtaine d'années.

Il la serrait de près. Ils bavardaient, riaient. Je me sentis soudain très mal.

Elle était de ces beautés resplendissantes qu'on croise plus aisément à Chicago ou Iowa City. Grande, chevelure soyeuse et platinée. Peau de satin apparemment sans défaut depuis mon poste d'observation. Pas une ride, aucune imperfection.

Elle n'en trébucha pas moins sur une plaque d'égout dans ses chaussures Manolo Blahnik, alors qu'elle s'apprêtait avec Paul à s'engouffrer dans un taxi. Il la rattrapa par le cachemire rose de son coude anorexique et ce fut comme si l'on m'avait asséné un coup de marteau en pleine poitrine.

Je les suivis. Non. « Suivre » est sans doute trop modéré : je les traquai.

Je restai cramponnée au pare-chocs de leur taxi comme s'il me remorquait au moyen d'un crochet. Quand le véhicule pila devant le St. Regis Hotel, sur la 55e Rue Est, libérant un Paul et sa blondasse tout sourires, mon cerveau reptilien adressa un signal à mon pied droit, suspendu au-dessus de la pédale de l'accélérateur. Paul prit le bras de la jeune femme. Le temps d'un éclair, je me les représentai broyés entre le perron de l'hôtel et le capot de ma Mini bleu clair.

Mais déjà l'image s'était évaporée. Eux aussi. Je fondis en larmes au son des klaxons des taxis qui faisaient la queue derrière moi.

2

Ce soir-là, au lieu d'abattre Paul à l'instant où il franchirait le seuil de notre maison, je décidai de lui laisser une chance. Je patientai même jusqu'au dîner pour tenter de lui faire évoquer le St. Regis Hotel.

Peut-être y avait-il une explication logique... Je ne voyais pas laquelle, mais si j'en croyais un autocollant aperçu un jour à l'arrière d'une auto : « Les miracles, ça existe. »

« Alors, commençai-je aussi innocemment que me le permettait la lave en fusion qui déferlait dans mes veines. Tu as déjeuné où, ce midi ? »

Je piquai son attention. J'avais beau baisser les yeux vers mon assiette – que je n'étais pas loin de scier en deux à force de m'acharner sur ma viande –, je le sentis relever la tête et me regarder.

Au terme d'un long silence coupable, il revint à sa nourriture.

« Je me suis contenté d'un sandwich au bureau, marmonna-t-il. Comme d'habitude. Tu me connais, Lauren. »

Paul m'a menti. Ouvertement.

Je lâchai mon couteau, qui fit résonner mon assiette à la manière d'un gong. Mille suppositions paranoïaques m'accablèrent. Cette noire folie ne me ressemblait pas.

Et si son travail n'avait été qu'une couverture ? Peut-être lui avait-on fourni du faux papier à en-tête. Peut-être m'avait-il menti dès le premier jour. Ses collègues, au fond, les connaissais-je si bien que cela ? Si ça se trouve, ils n'étaient que des comédiens embauchés chaque fois que j'annonçais ma visite dans les locaux de la société.

« Pourquoi me poses-tu cette question ? » finit par lâcher Paul. Avec quelle désinvolture ! Je souffrais. Presque autant qu'en le surprenant tout à l'heure à Manhattan au bras de la superbe blonde.

Presque.

J'ignore comment je parvins à lui sourire en dépit du cyclone de catégorie cinq qui grondait à l'intérieur de moi. Disons que j'étirai vers le haut les muscles de mes joues.

« C'était juste pour bavarder. Papoter au dîner avec mon mari. »

PREMIÈRE PARTIE

Un petit coup de pouce

1

La circulation était intense sur la Major Deegan Sud en ce maudit soir, s'intensifiant encore à l'approche du Triborough Bridge.

Qu'est-ce qui faisait tressaillir ma paupière de plus en plus vite à mesure que nous progressions sur le pont ? Les klaxons des voitures immobilisées dans toutes les directions autour de nous ou les cuivres latinos qui s'échappaient en hurlant de l'autoradio de notre chauffeur ?

Je me rendais en Virginie pour un séminaire professionnel. Paul avait rendez-vous à Boston avec l'un des plus gros clients de son entreprise.

L'unique voyage que Paul et Lauren Stillwell – le couple de fonceurs, le couple de pros, le couple tendance – allaient accomplir ensemble cette semaine se résumait à ce périple jusqu'à l'aéroport de La Guardia.

Au moins bénéficiais-je à travers la vitre d'une vue splendide sur Manhattan. La Grosse Pomme me semblait encore plus majestueuse qu'à l'accoutumée, avec ses tours de verre et d'acier s'embrasant contre les lourds nuages noirs annonciateurs d'orage.

Le regard perdu, je me rappelai l'adorable appartement que Paul et moi occupions jadis dans l'Upper West Side. Nos samedis au Guggenheim ou au MoMA. Le minuscule bistro français de SoHo où l'on mangeait pour trois fois rien. Les verres de chardonnay frais que nous dégustions dans notre « jardin », c'est-à-dire dans l'escalier de secours de notre studio perché au quatrième étage. Ce romantisme d'avant le mariage, l'époque où nous nous amusions de l'existence sans jamais savoir ce que nous réservait le lendemain.

« Paul ? commençai-je d'un ton insistant, plaintif presque. Paul… »

S'il avait été un homme comme les autres, j'aurais sans doute été tentée de mettre ce qui était en train de se dérouler entre nous sur le compte de l'inévitable. On vieillit, on se fait plus cynique ; bientôt la lune de miel n'est plus qu'un lointain souvenir. Mais Paul et moi ? Paul et moi, c'était différent.

Nous avions compté parmi ces couples que leur entourage jalousait, ces maris et ces femmes qui étaient aussi les meilleurs amis du monde. Ces âmes sœurs, ces Roméo et Juliette destinés à mourir main dans la main. Paul et moi avions été si follement amoureux – et ce n'était pas ma mémoire sélective qui embellissait le tableau.

Nous nous étions rencontrés en première année d'université, à la fac de droit de Fordham. Nous suivions les mêmes cours et fréquentions le même groupe d'amis, mais n'avions jamais discuté pour de bon. J'avais néanmoins remarqué Paul : il était extrêmement séduisant. Il affichait quelques années de plus que nous, se montrait un tantinet plus studieux, plus sérieux. C'est pourquoi je fus étonnée qu'il accepte de se joindre à notre petite bande pour une virée à Cancún, lors des vacances de printemps.

Le dernier soir de notre séjour, je me disputai avec mon petit ami. Je me blessai au bras en passant accidentellement à travers l'une des portes vitrées de l'hôtel. Tandis que mon pseudo-fiancé se décrétait « incapable de gérer la situation », Paul surgit de nulle part et prit les choses en main.

Il me conduisit à l'hôpital, où il demeura à mon chevet. Mes camarades, eux, avaient déjà sauté dans l'avion pour ne pas manquer la rentrée.

Paul rapporta des milkshakes pour le petit déjeuner, ainsi qu'une pile de magazines. C'est alors que je me rappelai combien il était beau, combien le bleu de ses yeux était profond. Il arborait en outre deux délicieuses fossettes et un sourire à tomber à la renverse.

Deux fossettes, deux milkshakes. Et mon cœur chavira.

Que s'était-il passé depuis ? Je ne le savais pas au juste. Probablement avions-nous succombé à cette routine qui gâte la plupart des unions d'aujourd'hui. Nous menions chacun notre carrière, une carrière exigeante à laquelle nous nous étions consacrés avec tant d'ardeur que nous avions fini par privilégier nos désirs individuels au détriment des attentes de l'autre.

Je n'avais pas encore parlé à Paul de la blonde au bras de laquelle je l'avais surpris à Manhattan. Peut-être ne me sentais-je pas prête pour les grandes explications. Après tout, je n'étais pas tout à fait certaine qu'il s'agissait d'une liaison. Et puis, je devais craindre que c'en soit bel et bien fini de nous. Paul m'avait aimée ; j'en étais sûre. Et je l'avais aimé de tout mon être.

Peut-être l'aimais-je encore. Peut-être.

« Paul… »

Assis à l'autre bout de la banquette arrière, il se tourna vers moi. J'eus l'impression qu'il s'apercevait de ma présence pour la première fois depuis des semaines. Une expression navrée, empreinte de tristesse, se peignit sur son visage. Sa bouche s'ouvrit.

Et son satané portable se mit à sonner. C'était moi qui en avais choisi la mélodie pour plaisanter : *Tainted Love* – l'amour sali, l'amour avarié… Quelle ironie : cette chanson idiote sur laquelle nous avions autrefois dansé, ivres et heureux, décrivait à présent notre mariage avec une redoutable précision.

Les yeux rivés sur le téléphone, l'envie me prit de le lui arracher des mains pour le jeter par la fenêtre ; il aurait volé entre les câbles du pont et sombré dans l'East River.

Un éclat s'alluma dans l'œil de Paul lorsqu'il identifia le numéro.

« Il faut que je décroche », m'indiqua-t-il en ouvrant l'appareil d'un mouvement du pouce.

Nous aussi, on est en train de décrocher, me dis-je. Manhattan glissait hors de notre portée à travers les courbes du métal. Ça y est, pensai-je. La goutte d'eau qui fait déborder le vase. Il a tout détruit entre nous.

Assise au fond de ce taxi, je compris à quel moment précis un homme et une femme mettaient un terme à leur histoire : le jour où ils n'étaient même plus capables de contempler ensemble un coucher de soleil.

2

Un orage sinistre éclata au loin. Nous quittions le Grand Central Parkway pour gagner l'aéroport. L'été se mourait, le ciel virait rapidement au gris, le mauvais temps fondait sur nous.

Nous atteignîmes ma destination – le terminal de la Continental. Paul discutait valeurs comptables en chuchotant. Je me doutais qu'il ne ferait pas l'effort de m'embrasser : quand il prenait sa « voix de businessman », une bombe n'aurait pas suffi à l'interrompre.

Comme j'ouvrais prestement la portière, le chauffeur changea de station de radio : les rythmes sud-américains cédèrent la place aux nouvelles financières. Ce bourdonnement boursier était insoutenable. Si je ne filais pas d'ici au plus vite, je risquais de me mettre à hurler.

À m'en faire exploser les cordes vocales.

À en perdre connaissance.

Sans me regarder, Paul agita la main dans ma direction par la lunette arrière. Le taxi repartait.

Je faillis lui répondre en brandissant mon majeur, mais je me gardai du moindre geste. Je franchis les portes coulissantes en roulant ma valise.

Quelques minutes plus tard, j'étais installée au bar. J'attendais qu'on annonce l'embarquement. De pesantes réflexions se bousculaient dans ma tête. J'extirpai mon billet en sirotant un cosmopolitan.

Les haut-parleurs du plafond déversaient le *Should I Stay or Should I Go ?* des Clash, version musique d'ascenseur. Toute mon enfance…

Ayant tapoté quelques instants mon billet contre mes lèvres, je le déchirai dans un geste théâtral avant de terminer mon verre cul sec.

Puis j'utilisai la serviette en papier pour sécher mes larmes.

J'optai pour le plan B.

J'y gagnerais assurément un maximum d'ennuis. Et rien de positif en échange.

Mais tant pis. Paul m'avait ignorée trop souvent.

Je passai le coup de fil que j'avais longtemps différé.

Je quittai l'aéroport, ma valise à mes côtés, et m'introduisis dans le premier taxi disponible. Je donnai au chauffeur l'adresse de mon domicile.

Les premières gouttes de pluie frappèrent aussitôt les vitres. Je visualisai alors une masse énorme glissant sous l'eau noire. Elle glissait, monumentale, et sombrait lentement, irrémédiablement. Elle sombrait, sombrait, sombrait.

Sombrais-je à son exemple ou étais-je au contraire en train de relever enfin la tête ?...

3

Lorsque je pénétrai dans notre demeure obscure et vide, il tombait des cordes. Je troquai mon tailleur détrempé contre un vieux maillot de sport et l'un de mes jeans préférés. De quoi me ragaillardir un peu.

Je glissai un CD de Stevie Ray Vaughan dans la platine pour me tenir compagnie ; de quoi me ragaillardir vraiment.

Je n'allumai pas les lumières. Je récupérai une boîte poussiéreuse de bougies parfumées à l'arum dans le placard de l'entrée.

Bientôt, la maison ressembla à une église. Ou à un clip déjanté de Madonna, vu la manière dont les rideaux battaient au vent. L'idée me vint de fourrager dans mon iPod jusqu'à dénicher le *Dress You Up* de la reine de la pop. J'augmentai le volume.

Vingt minutes plus tard, on sonnait à la porte : les côtes d'agneau que j'avais commandées depuis le taxi venaient d'arriver.

Je pris le précieux petit sachet en papier brun des mains du livreur. Je rejoignis la cuisine, où je me versai un verre. Je hachai de l'ail et découpai des citrons. Ayant disposé les pommes de terre sur l'ail réduit en purée, je dressai la table.

Pour deux.

Je grimpai à l'étage avec mon verre.

J'avisai la diode rouge clignotant obstinément sur mon répondeur.

« Bonjour, Lauren. Ici le docteur Marcuse. J'allais partir. Je voulais simplement vous informer qu'on ne m'a pas encore communiqué vos résultats. Je sais que vous les attendez. Je vous appelle dès que le labo nous contacte. »

Au terme du message, je ramenai mes cheveux vers l'arrière pour examiner dans la glace les rides qui commençaient à se dessiner sur mon front et au coin de mes yeux.

J'avais trois semaines de retard dans mon cycle. Rien d'alarmant en soi.

Sauf que j'étais stérile.

Les résultats auxquels le docteur Marcuse, mon gynécologue adoré, faisait allusion, étaient ceux des analyses de sang et de l'échographie qu'il avait insisté pour me faire subir.

La course était engagée. À égalité sur la mauvaise pente.

Lequel des deux me lâcherait en premier ? Mon mariage ou ma santé ? Je levai mon verre.

« Merci, docteur Marcuse, fis-je à l'intention du répondeur. Vous avez appelé pile au bon moment. »

4

Mon cœur battait la chamade. Un dîner pour deux. Et aucun de ces deux-là n'était Paul.

Après avoir fini mon vin, je descendis l'escalier et fis la seule chose sensée en de telles circonstances : je m'emparai de la bouteille et la remontai avec moi.

M'étant resservie une troisième fois, je me dirigeai, verre à la main, vers le lit et notre photo de mariage.

Je m'assis. Je bus. Je fixai Paul.

Après sa dernière promotion, qui lui avait valu une surcharge de stress, je m'étais résignée à son changement d'attitude. J'estimais que cette pression permanente nuisait à sa santé, mais je n'ignorais pas que la finance était sa vie. Il était fait pour ça, m'avait-il maintes fois répété. Il se définissait à travers elle.

Alors j'avais laissé courir. J'avais fermé les yeux sur sa distance croissante à mon égard. Sur la façon dont il m'ignorait maintenant pendant les repas ; dans l'intimité de notre chambre. Pour briller dans son travail, il devait lui consacrer toute sa concentration, la moindre parcelle de son énergie. Et puis ce n'était que temporaire, me disais-je. Une fois atteint son rythme de croisière, il lèverait le pied. Ou il finirait par flancher. Dans ce cas, je lécherais ses plaies, et nous nous retrouverions tels qu'en nous-mêmes. Je reverrais les chères fossettes, je reverrais le sourire ravageur. Nous redeviendrions les meilleurs amis du monde.

J'attrapai mon bracelet à breloques dans le tiroir de la table de chevet.

Paul me l'avait offert pour mon anniversaire, juste après notre mariage. Il se l'était procuré chez Limited Too, une boutique pour pré-adolescents. Au fil des ans, j'avais accumulé six breloques. La première – ma favorite – était un diamant de pacotille. « Pour mon amour », m'avait déclaré Paul en m'en faisant cadeau.

Dieu seul sait pourquoi, mais ces colifichets naïfs représentaient mille fois plus à mes yeux que le dîner dans un restaurant chic auquel il ne manquait jamais de m'inviter pour chacune de ces occasions.

Cette année, Paul m'avait emmenée chez Per Se, le nouvel établissement branché du Time Warner Center. Mais, même après la crème brûlée, je n'avais pas vu surgir de présent.

Il avait omis d'acheter une babiole supplémentaire pour mon bracelet. Omission. Ou geste délibéré…

J'y avais lu un mauvais présage. Le premier.

La crise s'était matérialisée sous la forme de cette jeune blonde avec qui il était sorti de son bureau, sur Pearl Street. La blonde qu'il avait emmenée au St. Regis Hotel.

La blonde au sujet de laquelle il m'avait menti effrontément.

5

J'étais à la cuisine en train de déposer les côtes d'agneau roses dans le beurre grésillant lorsqu'un coup retentit contre la vitre de la porte arrière. Mon estomac déjà noué se tordit. Je consultai l'horloge du micro-ondes.

23 heures tapantes.

Nous y voilà, pensai-je. Le voilà. Je tamponnai à l'aide d'un torchon la sueur qui perlait à mon front. Je me dirigeai vers la porte. Nous y étions.

Ici.

Et maintenant.

J'inspirai profondément et tournai le verrou.

« Salut, Lauren.

— Salut. Tu es très élégant.

— Pour un type trempé comme une soupe ! »

Le tourbillon de pluie qui s'engouffra dans la pièce dessina sur le carrelage en pierre une constellation d'étoiles sombres.

Il entra. Et quelle entrée.

Son mètre quatre-vingt-dix parut emplir tout l'espace. À la lueur des bougies, je notai qu'il s'était fait couper les cheveux récemment. Des cheveux noirs entre lesquels se distinguait la peau de son crâne, couleur de sable mouillé, là où on les avait rasés de très près.

Le vent se précipita dans la cuisine en rugissant. Son odeur – eau de Cologne, pluie, cuir du blouson de moto qu'il portait – me frappa de plein fouet.

Oprah Winfrey avait sans doute consacré à ce thème plusieurs dizaines de talk-shows, songeai-je en bataillant intérieurement pour engager la conversation. Un flirt innocent sur votre lieu de travail qui tourne au béguin tenace, un béguin qui tourne à l'amitié furtive qui elle-même tourne à… Je ne savais pas encore comment cela allait tourner.

Certaines de mes collègues mariées se prêtaient volontiers à ces manœuvres de séduction inoffensives. À l'inverse, j'avais de tout temps érigé un mur entre les hommes et moi dès lors que nous évoluions dans un cadre professionnel, surtout si ces hommes se révélaient aussi craquants et aussi drôles que Scott. Ces jeux-là me semblaient déplacés.

Mais Scott avait franchi mon rempart, percé mes défenses. Peut-être parce que, en dépit de sa haute taille et de ses airs avantageux, il recelait une vraie candeur. Ou peut-être cela tenait-il au ton presque cérémonieux avec lequel il s'adressait à moi. Un garçon vieux jeu au meilleur sens du terme. À moins qu'il ne soit entré dans ma vie à mesure que Paul s'en éloignait.

Pour couronner le tout, je devinais un mystère chez Scott, un détail dissimulé sous la surface qui m'attirait.

« Tu es vraiment là, fit-il pour rompre la glace. Attends, j'ai failli oublier. »

Je remarquai le sac en papier brun, ruisselant et déchiré, qu'il tenait à la main. Il rougit en en extrayant un petit animal en peluche. C'était un Beanie Baby tel que je n'en avais encore jamais vu, un chiot brun clair. J'examinai son collier. « Badges » était son nom. Puis je découvris la date de naissance : 1er décembre.

Je plaquai une main contre ma bouche.

C'était *ma* date de naissance.

Depuis une éternité, je tâchais de débusquer la bestiole qui arborerait cette date. Scott le savait, et il l'avait trouvée.

Je contemplai le chiot. Puis je me rappelai que Paul, lui, ne m'avait pas offert cette année l'habituelle breloque. Quelque chose se brisa en moi, telle une fine couche de glace. J'éclatai en sanglots.

« Oh non », lâcha Scott, affolé. Il leva les bras, esquissant le geste de m'étreindre. Il s'arrêta net, comme s'il venait de se heurter à une paroi invisible.

« Écoute, me dit-il. Te faire souffrir est bien la dernière chose que je souhaite au monde. C'est trop, je m'en rends compte maintenant, je... Je vais m'en aller, d'accord ? On se voit demain, comme d'habitude. J'apporte les beignets, toi les biscuits à la cannelle. Rien de tout ça ne s'est jamais produit. OK ? »

Ma porte s'ouvrit de nouveau. Déjà, Scott avait disparu dans la nuit.

6

J'écoutai rissoler la viande en m'essuyant les yeux au moyen d'un torchon à vaisselle. Qu'est-ce que je fabriquais ? Étais-je devenue folle ? Scott avait raison. Qu'est-ce que j'avais dans la tête ? Je fixai en silence les flaques qu'il avait laissées derrière lui une poignée de secondes plus tôt.

J'éteignis le four, attrapai mon sac et rouvris la porte pour me précipiter au cœur des ténèbres.

Lorsque je parvins à la hauteur de Scott, il enfourchait sa moto à un demi-bloc de chez moi. À mon tour d'être trempée jusqu'aux os.

Une lumière s'alluma dans une demeure voisine. Mme Waters était la plus redoutable commère de notre quartier. À quels commentaires se livrerait-elle si elle me repérait ? Scott se rendit compte que je guettais sa fenêtre avec angoisse.

« Tiens, lança-t-il en m'offrant son casque. Arrête de gamberger. Grimpe. »

Quand j'enfilai le casque, son odeur puissante m'entêta de nouveau. Scott faisait démarrer sa Ducati rouge. Un engin de course. Ce fut comme une détonation.

« Allez, me cria-t-il en me tendant la main. Vite !

— Ce n'est pas dangereux de rouler sous la pluie ?

— Si, terriblement ! » Il me décocha un large sourire en mettant les gaz.

Je pris sa main. L'instant d'après, je me calai derrière lui et j'entourai sa taille de mes bras. J'eus tout juste le temps de caler ma tête entre ses omoplates.

Dans un hurlement, la machine gravit le cul-de-sac comme une fusée.

7

Il se peut que j'aie laissé la marque de mes griffes dans le cuir du blouson de Scott ; je m'accrochais à la vie. Mon estomac tombait au fond de mes talons chaque fois que nous heurtions un nid-de-poule, pour venir cogner contre mon crâne lorsque nous décollions sur une bosse de la chaussée. À la vitesse où nous filions, le monde luisant de pluie paraissait fondre dans notre sillage.

Quand la roue arrière de la moto chassa à l'entrée du Saw Mill River Parkway, je me maudis de n'avoir pas rédigé plus tôt mon testament. Et Scott qui laissait libre cours aux caprices de sa machine !

Enfin, j'osai respirer à nouveau et relever la tête. Nous quittions le Henry Hudson Parkway pour nous diriger vers Riversdale, un endroit bien fréquenté du Bronx.

L'engin grondait dans la descente. Nous ralentîmes en nous engageant dans une rue bordée de sombres manoirs protégés par des grilles. Un éclair me permit de discerner le vaste gouffre argenté de l'Hudson à nos pieds, les New Jersey Palisades qui se dressaient, austères et déchiquetées, sur l'autre rive du fleuve.

« Viens », lança Scott en sautant à bas de la moto. Il me fit signe de le suivre le long de l'allée pavée menant à une bâtisse XVIIIe aussi spacieuse qu'un Home Depot.

« C'est chez toi ? lui demandai-je en ôtant mon casque.

— En quelque sorte.

— En quelque sorte ? »

Je pénétrai sur ses talons dans un garage dont la surface équivalait en gros à celle de mon logis. Une Porsche s'y trouvait garée, ainsi qu'une Bentley et une Ferrari de la même couleur que la moto de Scott.

« Elles ne sont pas à toi, tout de même ! m'écriai-je, abasourdie.

— J'aimerais bien. » Il gravit une volée de marches. « Disons que je garde la maison d'un ami. Viens, je vais nous chercher des serviettes. »

Je pénétrai sur son invitation dans un loft aménagé au-dessus du garage. Scott ouvrit deux Budweiser et mit un CD avant de pousser jusqu'à la salle de bains. L'immense baie vitrée encadrait comme un tableau l'Hudson chahuté par la tempête.

Scott me lança une serviette pelucheuse aux senteurs citronnées. Puis il s'immobilisa sur le seuil de la salle de bains. Il me dévisageait, admiratif semblait-il.

J'avais déjà surpris ce regard au bureau, dans un couloir ou dans un escalier, au parking.

Une manière de supplique se lisait dans ses yeux bruns en amande. Pour la première fois j'osai le fixer en retour. J'avalai une gorgée de bière.

Saisissant soudain ce qui m'attirait tant chez lui, je lâchai ma canette. C'était complètement fou. À l'époque du lycée, j'avais fait la connaissance d'un garçon pendant des vacances d'été à Spring Lake, sur la côte du New Jersey. Il tenait le stand de location de vélos, à côté de la promenade. Je peux vous assurer que cet été-là, je parcourus plus de kilomètres à bicyclette que Lance Armstrong en personne !

Un vendredi soir, le vendredi le plus important de ma jeune existence, il m'invita à ma première fête sur la plage.

Je suppose que chacun a droit, au moins une fois dans sa vie, à son moment magique. Un moment au cours duquel la gloire du monde et la place que vous y occupez entrent brièvement en résonance.

Pour moi ce fut ce soir-là, lors de la fête sur la plage.

Jamais encore je n'avais connu ces instants simples arrosés de quelques bières. Au loin retentissait le fracas de l'océan. Le ciel avait viré au bleu turquoise. Tout était parfait. Et puis ce garçon plus âgé que moi traversa la bande de sable pour prendre ma main dans la sienne. J'avais seize ans. Je m'étais débarrassée de mon appareil dentaire, mes coups de soleil avaient enfin commencé à brunir, l'avenir s'ouvrait à moi et je possédais un ventre aussi musclé que plat.

Voilà donc à qui Scott me faisait penser, me dis-je en observant la lueur dans ses yeux – à Mike, le cycliste du New Jersey. Il me ramenait en arrière, m'invitait à une fête perpétuelle sur la plage, là où les professions stressantes n'étaient pas de mise, où n'existaient ni les biopsies ni les époux infidèles qu'on surprenait un jour au bras d'une blonde incendiaire.

Je traversais la période la plus lamentable de mon existence, la plus perturbante aussi. Je ne souhaitais guère qu'une chose : retrouver ces bords de mer et redevenir l'adolescente que j'avais été.

À genoux, Scott essuyait la bière renversée. J'inspirai profondément et m'approchai de lui pour lui passer la main dans les cheveux. « Tu es adorable », murmurai-je.

Il se leva et prit ma figure entre ses paumes. « Non, c'est toi qui es adorable. Et tu es la plus belle femme que je connaisse, Lauren. Embrasse-moi. S'il te plaît. »

8

Paul et moi avions connu naguère une vie sexuelle épanouie. Les premiers temps, nous étions inséparables. Au retour de notre troisième lune de miel, passée à la Barbade, nous avions même intégré de plein droit le Mile High Club – le club de celles et ceux qui aiment s'envoyer en l'air dans un avion.

Mais aujourd'hui, je me trouvais avec Scott.

Ce que j'étais en train de faire était extrêmement grave.

Pendant près d'une heure, nous nous contentâmes de baisers, de caresses, de câlins. Les battements de mon cœur et ma respiration s'accéléraient dangereusement chaque fois que Scott ôtait un bouton, chaque fois qu'il tiraillait sur mes habits. Lorsqu'il finit par ôter mon chemisier pour presser son visage contre mon ventre, je faillis me mordre la lèvre jusqu'au sang.

Puis il fit sauter le dernier bouton de mon jean. De ma gorge s'échappa un son à peine humain. J'étais à deux doigts de m'évanouir, et j'adorais ça.

Titubant de pièce en pièce, nous nous dépouillâmes mutuellement de nos vêtements. Nous luttions corps à corps, arc-boutés, le souffle court. J'en avais besoin depuis si longtemps. Les caresses me manquaient, les attouchements. Et peut-être, simplement, le fait qu'un homme s'intéresse à moi.

Je me souviens à peine de la manière dont nous atterrîmes sur son lit. Ce que je me rappelle, en revanche, c'est que la foudre s'abattit alors si près du jardin que la vitre trembla dans son châssis au même rythme que la tête de lit malmenée par nos ébats.

Et si Dieu tentait de me transmettre un message ?

Mais rien, je crois, n'aurait pu stopper notre élan. Même si la tempête avait arraché le toit de la maison, nous aurions continué.

Après l'amour, je frissonnai, étendue sur l'édredon. La sueur couvrait mes joues et ma nuque, mes poumons brûlaient. Le vent hurlait au carreau. Scott dégagea du mien son corps torride. « Bon sang, Lauren... Tu es géniale. »

Je craignais qu'il se lève d'un bond pour me proposer de me reconduire chez moi. J'éprouvai un immense soulagement lorsqu'au contraire il se lova dans mon dos, le menton sur mon épaule. Nous nous tenions pelotonnés dans le noir. Tandis qu'il faisait jouer ses doigts dans mes cheveux, je ne songeais qu'à une chose : ses yeux, ses doux yeux acajou.

« Je vais prendre une douche », lâcha-t-il. Quand il se leva, ses longues jambes athlétiques flageolèrent. « Regarde-moi ça. J'aurais bien besoin d'une perfusion.

— Tu n'auras qu'à en réclamer une aux urgences dès que tu m'y auras déposée », répondis-je avec un sourire.

Il me restait tout juste assez d'énergie pour soulever ma tête et la laisser retomber sur l'oreiller. Scott passa dans la salle de bains. Je le distinguai dans le miroir lorsqu'il alluma la lumière. Il était splendide. Vraiment splendide.

Ses muscles compacts sculptaient ses flancs et son dos bronzé. Il n'aurait pas déparé sur une affiche à la gloire des produits Calvin Klein.

Avec ça, je l'avais trouvé... parfait. Plus brillant que ce à quoi je pouvais m'attendre. Bouillonnant et plein d'attentions à la fois. Je n'imaginais pas qu'il ferait preuve d'une telle tendresse ni que, en plus d'unir nos deux corps, nous marierions aussi nos émotions.

Je m'avisai soudain que tout cela m'avait diablement manqué. J'avais besoin de sexe et d'affection. J'avais besoin de rire. De me retrouver dans les bras d'un homme capable de m'apprécier et de me juger unique.

Non, hors de question de me sentir coupable, me dis-je pendant qu'explosait non loin un nouveau coup de tonnerre.

Après tout, ce qui est bon pour une petite blondasse l'est aussi pour une pauvre épouse délaissée. Même si plus rien ne devait se produire entre Scott et moi, je ne regretterais pas cette soirée.

9

Dissimulé dans les ténèbres exiguës de sa Toyota garée à deux pas de l'appartement surplombant le garage, Paul Stillwell observait de tous ses yeux, hypnotisé. Un éclair illumina la moto rouge vif de Scott.

La Ducati, il l'avait déjà vue. Dans les pages centrales du magazine *Fortune*. L'un de ces joujoux de petit garçon à jamais inabordables. Un engin que seule une star de cinéma ou l'héritier trop gâté d'un richissime armateur européen avait les moyens de s'offrir.

Ou un sale veinard dans le genre de Scott, ajouta Paul pour lui-même, admirant au passage les formes aérodynamiques de la machine, rouge et luisante comme un bâton de rouge à lèvres dans le miroitement des éclairs.

Sa gorge se serra lorsque, quittant la moto du regard, il fit défiler les clichés engrangés sur son téléphone mobile.

Il fit halte sur une photo de Scott qu'il avait prise en le suivant la semaine précédente depuis son bureau jusqu'à son domicile. L'homme se tenait à califourchon sur son bijou italien, arrêté à un feu rouge, la visière de son casque intégral relevée sur le front. Mince, puissant, aussi impudent que l'engin qu'il serrait entre ses jambes.

Paul referma son portable et releva la tête vers la lumière qu'il voyait briller dans l'appartement à travers la pluie.

Puis il se pencha pour récupérer le fer 3 posé sur le sol à l'arrière de la voiture. Il soupesa le club de golf : poids idéal, équilibre excellent, centre de gravité parfaitement placé.

Certes, c'était une solution radicale, songeait-il en examinant la lourde tête de la canne, de la taille d'un poing. Mais quel autre choix se présentait à vous dès lors qu'un homme envahissait votre univers pour tenter de ravir ce qui vous appartenait ?

Sa vie entière était en péril. Tout ce pour quoi il s'était battu menaçait de lui glisser entre les doigts comme du sable.

Peut-être aurait-il dû agir plus tôt… Redresser la barre avant. Mais les « si » n'étaient plus de saison. En revanche, une question demeurait : comptait-il laisser ce gâchis se poursuivre ou désirait-il y mettre un terme ?

Pas de pitié, décréta Paul en coupant le contact.

Il n'y avait qu'un moyen d'en finir.

La pluie crépitait sur le toit de la Camry. Il fourra son mobile dans sa poche et prit une profonde inspiration. Avec des gestes lents, presque cérémonieux, il referma sa main gantée de noir sur le manche du club.

Il en était réduit aux dernières extrémités. Il ouvrit la portière, s'engagea sous la pluie battante.

10

« Qu'est-ce qu'on fait maintenant ? interrogea Scott en jetant son blouson sur ses épaules nues au sortir de la douche.

— Surprends-moi, répondis-je. J'aime bien les surprises. J'adore les surprises. »

Il se pencha vers moi pour saisir mon poignet gauche. Il posa un tendre baiser là où battait mon pouls. Je me sentais étourdie.

« Qu'en dis-tu ? fit-il en souriant.

— C'est un bon début, commentai-je dès que mes poumons recommencèrent à fonctionner.

— Ne bouge pas. Je vais faire un saut au supermarché. Je n'ai plus d'huile d'olive ni de basilic. » Il se remit debout. « Tu ne vois pas d'inconvénient à ce que je nous prépare un petit dîner sur le pouce ? Je te propose de délicieuses côtes de veau achetées hier sur Arthur Avenue. Je vais te les servir avec la sauce dont ma mère m'a confié la recette. Ce sera meilleur que chez Rao. »

Incroyable ! Et déjà, j'imaginais Scott en tablier. Un homme s'apprêtait à se mettre aux fourneaux pour moi… Je peinai à avaler ma salive.

« Je devrais y survivre », lançai-je en manière de boutade.

Scott ouvrait la porte quand il se ravisa brusquement. Il se retourna pour me dévisager.

« Qu'y a-t-il ? Tu n'as plus envie de me faire la cuisine ?

— Je… Je suis content qu'on se soit vus ce soir, Lauren. Je me demandais si tu irais jusqu'au bout. Je suis content que tu te sois lancée. Vraiment content. »

Je souris tandis qu'il refermait la porte derrière lui. Ça alors… Je contemplai les eaux de l'Hudson torturées par la tempête. Scott était probablement dans le vrai : vivre pour l'instant présent. Vivre une éternelle jeunesse. Vivre dans l'insouciance. Peut-être, qui sait, parviendrais-je un jour à faire mienne cette philosophie.

Je jetai un coup d'œil à ma montre. Un peu plus d'une heure. Où étais-je censée me trouver ? Dans une chambre d'hôtel, quelque part en Virginie.

Désolée, Paul. Mais n'oublie pas que c'est toi qui as commencé.

Je pris la décision de l'appeler. Il fallait en finir. Ce moment n'était pas plus mal choisi qu'un autre. Après tout, Paul appréciait les comédies sentimentales.

À moins que je ne joue au même petit jeu que lui, me dis-je en me laissant rouler hors du lit. Je cherchai mon sac et mon portable.

11

Scott Thayer apparut à la porte du garage. Nous y voilà, songea Paul.

Vêtu de noir, accroupi dans l'ombre d'un mur mangé par le lierre auprès duquel Scott avait rangé sa moto, Paul ne pouvait être vu. Il le savait. Avec ça, il tombait des cordes.

Scott traversa l'allée pour s'engager dans la rue obscure. Paul soupesa le club de golf. L'heure était venue de faire payer ses erreurs à cet enfoiré.

Qui ne se trouvait plus qu'à trois mètres de lui. Un mètre cinquante.

Une mélodie s'éleva soudain. D'où sortait-elle, bon sang ? De Paul ! Elle s'échappait de la poche de sa veste. Son mobile sonnait à plein volume.

Non !... Il plongea la main pour réduire l'engin au silence, faire taire ce *Tainted Love* imbécile. Mais pourquoi, bon Dieu, n'avait-il pas laissé son portable dans l'auto ?

Il en était encore à tâtonner dans sa poche lorsque Scott se jeta sur lui. Paul en eut le souffle coupé. Il tomba à la renverse dans la boue.

Il releva la tête. Croisa l'œil écarquillé de son assaillant.

« Toi ! » Scott était stupéfait. D'un coup de botte, il fit voler le fer 3 hors des mains de Paul. Puis il le saisit par le col et le projeta en l'air. Le dos de Paul vint heurter quelque chose de dur. La douleur lui arracha un cri. C'était la Ducati. La moto et lui gisaient à présent sur le sol.

« Si je me fiais aux apparences, intervint Scott, pas même époumoné, je pourrais croire que vous vous apprêtiez à m'agresser, monsieur Stillwell. » Il ramassa le club de golf et s'approcha lentement.

« Vous risquez de blesser quelqu'un, avec ce truc-là. » Il agitait la crosse sous le nez de Paul comme il aurait grondé un petit garçon d'un doigt réprobateur. « Attendez que je vous montre. »

12

Je m'étais figée, le nez à quelques millimètres de la vitre zébrée de pluie à travers laquelle je distinguais l'allée courant devant le garage.

Je n'en croyais pas mes yeux. J'ai des hallucinations, me dis-je. C'est impossible.

Paul se trouvait donc ici ?

Et il se battait avec Scott au beau milieu de la rue ! Les deux hommes étaient déchaînés.

Je m'étais précipitée à la fenêtre en entendant tomber la moto. Depuis, je me tenais là, immobile, incapable de faire quoi que ce soit, sinon contempler l'invraisemblable scène.

Oui, me répétai-je, Paul est là, évidemment qu'il est là. Quelle sotte je faisais. Scott et moi n'avions pas donné dans la discrétion. Nous avions échangé des mails. J'avais enregistré son numéro dans le répertoire de mon mobile. Une vigilance minimale avait suffi à mon mari pour tout découvrir.

La culpabilité me torturait. Et la peur.

Mais où avais-je eu la tête ?

Je m'étais rendue malade pendant des semaines en me représentant Paul au bras de sa jolie blonde. Toutes les nuits, je les avais imaginés en train de faire l'amour dans leur suite du St. Regis. Je m'étais délectée de cette souffrance dans laquelle sombrent les épouses quand elles comprennent qu'on vient de jouer avec leurs sentiments. Pathétique.

Seulement, imaginer était une chose.

Rendre la pareille à son compagnon pour se venger en était une autre.

Je m'étais offert un petit coup en douce.

Démunie, je regardais Paul et Scott se jeter l'un sur l'autre. Puis le duel se déporta, je les perdis de vue derrière le mur couvert de lierre. Je n'apercevais plus que des ombres. Des ombres impétueuses qui s'empoignaient, se rouaient de coups. Et maintenant ?

Je ne savais pas quoi faire. Crier ? Tenter de les séparer ?

Et encore n'assistais-je là qu'aux préliminaires. Les événements prendraient une tournure autrement plus terrible après la bagarre, lorsque Paul pénétrerait dans l'appartement. Lorsqu'il me faudrait l'affronter.

Comment allais-je surmonter les épreuves qui m'attendaient ?

Soudain, un claquement formidable retentit ; on aurait cru une batte de base-ball frappant la balle au point idéal. C'en fut fini de mes réflexions.

Les deux ombres se figèrent.

L'une d'entre elles s'effondra sur le sol. Le corps eut un sursaut avant de s'immobiliser.

Qui était blessé ? me demandai-je avec une curiosité hébétée. Qui avait mordu la poussière ? Puis une épouvantable question jaillit dans ma cervelle. Une question qui me coupa le souffle en m'entaillant le cœur plus sûrement que la lame glacée d'un rasoir.

Qui voulais-je voir à terre ?

13

Pendant une effroyable minute régna un silence absolu. Les silhouettes ténébreuses au-dehors. Ma respiration. La pluie elle-même semblait avoir cessé. Un silence si absolu que j'avais l'impression de l'entendre tinter.

Enfin, je captai un bruit sourd dans le lointain. Puis un autre. Et un autre encore. Je crus d'abord qu'il s'agissait des battements de mon cœur amplifiés par la terreur, jusqu'à ce qu'une lueur d'argent déchire l'obscurité.

Impossible de s'y tromper : c'était du rap, qui venait cogner douloureusement contre mes tympans cependant qu'une Acura pimpante s'engageait dans la rue, puis l'allée, à l'extrémité du bloc.

Ses phares au xénon illuminèrent un instant l'autre côté de la voie : la scène se révéla à moi tout entière, inoubliable, saisissante.

Cela ne dura qu'une fraction de seconde, mais c'était plus qu'assez pour graver à jamais l'image dans ma mémoire.

Paul était debout. Il respirait très fort, serrant dans l'une de ses mains le casque de Scott à la manière d'un gourdin.

Scott était étendu à ses pieds, un club de golf près de lui, la tête baignée d'une mare de sang noir.

Voilà ce qui arrive quand on triche, murmura une voix à mon oreille.

Voilà tout ce qu'on récolte.

Je fis alors la chose la plus utile qui me vînt à l'idée. Je m'écartai de la fenêtre et cachai mon visage entre mes mains.

Scott gisait sur le sol, il ne bougeait plus.

À cause de moi.

J'étais encore paralysée, transie par cette réalité brusquement si glaçante, quand une nouvelle pensée m'assaillit.

Paul était-il assez furieux pour s'en prendre aussi à moi ?

Pressée de savoir où il se trouvait à présent, je me rapprochai de la fenêtre.

Je n'y comprenais plus rien.

Sous un dôme de lumière, je découvris la voiture de Paul garée juste derrière la moto effondrée de Scott. Mon mari fourra sans ménagement le corps de son rival sur la banquette arrière. J'étais épouvantée. Quand le crâne de Scott heurta le châssis de l'auto, je l'entendis gémir.

Que se passait-il donc dans la tête de Paul ?

Je finis par me ruer dans l'escalier. Je devais mettre un terme à cette folie. Je révisai mentalement les gestes nécessaires à une réanimation cardio-pulmonaire. À une séance de bouche-à-bouche. Ayant atteint la porte, je me rappelai que j'étais nue. Je gravis les marches quatre à quatre.

J'enfilai mon tee-shirt et mon jean tant bien que mal. La portière d'une voiture claqua dans la rue, des roues crissèrent sur le bitume.

Je me précipitai à la vitre.

Juste à temps pour voir filer le véhicule de Paul.

Mes poumons flambaient, la tête me tournait. Une question me vint aux lèvres, que je brûlais de poser à mon mari tandis que les feux arrière de son auto disparaissaient dans la nuit.

Où emmènes-tu Scott ?

14

Il me fallut deux bonnes minutes pour réaliser ce qui s'était joué sous mes yeux. Deux minutes d'égarement que je passai, le front contre la vitre froide, striée de pluie. Un sourire m'échappa : j'étais enfin parvenue à reconstituer la logique simple des événements. Pour la première fois depuis le début de la soirée, les battements de mon cœur s'apaisèrent un peu, renouèrent avec un rythme à demi supportable pour un être humain.

Paul avait emmené Scott à l'hôpital.

Bien sûr. Paul avait repris ses esprits. Certes, il avait un instant perdu la tête. Mais quel homme serait resté de marbre face à celui qui allait peut-être lui voler son épouse ? Dès que Scott était allé au tapis, Paul avait réussi à se dominer.

À l'heure qu'il était, sans doute atteignaient-ils le service des urgences de l'hôpital le plus proche.

J'appelai un taxi pour regagner Yonkers. Je rentrai chez moi au terme de quarante atroces minutes. J'ouvris la porte et restai plantée là, l'œil perdu vers l'horloge du micro-ondes, dans la demeure silencieuse.

Où était Paul ? J'aurais dû le trouver à la maison. Quelque chose clochait.

Je décrétai qu'il avait conduit son ennemi au Lawrence Hospital, situé à une dizaine de minutes de l'appartement de Scott. Mais plus d'une heure s'était écoulée depuis son départ. Un drame plus épouvantable encore avait-il pu se produire entre-temps ? Peut-être Paul s'était-il fait arrêter.

Je montai consulter le répondeur. En dehors du rapport de mon gynécologue sur mes soucis de santé, il était vide. De nouveau je m'immobilisai, fixant sans la voir la rue déserte, de plus en plus tentée de téléphoner à Paul pour démêler l'affaire. Seulement, comment formuler les choses ?

Salut, Paul. C'est Lauren. Comment va le type avec qui j'ai baisé dans ton dos ? Est-ce qu'il va s'en tirer ?

Non. Je devais d'abord, me dis-je, y voir plus clair. Mais l'attente me rendait folle.

L'heure était venue pour moi de braver la tempête.

Direction : l'hôpital. J'attrapai mon arme, je la fourrai dans mon sac et quittai la maison en courant.

15

Je remerciai Dieu d'avoir créé le système de freins ABS en pilant avec ma Mini Cooper à quelques centimètres de la rutilante ambulance garée devant les urgences du Lawrence Hospital.

« Où se trouve la victime de l'agression ? lançai-je à la rousse de l'accueil, une infirmière aux manières raffinées trônant derrière une vitre en Plexiglas.

— Oh mon Dieu ! On vous a agressée ? » Son numéro de *People* glissa de ses genoux quand elle se leva.

Du regard, je fis le tour de la salle d'attente. Elle était déserte. Propre. Des mélodies apaisantes s'échappaient de haut-parleurs installés au-dessus de nos têtes. Bronxville, quartier extrêmement cossu de Yonkers, comptait parmi les banlieues les plus huppées du comté de Westchester. Au Lawrence Hospital, me rappelai-je, on soignait surtout les blessures consécutives à une partie de crosse, de loin en loin un abus d'Oxycontin, ou des chutes de cheval, fréquentes chez les jeunes filles.

Je levai les yeux au ciel en rejoignant le parking.

Il était évident qu'on n'avait déposé aucun inconnu dans les parages, puisque nul policier du cru ne montrait le bout de son nez. Mais alors, où Paul avait-il emmené Scott ?

Je me creusai la cervelle : quel était l'hôpital le moins éloigné de celui-ci ?

Our Lady of Mercy Medical Center. Sur le Bronx River Parkway. Je m'engageai à nouveau sur l'asphalte détrempé.

En route pour le Bronx, le vrai de vrai cette fois.

Ayant tourné en vain dix bonnes minutes, je m'aperçus que les demeures coloniales qui flanquaient jadis l'entrée de l'établissement avaient cédé la place à des immeubles moins pittoresques et moins robustes. Steve McQueen aurait été fier de moi : je freinai si fort que mes roues chassèrent, après quoi je fonçai au pas de course vers les urgences de Our Lady of Mercy, sur la 233e Rue Est.

La salle d'attente était miteuse, bondée. Je remontai la queue sous les huées.

« Vous a-t-on amené une victime d'agression non identifiée il y a moins d'une heure ? » criai-je à la première infirmière que je croisai.

Elle replaça le torchon ensanglanté qui couvrait la fourchette à barbecue plantée dans la main d'une Latino-Américaine avant de lever les yeux vers moi.

« Lit n° 3, répliqua-t-elle d'un ton agacé. Mais vous êtes qui, d'abord ? »

Je soulevai un tollé plus violent encore en me jetant sur la porte derrière elle. Ayant déniché le lit n° 3, j'écartai le rideau de plastique vert qui en faisait le tour.

« On t'a jamais appris à frapper avant d'entrer, grognasse ? » m'assena un gamin noir à demi nu qui tentait de se couvrir d'une main demeurée libre ; l'autre était menottée à un barreau du lit. Un volumineux bandage blanc lui enserrait la tête. Un policier blanc non moins volumineux se tenait assis près de lui.

Mon cœur se serra.

Si Scott n'était pas ici…

Alors où se trouvait-il ? Et où se trouvait Paul ?

« Hé ! Allô, madame, ici la Terre, me lança l'agent en claquant des doigts. Qu'est-ce qui vous arrive ? »

Je m'efforçais de mettre au point un mensonge quand deux bips jaillirent de sa radio entre les parasites.

L'homme monta le son, m'oublia un instant. Les mots étaient trop confus pour que je les comprenne tous, mais il était question d'une victime, sujet mâle de race blanche. Une adresse suivit.

St. James Park. À la jonction de Fordham Road et Jerome Avenue.

Un homme de race blanche ? Non, voyons. Impossible. Il ne pouvait s'agir que d'une coïncidence.

Le policier reporta sur moi son œil soupçonneux. Aussitôt je refermai ma bouche grande ouverte.

« Si j'ai bien saisi, fis-je en battant en retraite, ce n'est pas ici que je suis censée déposer mon échantillon d'urine ? »

Quelques minutes plus tard, je filai de nouveau. Direction plein sud. Je fais juste un saut, me dis-je en débouchant comme une fusée de Fordham Road. Ce n'est rien d'important. J'étais complètement idiote. Scott ne pouvait pas se trouver sur une scène de crime en plein Bronx. Non, puisqu'à cette heure il était dans un hôpital, où on soignait ses plaies et ses bosses. Plaies et bosses sans gravité, me répétai-je.

Je passai sous une affiche placardée au-dessus d'un réverbère cassé : « Le Bronx est de retour. » Ah bon ? Où était-il passé entre-temps ? Je contemplai les rideaux de fer tirés sur les boutiques de vêtements espagnoles, entre lesquelles se dressait de loin en loin un Popeye's Fried Chicken ou un Taco Bell.

Je virai brusquement à droite, sur Jerome Avenue.

Debout sur les freins de ma Mini, je m'immobilisai.

16

Jamais je n'avais recensé autant de voitures de police garées au même endroit. Elles s'alignaient sur le trottoir, sous la voie aérienne, pareilles à un convoi de chariots du Far West. St. James était un parc bétonné de la taille d'un pâté de maisons. Les gyrophares rouges, bleus et jaunes tournoyaient à pleine vitesse. Quant au ruban délimitant les lieux du crime, on en avait déroulé un tel métrage qu'il semblait que l'artiste Christo avait choisi le cœur du Bronx pour y créer l'une de ses installations.

Allons, chuchota une voix dans mon crâne. Un médecin des urgences est en train de recoudre la blessure de Scott. Il se pourrait même que Paul l'ait déjà raccompagné chez lui.

Tire-toi vite de ce trou à rats. Tu vas te retrouver dans les emmerdes jusqu'au cou, si tu t'attardes.

Mais je ne parvenais pas à décamper. Je devais agir en femme responsable. À partir de maintenant du moins.

J'allai droit vers la cohue.

L'agent svelte aux cheveux gris qui réglait la circulation autour de l'attroupement me jeta un regard ahuri et choqué quand je stoppai à sa hauteur.

Déjà il s'agitait, en quête de ses menottes. J'ouvris la portière et me laissai littéralement tomber hors de la voiture. Je tendis la main vers mon sac. Cette fois, c'est son arme de service qu'il fit apparaître.

Mais en retour je la lui présentai.

Je lui présentai ma plaque.

L'insigne doré qu'on m'avait remis lorsque les instances supérieures de la police new-yorkaise m'avaient promue au rang d'inspecteur.

« Bon Dieu », lâcha l'uniforme, visiblement soulagé. Il leva le ruban de protection, sous lequel il m'invita d'un geste à me glisser.

« Pourquoi vous ne m'avez pas dit tout de suite que vous étiez de la maison ? »

17

J'appartenais aux forces de l'ordre depuis sept ans. Dix-huit mois plus tôt, j'avais été nommée inspecteur au sein de la section criminelle spécialement affectée au Bronx. Scott Thayer était donc également « de la maison ». Inspecteur à la brigade des stups du Bronx.

Qu'ajouter ?

Que dans la police de New York aussi, il arrive que deux collègues entretiennent une liaison.

Je passai sous le ruban pour me diriger vers les projecteurs aveuglants que l'unité scientifique avait plantés au beau milieu du parc. Peut-être mon impression tenait-elle à mon épuisement, mais j'étais trop accoutumée aux scènes de crime pour ne pas remarquer qu'il régnait dans l'air de l'électricité et que les lieux grouillaient anormalement de flics aux mines éprouvées. Que se passait-il, bon sang ?

Je longeai quelques cages à poules rouillées et un mur couvert de graffitis destiné aux joueurs de handball.

Je me figeai dans l'ombre, à la lisière de la zone embrasée par les faisceaux des projecteurs braqués sur une fontaine si décrépie que son granit était devenu noir.

Une bâche de plastique bleu ceignait son socle ouvragé. Elle flottait à demi sur l'eau, recouvrant quelque chose. Quelle était cette chose dissimulée sous la bâche bleue ?

Je faillis sursauter lorsqu'une main, large et chaude, se posa sur les poils qui se dressaient sur ma nuque.

« Qu'est-ce que tu fabriques ici, Lauren ? » L'inspecteur Mike Ortiz affichait son éternel demi-sourire flegmatique.

Mike, mon équipier depuis un an, pouvait avoir dans les quarante-cinq ans. Un garçon placide et costaud. Placide, il avait tout loisir de l'être : on le confondait sans cesse avec The Rock, le catcheur. Pour tout dire, son gabarit l'autorisait à afficher comme bon lui semblait l'humeur de son choix.

« Tu ne devais pas aller à Quantico pour distribuer... pour récupérer, pardon, des tuyaux à l'académie du FBI ? »

Le séminaire auquel je devais assister en Virginie était organisé par la Behavioral Science Unit du FBI. Une petite remise à niveau, payée par la police de New York, sur les dernières techniques d'investigation.

« J'ai loupé mon avion, parvins-je à articuler. Je partirai demain matin à l'aube. »

Mike fit claquer sa langue en me poussant du coude sous le feu des projecteurs. « Je parie que tu vas regretter d'avoir manqué ton vol. »

Il me remit des surbottes et des gants de latex comme nous touchions la base en pierre de la fontaine, chargée de volutes. Les ayant enfilés, j'enjambai le rebord pour entrer dans l'eau.

Une eau de pluie glacée m'arrivait à mi-tibia.

Je conservai mon équilibre précaire en me concentrant sur le scintillement des gyrophares mille fois reproduits dans les gouttes, semblables à de minuscules feux d'artifice. Je pataugeais vers la bâche. De petits bouquets de lumière, rouges et bleus. Un peu irréels, comme tout ce que je vivais cette nuit-là.

C'était ridicule, me persuadai-je en barbotant.

Sous la bâche gisait forcément un dealer. Ou alors un junkie.

Enfin j'atteignis le carré de plastique, sous l'éclat implacable et brûlant des projecteurs. Trop tard. Quand bien même je l'aurais souhaité, je ne pouvais plus faire machine arrière. Mike Ortiz se tenait dans mon dos. « À toi l'honneur, Lauren. »

Je retins ma respiration.

Et soulevai la bâche.

18

Que Dieu me vienne en aide…

La pensée qui me traversa ensuite était encore plus saugrenue. À sept ans, je reçus une balle de softball en pleine poitrine. Cela se passait dans notre quartier irlandais du Bronx, pendant le match qui opposait la police aux pompiers de la ville à l'occasion de leur barbecue annuel. Je me trouvais sur la ligne de première base, encourageant mon sergent de père posté sur la butte du lanceur, prêt à entrer en action. Je ne me rappelle pas le moment où la balle frappa ma poitrine. Je ne me rappelle rien. On m'expliqua plus tard que mon cœur s'était arrêté de battre. Mon père se chargea du massage cardiaque en attendant que les secours prennent le relais avec leur défibrillateur. Je ne me souviens d'aucune lueur à l'extrémité d'un tunnel, de nul ange gardien au doux visage me guidant d'un geste vers le paradis. Je ne me rappelle que la douleur et les adultes penchés sur moi, articulant des mots que je n'entendais pas, comme si entre nous s'était dressée une paroi en verre d'une épaisseur formidable.

En baissant la tête, j'éprouvai ce soir-là une sensation identique, la même impression de me couper du monde.

Deux yeux bruns m'observaient à travers trente centimètres d'eau rougie de sang.

Je faillis me jeter sur Scott pour l'étreindre. Me laisser tomber tout habillée dans l'eau de la fontaine pour le serrer dans mes bras.

Mais j'étais incapable du moindre mouvement.

Je me remémorai notre première rencontre, au commissariat de la 48e Rue, sous le Cross Bronx Expressway. Je faisais des heures supplémentaires à l'étage, Scott effectuait les siennes au rez-de-chaussée. Le distributeur de boissons fraîches ayant refusé ma pièce, Scott m'en offrit une. J'appuyai sur le bouton : deux canettes de Coca Light dégringolèrent.

« Ne vous en faites pas », fit-il en souriant. À l'instant où nos regards se croisèrent, j'entendis presque un déclic. « Je ne vous dénoncerai pas aux Affaires internes. »

J'avalai ma salive. La pluie tombait autour de moi. Je contemplai les petits cercles qu'elle dessinait au-dessus du visage de Scott.

« L'un des policiers en tenue l'a identifié, m'indiqua Mike. Il s'appelle Scott Thayer. Inspecteur aux Stups du Bronx. C'est l'un des nôtres, Lauren. On ne peut rien imaginer de pire. Quelqu'un a tué un flic. »

Je portai mes mains à mes yeux pleins de larmes. Je les aurais volontiers arrachés.

« On l'a tabassé », poursuivit mon partenaire. Sa voix semblait me parvenir depuis l'espace intersidéral.

Je hochai la tête. Dis-moi plutôt un truc que j'ignore, pensai-je.

Mike s'exécuta.

« Complètement démoli. » La fureur pointait dans sa voix. « Après quoi on l'a buté. »

19

Buté ?

« Regarde, tu vois l'orifice d'entrée du projectile sous sa mâchoire, à gauche ? » Du doigt, Mike me montra la blessure en poursuivant son exposé sur un ton égal et douloureux.

Je fixai la plaie, j'opinai. Comment avais-je pu la manquer ? On aurait cru un nombril mal placé. Je frissonnai soudain au souvenir de Scott frottant contre mon ventre sa barbe naissante.

« Et regarde les cornées. »

De nouveau j'acquiesçai muettement. Quelques heures après le décès, il n'est pas rare que les yeux se ternissent. Ceux de Scott restaient limpides ; il était mort depuis peu.

« Il a un holster à la cheville, mais l'arme n'y est plus. C'est un petit étui. Pas sûr qu'il y ait rangé son arme de service. Un flingue d'appoint, plutôt, en cas de gros pépin. Je me demande bien ce qu'il fichait dans le coin. On n'est jamais trop prudent. N'empêche que ça ne lui a pas suffi. Que Dieu le garde. »

Une bonne raison pour ne jamais flirter avec un collègue de bureau, me dis-je en m'extirpant du bassin pour m'affaler contre son rebord humide et froid.

Mon cerveau en profita pour se bloquer sur un mot. Ce mot cognait contre les parois de mon crâne, ricochant deci de-là comme un oiseau piégé dans une cage.

Pourquoi ?

Pourquoi ? Pourquoi ? Pourquoi ?

Scott était vivant tout à l'heure. Je l'avais entendu gémir quand Paul l'avait fourré dans sa voiture. J'étais inspecteur de police, je travaillais à la Criminelle, j'étais une spécialiste de ce type de situation. Tout à l'heure, il était vivant.

Tout à l'heure... Mon regard bondissait de la bâche bleue au sol entre mes pieds. Je notai au bout d'un moment qu'en fait de bâche il s'agissait d'une nappe de pique-nique.

Je secouai la tête, incrédule. Je m'en souvenais parfaitement : c'était moi qui avais acheté cette nappe chez Stop & Shop, que Paul conservait dans le coffre de sa Toyota.

Quel crétin, me dis-je. Je fondis en larmes.

Imbécile. Espèce d'abruti.

« Je sais, Lauren, fit Mike en s'asseyant près de moi. Ça pourrait être toi, là-dessous. Ça pourrait être moi. Quand je pense à tout ce pour quoi il a dû se décarcasser dans sa vie. À tout ce qu'il aimait. Aux projets qu'il devait faire. »

Mon partenaire prit une mine farouche.

« Tout ça pour finir dans une fontaine du Bronx, balancé à la flotte comme un sac poubelle. »

Le poids de ma culpabilité m'écrasa brusquement. Un instant, je caressai l'idée de tout avouer à Mike. Mes paroles hésitaient au bord de mes lèvres, pareilles à une avalanche prête à se déclencher. Je n'avais qu'à me tourner vers lui et cracher la vérité. Lui raconter l'histoire. Et, du même coup, faire une croix sur le reste de mon existence.

Mais les mots refusèrent de sortir. C'était trop tôt. Mon instinct me poussait-il à protéger Paul ? À me protéger, moi ? Je n'en savais rien. Honnêtement, je n'en avais pas la moindre idée.

Toujours est-il que je me tus. L'heure de la confession passa.

Je gardai mes secrets pour moi et pleurai en tremblant.

20

J'essuyais mes larmes quand une paire de godillots noirs se matérialisa devant mes surbottes.

Je levai la tête. Mon supérieur se tenait face à moi. Lieutenant Pete Keane. Un Irlandais au teint pâle, au visage juvénile, d'une maigreur squelettique. Le grand patron de la section criminelle du Bronx avait tout de l'enfant de chœur – sauf les yeux, deux clous gris et durs.

« Lauren, commença-t-il. Vous avez tenu à venir dès que vous avez entendu la mauvaise nouvelle, c'est ça ? Je vous en sais gré. Ça m'a évité de vous appeler. Je vous place à la tête de cette enquête. Mike et vous allez faire des merveilles. Vous êtes mon équipe de choc. »

Je dévisageai Pete Keane. Les événements se succédaient à une vitesse alarmante. Je venais à peine d'admettre la mort de Scott que, déjà, mon patron me confiait l'affaire.

Un doute m'étreignit : Keane avait-il eu vent de notre liaison ? Mon Dieu. Si ça se trouve, il me soupçonnait de détenir des informations sur le drame ; il me mettait à l'épreuve. Est-ce que je voyais juste ?

Non, me rassurai-je. Impossible. Personne n'était au courant au commissariat. Scott et moi nous étions donné un mal de chien pour rester dans la clandestinité sur notre lieu de travail. De surcroît, rien ne s'était passé entre nous, sinon un brin de flirt et quelques repas pris ensemble. Jusqu'à ce soir, évidemment.

Ce soir, il s'était passé entre nous tout ce qu'on pouvait humainement imaginer.

J'expirai profondément pour chasser la bouffée de paranoïa. Pete Keane me faisait confiance pour les enquêtes d'envergure. C'était aussi simple que ça. La brigade comptait dans ses rangs des inspecteurs plus âgés, mais moi, son « flic avocat en jupons » comme il aimait à me surnommer, j'étais une perfectionniste. Je mettais ma formation juridique au service de mes investigations, je suivais les règles à la lettre, j'étais méthodique, organisée. Je possédais un taux de réussite très élevé. Les assistants du District Attorney du Bronx se battaient presque pour récupérer les affaires sur lesquelles j'avais planché : il leur suffisait, à peu de chose près, de lire mes rapports devant la cour pour remporter leur procès.

Dans un désastre d'une telle ampleur que celui qui nous frappait ce soir, tout tiendrait justement dans ces fameux rapports, qu'il faudrait à coup sûr transmettre heure par heure à ma hiérarchie.

Or je ne désirais qu'une chose : échapper au plus vite à cet enfer. J'avais besoin de temps pour réfléchir, pour passer au crible ma vie désormais en miettes.

Mon estomac se noua. Impossible d'émettre une excuse valable pour refuser cette enquête. Les mots me manquaient.

« Vous pouvez me demander ce que vous voulez », m'entendis-je déclarer à Keane.

Mon supérieur hocha la tête.

« Scott Thayer, énonça-t-il d'un air las. Trente-neuf ans. Je n'arrive pas à y croire. Vous le connaissiez ? »

Mike souffla sur son café en faisant signe que non.

Le lieutenant se tourna vers moi.

« Et vous, Lauren ? »

Comment aurais-je pu nier avoir jamais connu Scott ? Quelques heures plus tôt, il plantait encore son regard dans le mien en agrippant mes cheveux durant nos ébats. À présent il gisait, froid, au fond d'un bassin de pierre, avec sur le visage cette douloureuse expression qu'on ne voit qu'à ceux qui meurent dans la solitude la plus complète.

Une rame de métro crissa derrière nous, sur la voie aérienne de Jerome Avenue. Les étincelles bleues et blanches qui jaillissaient de ses roues hurlantes se reflétaient sur les bâtiments alentour.

« Son nom me dit quelque chose », mentis-je en ôtant mes gants en latex.

Mon premier mensonge. Je contemplai la marée d'uniformes bleu nuit et les lumières intermittentes des véhicules d'urgence.

Je devinai que ce ne serait pas le dernier.

21

« Dites-moi ce que vous avez pour le moment, nous ordonna Keane. Le divisionnaire est en route. Il me faut deux ou trois salades à lui servir, histoire qu'il nous laisse poursuivre les investigations sans nous marcher sur les pieds. Quelles sont vos premières conclusions ? Vos impressions ? Dites-moi tout.

— Nombreuses lacérations et contusions au niveau du visage, dit Mike. L'orifice d'entrée d'une balle sous la mâchoire, côté gauche. Pour le reste, on attend le légiste afin de pouvoir emporter le corps.

— Calibre de l'arme ?

— Calibre moyen, suggéra mon équipier en haussant les épaules. Peut-être un .38.

— On a retrouvé son arme de service ou sa plaque ? »

Le visage de Mike se ferma.

« D'après moi, on l'a dérouillé, on l'a buté et puis on l'a balancé ici. Celui qui a fait ça devait être complètement dingue.

— Vous êtes du même avis, Lauren ? »

Je m'éclaircis la gorge.

« C'est cohérent.

— Pourquoi dites-vous qu'on l'a “balancé” ? Vous êtes certain que Thayer n'a pas été abattu ici ?

— Il y a très peu de sang dans la fontaine, répondit Mike. Qui plus est, ses vêtements sont couverts de boue et de traces d'herbe. Or il ne pousse plus un brin de pelouse dans ce parc depuis les Iroquois.

— Organisez immédiatement l'enquête de voisinage, décréta Keane. Interrogez le légiste et la police scientifique. Ensuite, filez au bureau de Thayer et vérifiez ses affaires en cours. Il faut savoir sur quoi il travaillait en ce moment. On est en train de contacter ses collègues des Stups. Parlez-leur dès leur arrivée. Discutez avec tous les membres de son unité. »

Keane tourna la tête : un convoi de quatre véhicules fonçait dans notre direction. Mon patron me tapota affectueusement l'épaule.

« Ils vont sans doute essayer de refiler le bébé aux stars de la maison, mais je ne compte pas les laisser faire. Le drame a eu lieu chez nous. Faites-moi honneur. »

22

Lui faire honneur? me répétai-je, ahurie, tandis qu'il s'éloignait.

Il me faudrait en déployer, des efforts...

Une interrogation surgit dans ma cervelle : où se trouvait Paul? Dans ma colère, je n'avais même pas songé à vérifier s'il allait bien. La terreur monta en moi.

Après tout, peut-être l'avait-on abattu, lui aussi ! C'était plausible.

Je tentai d'abord de le joindre sur son portable. La messagerie se déclencha. Je m'affolai.

Je dois savoir s'il s'en est tiré.

« C'est pas vrai ! lançai-je à l'adresse de Mike en me frappant le front avec mon téléphone. Tu ne vas pas le croire : je n'arrivais pas à dormir, alors je me suis relevée pour faire la cuisine, et j'ai oublié un truc dans le four. Il faut que je fasse un saut chez moi. Tu pourrais me couvrir pendant une demi-heure?

— Quoi? On se retrouve sur la plus grosse affaire de notre vie et toi, tu... Qu'est-ce que c'était?

— Des brownies.

— Très bien, Bocuse, céda Mike avec un hochement de tête abasourdi. Je te couvre. De toute façon, on est obligés d'attendre le légiste. Si on me pose des questions, je raconterai que tu es passée au bureau de Scott. Mais tu as intérêt à faire fissa. Le lieutenant risque de s'énerver s'il ne te voit pas à son retour, même si tu lui rapportes un en-cas. »

Aussitôt dit, aussitôt fait. J'appuyai sur le champignon, non sans avoir collé sur le toit de la Mini le gyrophare que je gardais à portée de main. Huit minutes plus tard, j'atteignais mon quartier.

Depuis le haut de l'impasse au fond de laquelle nous habitions, je repérai la Toyota de Paul dans notre allée ; la chambre était éclairée. Je ralentis. Une vague de soulagement me submergea.

Au moins, mon mari était rentré.

23

À la vue de sa voiture, une idée germa dans mon cerveau – qui recommençait enfin à fonctionner. J'éteignis mes phares, je fis taire ma sirène. Je roulai au pas jusque chez nous, tel un malfrat sur le point de commettre un cambriolage. Je tâchai d'y voir le plus clair possible avant d'affronter Paul. Je me garai à trois demeures de la nôtre. J'effectuai le reste du trajet à pied.

Les portières de la Camry étaient verrouillées, mais l'outil que j'avais récupéré dans le coffre de la Mini me permit d'en venir à bout en moins de temps qu'il n'en faut pour le dire. Ayant ouvert le côté passager, je m'immobilisai sous l'assaut de l'odeur qui se dégageait de l'habitacle. Eau de Javel et produit d'entretien à la sève de pin. Quelqu'un avait fait le ménage là-dedans… Je mis mes émotions dans ma poche, j'inspirai profondément et allumai ma petite lampe torche.

Je ne notai guère que quelques gouttes de sang à l'arrière, sous le tapis de sol.

Trois minutes de plus et je découvrais le trou laissé par la balle.

Dans l'appuie-tête du passager. La balle était entrée, mais elle n'était pas ressortie. Je sondai l'orifice à l'aide de mon couteau suisse. La lame heurta un petit objet métallique. Quelques efforts supplémentaires et j'extrayais le projectile, qui avait pris sous l'impact la forme d'un champignon et tomba dans le creux de ma main.

Je le rangeai dans mon sac, fermai les yeux en tâchant de reconstituer les événements.

Paul conduisait. Scott, d'abord allongé sur la banquette arrière, était revenu à lui. Hébété, craignant pour sa vie, il avait extirpé de son holster le pistolet qu'il portait à la cheville et tiré sur Paul. La balle s'était enfoncée dans la mousse du repose-tête.

Paul s'était retourné, s'était démené pour récupérer l'arme. Un second coup était parti.

Scott l'avait reçu en pleine mâchoire. Mon Dieu...

J'inspirai de nouveau. Les effluves de détergent me brûlèrent les narines. Je poursuivis mes réflexions.

Paul s'était affolé. Même en état de légitime défense, il savait qu'il paierait cher le meurtre d'un policier. Il avait élaboré un scénario dans l'urgence. Scott était flic. Qui, d'ordinaire, tue les flics ? Les dealers, par exemple. Alors Paul avait roulé vers le Bronx jusqu'à dénicher un quartier où la drogue passait de main en main. Il y avait déposé le cadavre de Scott. Après quoi il était rentré chez nous, il avait nettoyé l'auto.

Je sanglotai de nouveau. Pendant cinq minutes, je restai agenouillée là où mon mari avait assassiné mon amant. Je pleurai jusqu'à en avoir mal aux yeux.

Ce n'était pas juste. Trois existences irrémédiablement gâchées pour une seule erreur de jugement. Je finis par essuyer mes larmes et sortis de la voiture pour me diriger vers la maison. Me diriger vers Paul.

J'effectuai d'abord un bref détour.

24

Je suis inspecteur de police, j'enquête sur des meurtres et l'on s'accorde à dire que je me débrouille fort bien. Je n'eus aucun mal à retrouver l'arme et la plaque de Scott dans notre abri de jardin.

Nettoyer une scène de crime exige énormément de travail et de fameuses quantités de produits ménagers. N'ayant rien débusqué dans la poubelle qui trônait devant le garage, je me dirigeai droit sur la cachette la plus évidente. Derrière la porte de l'appentis était posé un sac Stop & Shop empli à ras bord de serviettes en papier rougies.

Sous le sac : l'insigne de Scott et l'arme avec laquelle Paul l'avait abattu.

C'était un .38 à canon court, un Colt Detective, que je soulevai en le tenant dans l'une des serviettes en papier. Je vérifiai le contenu du chargeur. Deux balles manquaient.

Je replaçai soigneusement l'arme où je l'avais découverte, avant de refermer à clé la porte de la cabane. Je remontai l'allée vers notre maison lorsque mon portable se mit à vibrer.

Je baissai les yeux vers l'écran, puis les relevai en direction de la fenêtre illuminée de notre chambre. Je me dissimulai dans l'ombre, auprès du garage.

C'était Paul.

Que voulait-il ? Fallait-il que je décroche ? M'avait-il repérée ? Je n'eus pas la force de répondre. Ma messagerie prit le relais. Quelques secondes plus tard, je l'interrogeai.

« Salut, Lauren. C'est moi. Je suis à la maison. Il y a eu un problème avec l'avion. Je t'expliquerai plus tard. Est-ce que tu as manqué ton vol, toi aussi ? J'ai remarqué que ta voiture n'était pas là. Tu es au boulot ? Appelle-moi dès que tu peux. Je me fais du souci. »

Il se fait du souci ? Pour moi ? De nouveau mon regard se hissa jusqu'à la fenêtre. Pourquoi se fait-il du souci pour moi ? Je n'ai tué personne.

Allait-on continuer de progresser ainsi dans une étrangeté croissante ? Cela dit, il allait bien, me dis-je en refermant mon mobile.

Physiquement en tout cas.

J'aspirai une copieuse goulée d'air sur le perron. Cette fois, j'étais prête à m'expliquer avec mon mari. Mon téléphone vibra de nouveau.

Il ne s'agissait pas de Paul.

Mais de mon équipier. Je me retranchai dans les ténèbres, le long du garage, avant de répondre.

« Mike ?

— Grouille-toi, Lauren. Keane est en chemin. Je ne peux pas te couvrir plus longtemps. Reviens tout de suite.

— J'arrive. »

Un dernier coup d'œil à la fenêtre. Qu'est-ce que j'attendais, bon sang ? Pourquoi rôdais-je ainsi dans l'obscurité aux abords de ma propre maison ? Il fallait que je franchisse cette porte pour m'entretenir avec Paul. Gérer la crise en temps réel. Appeler un bon avocat. Agir de façon rationnelle. Me comporter en adulte. Résoudre le mystère.

Je n'avais qu'à plonger mon regard dans celui de Paul et lui déclarer : « Je t'ai trompé, c'est vrai. C'est vrai, j'ai fait l'amour avec un autre homme ce soir. Maintenant, il nous reste à assumer les conséquences de l'horreur que tu viens de commettre. »

Il continuait de pleuvoir autour de moi.

La procrastination n'était pourtant pas mon genre. Mais en l'occurrence, je m'autorisai une exception. Demain serait un autre jour.

Prenant soin de ne pas quitter la pénombre, je rejoignis ma voiture au petit trot.

25

Je laissai ma Mini sur Grand Concourse et marchai jusqu'à la 193e Rue dans un état second, m'efforçant d'oublier le désastre qu'était devenue ma vie. Je retrouvai Mike à l'entrée sud du parc, loin du poste de commandement établi pour nos supérieurs du côté de Jerome Avenue.

Une demi-douzaine de camionnettes de télévision étaient arrivées sur les lieux. Génial. Certes, le public avait le droit de savoir. À quoi j'avais envie de rétorquer : pourquoi donc ?

« Quelqu'un a remarqué mon absence ? » m'enquis-je auprès de mon partenaire.

Il m'opposa une mine affligée. « C'est la tuile, Lauren. Le divisionnaire s'est pointé il y a dix minutes. Furieux. Il a exigé de savoir où tu étais. »

Mon estomac se tordit.

« Mais tu me connais, enchaîna-t-il. Je lui ai flanqué une bonne dérouillée en lui disant de retourner vendre ses beignets dans sa boutique ambulante. Qu'il y serait plus à sa place qu'ici. »

Je donnai une bourrade dans le bras de Mike. Gros malin, va. N'empêche, grâce à lui je me sentais mieux.

« Je te remercie », fis-je. Il ignorait combien j'étais redevable à ses facéties.

Opiniâtre, la pluie tombait sans répit. Nous nous dirigeâmes vers Creston Avenue, à l'est du parc… si tant est qu'on pût qualifier de « parc » une surface bétonnée dévolue au handball, quelques paniers de basket aux anneaux rouillés et des balançoires consciencieusement rognées par les pitbulls du voisinage.

St. James Park. J'ignore de qui James est le saint patron, sans doute pas des revendeurs de marijuana, de coke ou d'héroïne officiant devant les immeubles hors d'âge qui ceinturent l'espace « vert ». À en juger par les regards patibulaires que nous lançaient les jeunes types encapuchonnés réfugiés sous l'auvent en plastique rouge d'une *bodega*, notre présence avait considérablement fait chuter leur chiffre d'affaires.

« Dites-moi que l'enquête de voisinage a donné quelque chose », dit Mike à un robuste policier noir, assis, portière ouverte, dans son fourgon ; il remplissait un rapport.

Il leva les yeux vers nous. La déception se lisait sur ses traits.

Parfait, me dis-je. Tant mieux s'il est déçu.

« On a une dénommée Amelia Phelps, une Afro-Américaine de quatre-vingts ans. Elle vit dans le gourbi, là-bas. » Il désigna du doigt la demeure victorienne qui se dressait à l'angle de la rue.

« Elle affirme avoir vu un véhicule se garer non loin de chez elle. Un homme en serait sorti pour récupérer quelque chose dans le coffre.

— Un Noir ? Un Blanc ? Un Latino ? » interrogea mon collègue. Des cris l'interrompirent.

« Il méritait pas autre chose ! »

L'un des garçons plantés devant la *bodega* braillait, gesticulait en ouvrant largement les bras, doigts écartés.

« Les keufs ont enfin ce qu'ils méritent, c'est pas trop tôt ! »

Mike se rua vers lui à une telle vitesse qu'il me fallut courir pour le suivre.

« Je n'ai pas bien entendu », lança-t-il, une main en cornet autour de l'oreille tandis qu'il se glissait sous le ruban de protection pour rejoindre le groupe auquel appartenait le fauteur de troubles.

La plupart de ses camarades lui avaient prudemment faussé compagnie, se dispersant dans tout le quartier. Le provocateur, lui, étrangement ne bougeait pas d'un poil. Un type mince aux yeux verts, un Hispano-Américain d'à peine plus de vingt ans.

« Quoi ? T'aimes pas quand on dit la vérité ? cracha-t-il à Mike en relevant vers lui sa petite tête de coq. Ça, c'est ton problème, mec. »

Mike s'empara d'une poubelle métallique, qu'il lança à deux mains en direction du blanc-bec. Le conteneur heurta ce dernier à l'épaule avant de retomber dans le caniveau. Mon équipier récupéra la poubelle, dont il renversa le contenu sur le gamin.

« Qu'est-ce que tu dis de ça ? »

Je m'approchai. « Laisse tomber, Mike, il n'en vaut pas la peine. Tu as envie de te faire vider à cause d'un voyou à deux balles ? Reprends-toi, ça grouille de grosses légumes par ici. »

Mike frotta la veine qui battait à sa tempe. Je le forçai à s'éloigner.

« Tu as raison, grommela-t-il, tête basse. J'ai pété un câble, désolé. »

C'est alors qu'un souvenir me revint en mémoire.

Le père de Mike, policier lui aussi, s'était fait tuer en service. Membre de la police des transports, il avait grimpé dans un wagon de métro où un viol était en train de se commettre. L'agresseur lui avait tiré en pleine figure. De tous les meurtres de flics perpétrés à New York, celui-ci compta parmi les quelques cas hélas non résolus.

Mon collègue avait beau afficher d'ordinaire une humeur égale, une chose était susceptible de le faire sortir de ses gonds.

Un policier abattu.

Décidément, la situation s'améliorait de minute en minute…

26

Nous rendîmes visite à notre témoin. Que savait-elle au juste ?

Amelia Phelps. Une toute petite bonne femme jadis professeur d'anglais au lycée du Bronx.

« Voulez-vous une tasse de thé ? » nous demanda-t-elle. Une diction parfaite. Elle nous introduisit dans son salon poussiéreux et défraîchi. Des piles de livres qui m'arrivaient à la poitrine envahissaient l'espace.

« Non merci, madame Phelps, répondit Mike en chaussant ses lunettes à double foyer.

— Mademoiselle, rectifia-t-elle.

— Je vous prie de m'excuser. Vous êtes au courant qu'on a découvert le cadavre d'un officier de police dans le parc. Nous sommes les inspecteurs chargés de l'enquête. Pouvez-vous nous aider ?

— La voiture que j'ai vue était une Toyota. Une Camry, je crois. Un modèle récent en tout cas. L'homme qui en est descendu était un Blanc d'environ un mètre quatre-vingts. Il portait des lunettes et des vêtements foncés.

« J'ai d'abord cru qu'il se trouvait là pour l'unique raison qui pousse les Blancs à se mêler à notre communauté : l'achat de substances illégales auprès des jeunes du quartier. Mais je l'ai vu ensuite ouvrir la portière arrière de son véhicule pour en tirer quelque chose de volumineux, roulé dans une couverture bleue. Ç'aurait tout à fait pu être un corps humain. Il est revenu au bout de cinq minutes environ, les mains vides, et il a filé. »

La joie de Mike n'avait d'égale que ma consternation.

Car notre témoin, notre retraitée de l'éducation nationale, était une espèce rare. Nous avions enquêté sur des fusillades survenues au beau milieu d'une station-service ; aucune des vingt personnes présentes n'avait rien noté. Sans parler de ces mariages arrosés par des rafales de mitraillette où aucun convive n'avait vu ni entendu quoi que ce soit. Cette fois, nous avions affaire à un assassin venu se débarrasser de sa victime en pleine nuit dans un quartier fourmillant de trafiquants de drogue. Soit un cas d'homicide pratiquement insoluble. Et nous croisions la route de cette aïeule dotée d'une véritable mémoire photographique.

« Avez-vous relevé le numéro d'immatriculation de la voiture ? » tenta mon équipier.

Non, implorai-je en silence. Je vous en prie, mon Dieu, faites qu'elle dise non.

« Non. »

Je m'obligeai à souffler sans bruit.

« Parce qu'il faisait trop sombre ? demanda Mike, visiblement déconfit.

— Non, répliqua Mlle Phelps comme s'adressant à un élève qui aurait oublié de lever le doigt pour poser sa question. Parce que le véhicule ne portait pas de plaques.

— Avez-vous appelé la police pour leur raconter ce que vous veniez de voir ? » intervins-je.

La vieille dame me tapota le genou.

« Dans ce quartier, inspecteur, il convient de ne pas se mêler des affaires des autres.

— Dans ce cas, pourquoi vous êtes-vous confiée à l'agent qui est venu frapper tout à l'heure à votre porte ? s'étonna Mike.

— Parce qu'il m'a questionnée, rétorqua-t-elle sur un ton guindé. Je ne suis pas une menteuse.

— Seriez-vous capable de reconnaître cet homme au cours d'une séance d'identification ? suggérai-je avec un sourire contraint.

— Absolument.

— Génial, fis-je en lui tendant ma carte. On reste en contact.

— Plutôt deux fois qu'une », ajouta Mike.

27

Mon partenaire avait relevé ses lunettes sur son front. Nous quittâmes le domicile d'Amelia Phelps pour regagner le parc. Surexcité, il marmonnait en relisant ses notes. Il était gonflé à bloc. Il sentait que nous nous rapprochions du tueur. Cela le galvanisait. Je comprenais. Je savais ce qu'on éprouvait à être du côté du bien.

Cela me manquait terriblement.

J'étais épouvantée de mentir à Mike, de mentir aux policiers qui arpentaient la scène de crime sous la pluie. Car lorsqu'un flic tombe, tous ses collègues encaissent le coup. Il y a d'abord la colère, bien sûr. Mais aussi, plus profondément, une terreur sous-jacente chargée de mille questions : aurais-je mieux fait d'opter pour un métier moins dangereux ? Ce boulot vaut-il la peine qu'on y laisse sa vie ?

Je savais que mes collègues avaient mal, qu'ils avaient peur. En révélant la vérité, je soulagerais leurs angoisses. L'idée que quelqu'un d'autre puisse être blessé à son tour les rendait presque malades.

Je fermai les yeux, prêtant l'oreille aux crachotements des radios. J'écoutai la pluie s'égoutter dans les arbres.

Je ne dis rien à personne. Je me tus obstinément sur les circonstances de la mort de Scott.

Je gardai la tête basse et les lèvres closes.

Je ne relevai les yeux qu'en remarquant une certaine agitation aux abords de la fontaine.

Des policiers se déployaient en rangs parallèles depuis le bassin jusqu'au fourgon noir du médecin légiste.

« Ils sont en train de l'emmener », m'informa un agent en me dépassant au pas de course pour se glisser dans l'un des rangs.

Une garde d'honneur, composée de six officiers, pénétra précautionneusement dans l'eau de la fontaine pour récupérer le sac mortuaire que leur remirent les assistants du légiste. Dès lors ils se chargèrent de Scott comme ils l'auraient fait d'un malade encore vivant. Si seulement c'était vrai… Si seulement j'avais le pouvoir d'effacer cette nuit affreuse, cette nuit de trop…

Parmi les hommes tout de bleu marine vêtus et droits comme des *i* s'éleva la voix bouleversante d'un ténor entonnant *Danny Boy.* Ronan Tynan en personne aurait été jaloux.

Définition parfaite du mot « désolation » : une demi-douzaine de policiers portant lentement l'un des leurs par les rues enténébrées du Bronx, cependant que l'averse ne cesse pas et que retentissent les cornemuses. Scott était-il seulement d'ascendance irlandaise ? Je l'ignorais. Tous les flics morts sont irlandais.

J'observai les gouttes de pluie, pareilles à une aspersion d'eau bénite, qui frappaient le sac mortuaire lorsque le cortège défila devant moi. Partout, les hommes pleuraient sans retenue. Le divisionnaire lui-même, debout près de la camionnette du légiste, se couvrit les yeux de la main.

Passant au-dessus de nos têtes, sur la voie aérienne, le métro fit résonner son tambour martial au moment où on enfournait la dépouille de Scott à l'intérieur du fourgon comme un dossier qu'on range dans un tiroir.

Mes larmes se déversaient à flots.

28

J'aperçus une masse indistincte et blanchâtre à la lisière de mon champ de vision. Tout à coup, je me retrouvai enveloppée dans la chaleur d'un vêtement de travail.

« Oh Lauren », murmura à mon oreille Bonnie Clesnik, avec qui j'avais suivi les cours de l'académie de police. Elle m'étreignit contre son flanc. « C'est affreux. Pauvre garçon. »

Bonnie avait entamé des études de médecine avant de les abandonner pour rejoindre les forces de l'ordre. Elle œuvrait à présent au sein de la police scientifique. À l'académie, nous ne côtoyions que des garçons proprets venus de Long Island, bien plus jeunes que nous de surcroît, et sans expérience professionnelle préalable. Aussi n'avions-nous pas tardé à nous rapprocher. J'avais si souvent pris pension chez Tatum et Bonnie qu'elles avaient donné mon nom à leur futon d'appoint.

Bonnie extirpa un mouchoir en papier de sa tenue, avec lequel elle se tamponna le coin des yeux. Elle me tendit un autre Kleenex.

« On a fière allure, lança-t-elle en s'efforçant de rire. Nous, les deux fliquettes de choc. Ça doit faire un an qu'on ne s'est pas vues, n'est-ce pas ? Tu as fait quelque chose à tes cheveux. Je trouve ça joli.

— Merci, répondit Mike en se plantant entre nous. Je me suis contenté d'un shampooing. Et vous êtes… ?

— Bonnie, je te présente Mike. Ce petit rigolo est mon partenaire. Mais je croyais que tu étais dans l'équipe de jour ?

— Quand on m'a prévenue de ce qui venait de se passer, j'ai foncé, m'expliqua Bonnie. Je n'ai jamais vu autant de flics rassemblés au même endroit depuis le 11-Septembre. »

Elle ôta le sac en plastique qu'elle portait en bandoulière parmi ses appareils photo.

« Et je me félicite de m'être déplacée, reprit-elle : je crois que j'ai déniché quelque chose. »

Je me saisis du sac qu'elle me tendait et le levai à hauteur de mes yeux.

Toutes les lumières du parc et de la rue me jaillirent à la figure avec une blancheur aveuglante. Il me sembla que la pluie me traversait le corps.

Lentement, je tournai et retournai devant mon nez les lunettes à monture métallique de Paul.

« Elles étaient dans la couverture qui enveloppait le corps de Scott Thayer, m'indiqua Bonnie. J'ai déjà appelé l'un de ses collègues des Stups. Scott ne portait pas de lunettes. Si elles ont été prescrites à leur propriétaire par un ophtalmo, il va nous suffire d'éplucher tous les dossiers des praticiens de la région pour mettre la main sur le sale bigleux qui a fait ça. »

Un picotement me titilla derrière l'œil gauche. Mike, lui, poussait un cri de victoire en tapant dans la main de ma camarade.

Quelques instants plus tard, une voix grésilla dans la radio de mon collègue.

« C'est le patron, m'informa-t-il. Le divisionnaire est arrivé dans sa boutique ambulante. Il veut qu'on lui fasse un topo.

— Tout va bien, Lauren ? s'inquiéta Bonnie en posant une main contre mon dos. Tu n'as pas l'air en forme. »

Je la fixai, discernai le tourment dans son regard. Combien j'aurais aimé craquer, là, tout de suite. Bonnie était mon amie. C'était également une femme, et un policier. Qui mieux qu'elle était susceptible de me comprendre ? Indique-moi quoi faire, Bonnie. Aide-moi.

Mais que lui aurais-je dit ? Que j'avais baisé avec le défunt qui, peu après, s'était fait flinguer par mon mari ? Je détournai les yeux. Personne ne pouvait voler à mon secours. J'étais absolument seule.

« Ça va, rassurai-je ma camarade.

— On est tous un peu sur les nerfs, intervint Mike en m'entraînant vers le bus qui abritait le poste de commandement. Même parmi les dealers qui traînaient du côté de la *bodega*, il y en a qui se sont mis à chialer quand le rouquin a chanté *Danny Boy*. »

Mon équipier glissa son bras autour de ma taille. C'était vraiment un type bien. Un garçon formidable.

« Notre bonhomme perd du terrain, Lauren. Au début, j'ai pensé qu'on l'avait dans l'os. Tu sais aussi bien que moi à quel point on a du mal à se dépatouiller quand le cadavre a été balancé n'importe où. Mais là, il accumule les erreurs. C'est un amateur. Je le vois d'ici : il s'imagine qu'il efface ses traces au fur et à mesure, mais en réalité il pédale dans la semoule, il se plante. Et nous, on se rapproche de lui pas à pas. Je te parie un pack de Sam Adams qu'on lui aura mis le grappin dessus avant demain soir. Pari tenu ? »

Je fis non de la tête en m'efforçant de tenir sur mes jambes et de gagner le quartier général sans encombre.

« Laisse tomber, Mike. Je ne te suis pas sur les paris débiles. »

29

Quelques secondes plus tard, je tâchais de rester droite sous l'éclairage chirurgical du poste de commandement.

Le bus grouillait de policiers assis devant leurs ordinateurs portables. Leurs supérieurs hiérarchiques, en chemise blanche, aboyaient des ordres dans leurs mobiles. Une carte du quartier apparaissait sur un grand écran. On se serait cru dans la salle des opérations du Pentagone, ou un épisode de la série *24 heures*.

Mon cœur battait à tout rompre, je l'entendais résonner contre mes tympans, derrière mes yeux.

L'ennemi, c'était Paul.

« Commissaire, commença mon patron avec une déférence dont je ne l'aurais pas cru capable. Je vous présente l'inspecteur Stillwell, l'enquêtrice en charge de l'affaire. »

Une grosse pogne serra la mienne. Devant mon visage s'était matérialisé celui, noir et débonnaire, du célèbre Ronald Durham, commissaire divisionnaire de la police de New York.

« Ravi de vous rencontrer, inspecteur Stillwell. » Une voix chaude et suave. « Certains de vos rapports ont atterri sur mon bureau. Vous faites de l'excellent travail. »

Bon sang, me dis-je, étourdie de nouveau. Les premiers compliments que je reçois de sa part. Penser à ajouter une étagère dans ma vitrine à trophées.

Mais comme un consommateur de crack après trois jours de fiesta ininterrompue, je retombai au fond du gouffre en me rappelant les lunettes de Paul.

Le fromage blanc rangé dans mon réfrigérateur n'aurait pas encore dépassé sa date de péremption que c'en serait déjà fini de ma carrière.

« Merci, monsieur, balbutiai-je.

— Dites-moi ce que vous avez pour le moment. » Ses grands yeux ne quittaient pas les miens.

Je récapitulai les informations engrangées jusque-là. Les blessures de Scott, la fidèle description fournie par Amelia Phelps de Paul et de sa voiture, la paire de lunettes sur laquelle nous venions de mettre la main. Tous les indices qui précipiteraient mon irrémédiable chute.

Au terme de mon exposé, le divisionnaire tapota son index contre ses lèvres. Contrairement à la plupart de nos huiles, Durham avait été en son temps un flic de terrain.

« Avez-vous consulté ses dossiers en cours ? m'interrogea-t-il.

— Je n'ai pas encore eu le temps, monsieur. Nous nous y mettrons dès que cet entretien sera terminé. »

Il approuva d'un signe de tête.

« Vous vous rapprochez de la solution à grands pas. Le seul moyen d'apaiser tout le monde, c'est la vitesse à laquelle nous allons résoudre cette enquête. »

Pas tout le monde…

« Inspecteur ? » Le divisionnaire sourit. Je compris qu'il allait me demander quelque chose. Mais quoi ? Je n'en avais pas la moindre idée. Je savais simplement que chez nous, lorsqu'un supérieur vous félicitait, les reproches ne tardaient pas à suivre.

« Monsieur ? » Je ne parvenais pas à masquer ma nervosité.

« Je tenais simplement à vous rappeler que c'est à vous de prévenir la famille de Scott Thayer. »

Je serrai si fort la mâchoire sous l'effet de la surprise que je m'étonnai presque de ne pas sentir mes dents voler en éclats. J'avais complètement oublié ! En tant que responsable de l'enquête, c'était en effet à moi qu'incombait cette tâche.

Scott m'avait parlé de sa mère et de sa sœur cadette. Elles habitaient Brooklyn. Quelles tortures allais-je endurer ? J'aurais peut-être mieux fait d'engager l'une de mes mains dans une déchiqueteuse à bois…

« C'est exact, monsieur.

— Je sais qu'il s'agit des instants les plus pénibles d'une investigation. » Le divisionnaire posa gentiment la main sur mon épaule. « Mais je pense qu'il vaut mieux s'en acquitter avant que le nom de Scott n'apparaisse dans les journaux. Je crois aussi que personne n'est mieux placé pour le faire qu'une collègue du même commissariat. Je peux vous rejoindre un peu plus tard, si vous le souhaitez. Pour vous aider à amortir le choc.

— D'accord. »

Durham poussa un soupir.

« Cela dit, quelle que soit la méthode employée, ce sera de toute façon un drame pour l'épouse de Scott. » Le ton du divisionnaire était grave. « Sans compter ses trois enfants. »

30

Scott était donc marié ?

J'avais les jambes en coton. Je me concentrai pour ne pas m'effondrer.

Marié et père de trois enfants ?

Il n'avait jamais fait allusion à eux.

Ni à sa femme. Ni à leur progéniture. Au contraire : il m'avait affirmé être le plus beau parti de la police de New York !

« Je sais, poursuivit Durham. La situation empire à mesure qu'elle s'éclaire. Ce qui vient de se passer est une tragédie absolue. Brooke, l'épouse de Scott, n'a que vingt-six ans, les deux aînés en ont respectivement quatre et deux. Le dernier est encore un bébé. »

De nouveau, il me tapota affectueusement l'épaule : notre conversation était finie.

« On a communiqué l'adresse à votre partenaire. Allez-y, inspecteur. Et bon courage. »

Une vingtaine de minutes plus tard, Mike et moi nous garions devant une adorable demeure coloniale flanquée d'autres maisons du même style.

Chez les Thayer, toutes les fenêtres étaient noires. Des fleurs aux couleurs éclatantes bordaient une allée d'ardoise s'incurvant jusqu'au seuil à travers une pelouse impeccable.

Je repérai un panneau de basket Fisher-Price, que j'eus bien du mal à lâcher du regard. Je consultai ma montre : bientôt 4 heures du matin.

Attends un peu, me dis-je dans un moment de folie. Fallait-il vraiment que je pénètre là-dedans ? Après tout, il me suffisait de faire demi-tour. De tout oublier. D'oublier que j'étais flic. Que j'étais mariée. Pourquoi respecter les conventions ? J'étais mûre pour un changement radical. Et si j'entrais dans un couvent pour y confectionner de petits fromages en compagnie de mes coreligionnaires ?

« Tu es prête, Lauren ?

— Non. » J'ouvris néanmoins la porte moustiquaire. Puis je cognai du heurtoir contre la seconde porte.

« Splendide » fut le premier qualificatif qui me vint en tête lorsque j'examinai les traits ensommeillés de la petite brune qui nous ouvrit.

Pour quelle raison Scott avait-il trompé cette adorable jeune femme ? La mère de ses enfants.

« Oui ? » Les yeux de Brooke Thayer s'agrandirent, oscillant entre le visage de mon équipier et le mien.

« Bonsoir, Brooke, fis-je en lui présentant ma plaque. Je m'appelle Lauren Stillwell. Je suis inspecteur dans le même commissariat que Scott.

— Oh mon Dieu ! » En une fraction de seconde le sommeil l'avait désertée, elle parlait très vite. « Il est arrivé quelque chose à Scotty ? Non ! Qu'est-ce qui s'est passé ? Est-ce qu'il est blessé ? Il est blessé, c'est ça ? »

Il existe plusieurs manières d'annoncer le décès d'un proche à quelqu'un. Certains policiers estiment que rien ne vaut l'approche frontale. D'autres commencent par indiquer que la victime est gravement atteinte, avant d'avouer qu'en réalité elle est morte.

Pour la première fois cette nuit, je choisis la franchise.

« On l'a abattu, Brooke. Je suis vraiment désolée. Il nous a quittés. »

Son regard s'enfuit très loin de nous. C'est une chose à laquelle on ne s'habitue jamais. Voir quelqu'un s'évaporer littéralement devant vous. S'enfoncer à l'intérieur de lui-même.

Elle recula en titubant. Ses jambes la menaient de droite et de gauche comme celles d'un joueur de base-ball prêt à recevoir la balle. Enfin, elle se laissa tomber à genoux.

« Non ! » hurla-t-elle.

Je m'agenouillai à côté d'elle. Le vestibule était plongé dans l'ombre. Ma main – cette main mauvaise, traîtresse – frottait son dos menu tandis qu'elle criait de plus en plus fort.

« Noooooon !...

— Je sais, lui murmurai-je à l'oreille. Je sais.

— Vous ne savez rien du tout ! » me jeta-t-elle à la figure en me repoussant, toutes griffes dehors. Je battis en retraite pour me protéger. L'un de ses longs ongles avait barré mon front d'une diagonale rouge vif. Elle s'effondra sur le sol.

« Vous ne savez pas ! continua-t-elle de mugir, la bouche contre le parquet. Vous ne savez pas !... »

31

Mike releva Brooke Thayer et l'installa sur le canapé du séjour. Ayant refermé la porte d'entrée derrière nous, j'avisai une fillette blonde vêtue d'un pyjama rose orné des trois princesses de Walt Disney. Elle m'examinait depuis le haut de l'escalier.

« Salut, lui lançai-je. On s'occupe de ta maman, ça va aller. Je m'appelle Lauren. »

Elle ne répondit rien. Elle continuait de me scruter de ses grands yeux bleus.

« Tu devrais retourner te coucher, ma puce. » Je grimpai sur la première marche.

Elle se mit à crier. Un cri si aigu, si violent que je détournai mon regard et me bouchai les oreilles.

Brooke jaillit du salon comme une bombe pour se précipiter à l'étage. Dès que la petite se fut blottie entre les bras de sa mère, la sirène se tut.

Je ne bougeai pas. Enlacées, l'épouse et la fille de Scott se balançaient d'avant en arrière. Sur la table basse du salon trônait une photo de Scott en uniforme. Il se tenait tout contre sa femme enceinte, un bras enserrant sa taille. Le cliché avait été pris dans un parc. Un soleil radieux illuminait la scène.

Lorsque Brooke et la fillette entonnèrent en chœur une mélopée funèbre, je songeai à l'arme qui dormait au fond de mon sac. Je me la représentais parfaitement. Son acier luisant avec l'éclat du chrome. Ses courbes presque féminines. J'imaginais le froid de son canon appliqué sur ma tempe, sa gâchette contre la deuxième phalange de mon index droit.

Debout dans la maison de Scott, je pensais à mon pistolet, je pensais à ce que j'avais fait. Quels fardeaux supplémentaires serais-je capable de supporter ?

Tu n'es pas une ordure, me répétai-je. Du moins tu n'en étais pas une avant ce soir.

32

Brooke en était encore à bercer sa fillette de quatre ans lorsqu'un nourrisson se mit à pleurer dans l'une des pièces de l'étage.

Je grimpai doucement l'escalier.

« Voulez-vous que j'aille voir le bébé ? » proposai-je à la jeune veuve.

Elle fixait un point dans l'espace. J'avais l'impression d'être transparente. Elle ne prononça pas une parole.

J'interpellai Mike, demeuré au rez-de-chaussée. « Essaie de trouver un carnet d'adresses dans l'un des tiroirs de la cuisine et demande à un membre de la famille de venir. »

Laissant Brooke derrière moi, je me dirigeai vers l'arrière de la maison.

Un mobile composé de gants et de battes de base-ball était suspendu au-dessus du berceau. La veilleuse portait l'emblème des Mets.

Le garçonnet devait avoir moins de six mois. Je le soulevai.

Son corps minuscule tremblait à chacun de ses vagissements. Des vagissements beaucoup trop sonores pour son gabarit. Je le serrai contre ma poitrine. Il s'apaisa presque aussitôt. Je m'assis dans le rocking-chair sans cesser de l'étreindre, soulagée d'échapper un bref instant au tumulte.

Malgré l'horreur de la situation, je notai combien il sentait bon. Une odeur si pure. J'avalai ma salive quand il finit par ouvrir ses grands yeux. Ses grands yeux d'un brun profond.

Les yeux de Scott.

Cette fois, c'est moi qui fondis en larmes. Ce nouveau-né sur lequel je veillais n'avait plus de père.

Secoue-toi, Lauren. Secoue-toi.

« Donnez-le-moi », me cracha Brooke en se ruant dans la pièce armée d'un biberon. Le garçonnet sembla me sourire quand je le confiai à sa mère. Cette dernière continuait de sangloter, mais elle avait visiblement surmonté le choc initial.

« Voulez-vous que je téléphone à quelqu'un ? lui demandai-je.

— Je viens d'appeler ma mère. Elle est en route. »

Elle me dévisagea pour la première fois. Son regard m'apparut étonnamment affable.

« Je vous ai griffée, je suis vraiment navrée...

— Vous n'avez pas à l'être, voyons. Pour le moment vous avez besoin de soutien. Vous et les enfants.

— Je veux l'entendre de votre bouche », fit-elle après un temps de réflexion.

J'écarquillai les yeux. Ses traits se durcissaient à la lueur de la veilleuse. Ses pupilles n'étaient qu'un puits d'ombre.

« Quoi donc ?

— Je veux que vous m'expliquiez ce qui est arrivé à mon mari. J'ai apprécié votre franchise, tout à l'heure. Ses équipiers, eux, vont se mettre en quatre pour m'épargner. Mais il faut que je sache ce qui s'est exactement passé pour tenter de faire face. Et je suis obligée de faire face. Pour les enfants.

— Nous ne sommes encore sûrs de rien. Nous avons découvert son corps dans un parc. St. James Park, dans le Bronx. Un haut lieu du trafic de drogue. »

Son visage se déforma, ses lèvres frémirent. Sa paupière gauche était agitée de spasmes.

« Je l'aurais parié ! » Elle secoua vigoureusement la tête. « "Travailler en sous-marin, c'est une promotion, Brooke. Et puis les gars seront toujours derrière moi en renfort." Pas toujours, pauvre imbécile. »

Quel commentaire aurais-je pu émettre pour rompre le silence qui s'abattit alors sur nous ? J'avais l'impression que les murs se rapprochaient de moi. La nausée monta. Il me fallait de l'air.

Comment aurais-je réagi d'ordinaire, dans le cours d'une affaire dont je n'aurais pas connu d'avance les tenants et les aboutissants ? Je sortis mon calepin.

« Quand avez-vous vu Scott pour la dernière fois ? » Je m'efforçais de renouer avec mon rôle d'enquêtrice.

« Il a quitté la maison vers 20 heures hier soir. Il m'a dit qu'il devait sortir un petit moment. Il avait des horaires impossibles. Ces temps-ci, il n'était presque jamais chez nous.

— Il n'a pas précisé où il comptait se rendre ? A-t-il reçu un coup de téléphone avant de partir ?

— Je ne crois pas. Non. Il n'y a pas eu d'appel. »

Brusquement, elle se remit à hurler.

« Oh mon Dieu !... Et sa mère. Et sa sœur... Ils étaient tellement proches. Elles vont être... Je ne peux pas leur annoncer une chose pareille. Non, je... Est-ce que vous pourriez... ? Inspecteur... ?

— Lauren.

— Pourriez-vous la prévenir à ma place, Lauren ? La maman de Scotty. Est-ce que vous allez lui téléphoner ?

— Bien sûr.

— Vous faites partie de son unité ?

— Non, moi je suis à la Criminelle.

— Vous le connaissiez ? »

Je me concentrai sur les bruits de succion ; le fils de Scott terminait goulûment son biberon.

« Non, répondis-je. Nous appartenions au même commissariat, mais nous n'avons jamais eu l'occasion de travailler ensemble.

— Je suis navrée de la façon dont Taylor a réagi tout à l'heure. Ma fille de quatre ans. Elle n'apprécie pas les inconnus. Elle est autiste. »

J'en eus le souffle coupé.

C'était la goutte d'eau qui faisait déborder le vase.

« J'espère que je ne lui ai pas fait trop peur, m'entendis-je lancer en me précipitant hors de la pièce. Puis-je utiliser vos toilettes ?

— Sur votre droite. »

Je vomis à quelques centimètres du but. Je fis couler les deux robinets du lavabo pour couvrir le son de mes haut-le-cœur, puis les glapissements qui jaillirent de ma gorge.

Je me servis de tout un rouleau de papier pour nettoyer mes souillures. Et je sortis mon arme avant de m'asseoir sur le couvercle des toilettes tendu de moquette rose. Le légiste serait-il autorisé à inscrire « Mort par culpabilité » sur mon certificat de décès ? Je rangeai mon pistolet et rejoignis le rez-de-chaussée. Non que j'eusse abandonné l'idée de mettre fin à mes jours. Simplement, Brooke avait vécu une nuit suffisamment éprouvante pour ne pas lui infliger d'autres tourments.

Dans la cuisine, mon équipier se proposa d'appeler la mère de Scott.

« C'est bon, Mike, je peux m'en charger. » Je souriais contre toute raison en composant le numéro que j'avais déchiffré dans le carnet d'adresses. « Pourquoi rompre avec la tradition ? »

Une fois que j'eus assené la nouvelle à mon interlocutrice, j'éloignai le combiné de mon oreille. Je m'accrochai au regard de mon partenaire. Des cris déchirants s'échappaient de l'écouteur.

Mike s'empara d'un dessin au crayon maintenu sur la porte du réfrigérateur à l'aide d'un magnet. Il secoua la tête. L'un des enfants y avait représenté un dragon à deux têtes.

« Vous devez absolument mettre la main sur celui qui a fait ça », m'implora Brooke en nous raccompagnant à la porte quelques minutes plus tard. Son fils de deux ans était debout lui aussi, à présent. Il s'agrippait à l'une de ses jambes – la fillette se cramponnait à l'autre. Le bébé, que la jeune femme tenait dans ses bras, recommença à pleurer.

« Trouvez-le ! Retrouvez le meurtrier de Scotty ! »

33

Les mots de Brooke résonnaient dans ma tête. Nous regagnâmes le Bronx sans échanger une parole.

Les collègues de Scott nous attendaient dans leur salle de réunion, au deuxième étage du commissariat. Les bureaux de mon unité se situaient au quatrième. Je grimpai l'escalier, détournant les yeux en passant devant la pièce où Scott et moi nous étions rencontrés.

Ses équipiers ne ressemblaient pas à des flics ordinaires. Pendant une fraction de seconde, je crus m'être trompée de porte. On aurait dit un rassemblement de skaters.

Je fis la connaissancc dc Jeff Trahan, qui dirigeait la brigade des Stups. Un grand type à la longue chevelure blonde de surfer vieillissant. Le principal renfort de Scott – sa « laisse », dans le jargon de l'unité –, un Asiatique du nom de Roy Khuong, paraissait si jeune que les buralistes devaient rechigner à lui vendre des cigarettes. Il y avait encore l'inspecteur Dennis Marut, aux allures de docteur Doggie extrême-oriental. Thaddeus Price enfin, colosse noir paré des pieds à la tête d'or et de cuir, tenait davantage du garde du corps d'un gangsta rapper que d'un membre des forces de l'ordre. C'était tout à son honneur.

Immobile sous les néons grésillants, je n'étais pas loin de me recroqueviller sous le regard dur des quatre hommes.

Mais ces regards-là n'exprimaient pas autre chose que tous ceux que j'avais croisés cette nuit. Tous disaient la douleur de la perte, teintée de colère et de stupeur. Tous disaient en gros ce que j'éprouvais moi-même – plus exactement : une partie de ce que j'éprouvais.

Que les Stups perdent l'un de leurs agents infiltrés et c'est le cauchemar qui devient réalité. Ces quatre officiers, pareils en cela à la plupart des proches d'une victime assassinée, semblaient avoir survécu à l'explosion d'une bombe. Ils erraient, en quête d'une direction à suivre, d'actions à accomplir pour continuer d'aller de l'avant.

« Nous vous apporterons toute l'aide nécessaire, déclara Trahan d'un ton solennel une fois les présentations faites. Dites-nous ce que nous pouvons faire pour Scott. »

Combien de temps encore allais-je réussir à jouer cette comédie ? Je détournai les yeux, fuyant la souffrance à l'œuvre sur les traits de mes vis-à-vis pour contempler le plafond taché d'humidité. Un camion fit trembler une vitre enduite de peinture. J'extirpai mon carnet de ma poche.

« Sur quoi Scotty travaillait-il en ce moment ? »

34

Trahan prit une profonde inspiration : « Il bossait sous couverture auprès de deux dealers d'ecstasy de Hunts Point, les frères Ordonez. L'aîné est pilote dans l'armée de l'air. Il effectue des allers et retours entre ici et l'Allemagne. Quand il regagne les États-Unis, les cales de son C130 ne sont jamais tout à fait vides. Scott leur a plusieurs fois acheté un peu de marchandise. On avait organisé une grosse transaction pour la semaine prochaine. 250 000 dollars. C'est là qu'on comptait les coincer.

— Scott a-t-il été récemment en relation avec eux ?

— Il a mentionné dans son dernier rapport un appel passé il y a trois jours, intervint Roy Khuong. Mais il peut avoir reçu un coup de fil hier soir, en dehors de ses heures de service.

— Aurait-il pu se rendre à un rendez-vous sans vous en faire part ?

— Pas s'il avait eu la possibilité de nous prévenir, répondit Roy. Mais un agent infiltré fonctionne à l'instinct. C'est un boulot dangereux. Vous le savez, inspecteur. On n'a pas toujours moyen d'appeler les renforts.

— Si je comprends bien, il est possible que quelqu'un se soit manifesté à Scott sans préambule, qu'il ait été forcé de le suivre et qu'il ne vous ait pas transmis l'info pour éviter de se faire repérer ? interrogea Mike.

— Tout juste, fit Thaddeus Price. Ce sont des choses qui arrivent. »

Trahan émit une autre hypothèse. « Ou alors, il s'est fait avoir par un type qu'il aura cravaté dans le cadre d'une ancienne affaire et qui sera sorti de taule entre-temps. Quand on travaille sur le terrain, c'est ce qu'on redoute le plus. Vous entrez dans un fast-food avec vos gosses et vous tombez nez à nez avec un gars que vous avez serré quelques années auparavant. »

Mon équipier grogna. Nous nous retrouvions avec plusieurs centaines de suspects éventuels sur les bras.

« Il faut commencer par amener les frères Ordonez ici pour les interroger, proposa Mike. 250 000 dollars, ça fait un sacré paquet. Ils ont pu mettre le grappin sur Scott avant le deal pour le délester de son fric. Ils le passent à tabac. Ils le torturent pour qu'il leur avoue où se trouve l'argent… On doit les agrafer. Vous savez où ils sont ?

— Mark, le pilote, bosse à la base aéronavale de Lakehurst, dans le New Jersey, exposa Trahan. On va demander aux State Troopers de rendre une petite visite à son supérieur et de fouiller son appart de Toms River. Victor, par contre, dispose de trois ou quatre planques à Brooklyn et dans le Bronx. Chez des petites amies, des parents. Il va nous falloir quelques heures pour le loger, grâce aux micros qu'on a installés un peu partout.

— Pendant ce temps-là, fit Thaddeus, je vais rassembler les dossiers des arrestations auxquelles Scott avait procédé jusqu'ici, histoire de les recouper avec le registre des sorties de prison.

— Ça en fait, de la paperasse, fit remarquer Trahan en secouant la tête ave humeur. Scott a épinglé des centaines de types. C'était l'un de nos meilleurs sous-marins. »

La preuve, me dis-je : il m'a roulée dans la farine sans que je me doute de quoi que ce soit.

Je lus du chagrin dans les yeux injectés de sang de son supérieur. De toute évidence, il n'avait pas seulement perdu un collègue : il avait perdu l'un de ses plus proches amis.

« Attendez un peu, s'immisça l'inspecteur Marut. Est-ce qu'on a prévenu sa famille ? Bon Dieu, comment Brooke va-t-elle gérer un pareil drame ? Et les gosses. Les quatre mômes...

— Trois, rectifiai-je. On revient de chez Scott. Elle fait front aussi bien qu'on puisse le faire en pareille circonstance. »

Je crus à un coup de feu lorsque Roy Khuong balança sans préavis un puissant coup de pied dans le flanc de son bureau. Il balaya tous les papiers qui gisaient sur la table, puis se précipita hors de la salle.

Mike sortit son portable, composa un numéro.

« Tu appelles qui ? lui demandai-je.

— Je réveille l'assistant du District Attorney. Il nous faut les mandats pour éplucher les communications de Scott. Chez lui et sur son mobile. »

Je manquai d'air. Sur ces relevés fournis par la compagnie du téléphone allaient apparaître les multiples appels qu'il m'avait passés !

Cinq minutes plus tard, Mike s'immobilisait dans l'escalier menant à nos services.

« Tes yeux sont gris, Lauren.

— Qu'est-ce que tu racontes ? J'ai les yeux bleus.

— Le blanc de tes yeux. Il est gris. Tu as la tête dans le guidon depuis des heures. Maintenant, il faut patienter. On n'aura rien à se mettre sous la dent avant le milieu de la matinée. Tu es à bout. Pourquoi tu ne rentres pas faire un petit somme ? De toute façon, j'étais censé être de service à cette heure-ci. File, je garde la boutique. »

Une part de moi refusait de laisser choir mon équipier. Une part de moi craignait aussi de manquer quelque chose d'important dans le déroulement de l'enquête. De quelle manière la situation allait-elle évoluer ? Mais par la vitre crasseuse qui se dessinait derrière Mike dans la cage d'escalier, je voyais danser les lampadaires. J'étais exténuée.

Celui ou celle qui a décrété un jour que les déménagements et les divorces constituent les événements les plus stressants auxquels on est confronté au cours d'une vie n'a jamais vu son conjoint assassiner son amant...

Si je m'écroulais, tout deviendrait tellement plus simple.

« D'accord, Mike. Mais tu m'appelles dès que tu as du nouveau.

— Rentre chez toi.

— C'est bon, je suis déjà partie. Je ne suis plus là. »

35

Je coupai le moteur de la Mini dans le garage. Je descendais de ma voiture lorsque je distinguai un bruit étrange sur ma droite. Fallait-il que je sois sur les nerfs : déjà mon Glock avait jailli, braqué sur la silhouette assise dans un coin de la pièce.

C'était Paul.

J'allumai la lumière avant de rengainer mon arme.

Il ronflait dans une chaise de jardin, contre son établi. Sur le sol en béton, à côté de lui, une bouteille de Johnnie Walker. Elle contenait tout juste de quoi remplir un dernier verre.

Ah oui, j'oubliais : Paul ne portait pas de vêtements. Il était nu comme un ver.

Et parfaitement ivre. Complètement paf. Saoul comme un Polonais. Peut-être bien deux.

Si je me sentais mal, réalisai-je soudain, quel genre d'épreuves était-il en train de traverser ? J'observai son visage inquiet jusque dans l'inconscience.

Je lampai les dernières gorgées de whisky, puis tentai de le réveiller. En vain.

Je lui tirai le lobe de l'oreille ; il cligna d'un œil. Je le hissai sur ses pieds en le prenant par la main.

Il grommela des paroles indistinctes tandis que je le menais vers l'intérieur de la maison. Jamais je ne l'avais vu dans un tel état.

Je faillis me rompre le dos en le traînant vers notre chambre. Je le laissai tomber sur le lit. J'approchai de lui la corbeille à papier, au cas où il aurait envie de vomir.

Je réussis à gagner la salle de bains. Les tensions accumulées se libérèrent d'un coup et j'éclatai en terribles sanglots.

Où allions-nous ? Qu'espérais-je obtenir en torpillant l'enquête ? Tout cela n'avait rien d'un jeu. Scott Thayer était mort ! Aucune affaire criminelle n'est examinée avec autant de soin que le meurtre d'un policier. M'imaginais-je que j'allais parvenir à bluffer tout le monde ? Étais-je devenue folle ?

Je me remémorai Brooke. Sa fille autiste. Les deux autres enfants. J'étais un poison. Le mal incarné. J'allais me livrer aux autorités. J'étais prête à tout pour me débarrasser de l'épouvantable et noir fardeau.

Mais ce n'était pas moi que les tribunaux puniraient.

Ils condamneraient Paul.

Dans ce cas, que fallait-il que je fasse ?

36

À ce stade de mes réflexions, je m'écroulai dans la douche.

L'instant d'avant j'étais debout, en train de me laver les cheveux. Je me retrouvai brutalement assise sur la céramique froide, l'eau éclaboussant mes jambes et ma poitrine.

J'appuyai mon front contre les carreaux trempés. Les événements de la nuit ruisselaient les uns après les autres dans mon corps. Qu'est-ce qui m'atterrait le plus ? Ma trahison sans appel à l'égard de Paul ? Le cadavre de Scott, dont le visage ne me sortait plus de l'esprit ? L'expression peinte sur les traits de son épouse ?

Je fermai les yeux. J'aurais voulu que l'eau me dissolve, qu'elle m'entraîne au bord du siphon pour m'aspirer dans un gargouillis vers la tuyauterie souterraine.

Je patientai une minute. Rien ne se passa. Je haussai le menton et soulevai mes paupières.

Cette histoire ne s'effacerait pas d'un coup de baguette magique. Je devais agir. Certes. Mais pour faire quoi ?

Je passai en revue les possibilités qui s'offraient à moi.

D'abord, qu'adviendrait-il si je dénonçais Paul ?

Je connaissais les moindres rouages de notre machine judiciaire. Comme n'importe quel détaillant contraint de jongler avec des volumes de marchandises importants, le District Attorney du Bronx « cassait les prix ». Il proposait un marché aux prévenus, leur suggérait une justice à moindres frais. Hélas, la mort de Scott Thayer deviendrait pour le procureur l'affaire de toute une vie. Paul se mettrait à dos le système entier, et le système s'arrangerait pour gagner la partie. Et le système en profiterait pour se venger.

J'imaginai d'ici le monceau de factures. Le montant astronomique de la caution. Si les juges autorisaient la remise en liberté sous caution.

Même en arguant la légitime défense, c'était bel et bien d'un homicide qu'il s'agissait. Soit cinq années derrière les barreaux. Je secouai la tête. Cinq ans... Chaque fois que j'amenais un détenu à la prison de Rikers, en moins de cinq minutes je me mettais à rêver de quelques longueurs dans une piscine emplie de savon antibactérien. Je grimaçai au souvenir des captifs alignés comme du bétail dans la salle où on procédait à la fouille au corps. Au souvenir des pleurs des bébés, du sexe à la sauvette dans les parloirs.

Je me représentai Paul me fixant de l'autre côté d'une table crasseuse, son regard terni chargé de dégoût.

« Je croyais que tu aimais ça, Lauren, les petits coups en douce. »

Et puis il y aurait la presse new-yorkaise. Quoi de plus jouissif pour les tabloïds qu'un triangle amoureux qui va droit dans le mur, un triangle comportant deux flics pour pimenter le tout, dont un mort ! On nous traînerait dans la boue des mois durant.

Nous serions des héros en négatif.

On nous humilierait.

Sans parler de ce qui risquait d'arriver à la famille de Scott. Pour l'heure, on avait attribué à Brooke le statut de veuve de martyr. Mais une fois la vérité mise à nu, quand tout le monde saurait que son époux avait été tué par le mari de la femme avec laquelle il trompait la malheureuse, c'en serait fini des pleurs versés sur l'épaule du divisionnaire. Salut, Brooke. Et salut, les enfants.

À force de remuer ces perspectives, j'avais l'impression que mes yeux allaient jaillir de leurs orbites.

Quant à la pension que les veuves reçoivent lorsque leur conjoint a trouvé la mort en service, Mme Thayer pourrait également faire une croix dessus.

Je la voyais d'ici, la pauvre Brooke. Berçant sa fillette autiste. Échouant un beau jour au fond d'un squat ou d'un dispensaire.

Je me mis debout, tâchant de reprendre haleine.

Je venais d'ajourner l'intime débat censé me conduire à une décision.

S'il ne s'était agi que de moi, je me serais dénoncée. Je serais allée dans ma chambre, je me serais habillée, j'aurais pris la voiture, fait irruption dans le bureau de mon supérieur hiérarchique. J'aurais tout avoué.

Mais je n'étais pas seule en cause. Paul était mêlé à l'affaire. Brooke de même.

Et les trois orphelins.

À qui comptais-je faire avaler mes couleuvres, au juste ? Pour le moment je n'avais pas le choix. Un point, c'est tout.

Je devais faire mon possible pour réparer les dégâts.

Je plaçai mon visage sous le jet. L'eau rugit à mes oreilles comme un grondement de tonnerre.

Comment réparer les dégâts ?

37

Paul ronflait encore lorsque je partis travailler. J'aurais pourtant souhaité discuter avec lui. Nous avions un milliard de détails à évoquer. Au minimum. Mais je décidai qu'au lieu de réveiller mon mari, je devais plutôt rejoindre le commissariat pour voir s'il me restait une chance de le sauver de l'incarcération.

À mon arrivée, Mike inscrivait le nom de Scott sur le tableau accroché au mur de notre salle commune.

Je constatai, agréablement surprise, que personne ne me jetait de regards soupçonneux. Sans doute ma terreur et l'adrénaline qui déferlait dans mes veines se manifestaient-elles par ces yeux brillants, ces airs survoltés qu'on voit à tous les policiers en pleine enquête. À travers la vitre sale, au fond de la pièce, je distinguai mon patron, le lieutenant Keane. Il conversait au téléphone fixe en composant un numéro sur le clavier de son mobile.

« Qu'est-ce qu'on a ? » demandai-je à Mike en extirpant pour lui un gobelet de café du sac en papier brun que je promenais avec moi. Je l'avais acheté dans une *bodega* – il restait à Starbucks du chemin à parcourir pour s'implanter à Soundview.

« Que dalle », lâcha mon partenaire en se débarrassant d'une pichenette du couvercle de son gobelet. La rondelle de plastique valsa sur son bureau. Mike s'assit. « Aucun signe de vie des frères Ordonez. Le pilote est en congé jusqu'à mercredi prochain. Il n'est pas chez lui. Le cadet, le plus pourri des deux, reste introuvable. »

Il me tendit une chemise cartonnée.

« Jette donc un œil à l'album de famille. »

Les frères Ordonez étaient les deux seuls enfants d'un couple d'immigrés dominicains. Sur l'aîné, Mark, on ne disposait pratiquement d'aucune information. Une seule arrestation pour agression à vingt et un ans. Victor, en revanche, disposait d'un passionnant casier, long comme le bras.

Depuis l'âge de seize ans, le cadet des Ordonez avait multiplié les séjours à l'ombre. De quoi battre bien des records. Cambriolages, trafic de stupéfiants, tentative de viol, agressions sur ses codétenus, possession illégale d'une arme à feu.

Il y avait de la matière, mais une ligne en particulier me sauta au visage comme si on l'avait soulignée au feutre fluo.

« Tentative de meurtre sur la personne d'un officier de police. »

Suivait un résumé des faits, que je dévorai : à seize ans, alors qu'il tentait de fausser compagnie aux agents venus l'arrêter pour possession de drogue, Victor avait sorti un .38 semi-automatique qu'il avait mis sous le nez d'un des policiers avant de presser la détente à plusieurs reprises. Après qu'on l'eut maîtrisé en le plaquant au sol, on s'était aperçu que si les coups n'étaient pas partis, c'était simplement parce que l'adolescent, encore peu familier de ce type de pistolet, avait omis de le réarmer manuellement. Preuve des soucis financiers du système judiciaire new-yorkais au début des années quatre-vingt-dix : Victor n'avait écopé que d'une année d'emprisonnement.

J'en demeurai bouche bée.

Victor Ordonez faisait un si brillant candidat au meurtre de Scott que j'étais déjà presque convaincue de sa culpabilité.

Je désignai du menton les piles de dossiers qui envahissaient nos deux bureaux et le sol tout autour.

« Les vieilles enquêtes de Scott ? » demandai-je à mon collègue.

Il acquiesça de la tête. Puis déposa ses lunettes sur la table et se frotta les yeux.

« Cela dit, je n'en ouvrirai pas un avant qu'on ait mis la main sur les frères dominicains. J'ai tout de même une bonne nouvelle : j'ai obtenu un mandat pour consulter les relevés de communications de Scott. La compagnie du téléphone doit me les faxer dans les dix minutes. »

38

Je ne fis aucun mouvement. Changée en statue de pierre, je me concentrai sur ce que je venais d'entendre. Les néons vrombissaient au-dessus de ma tête, pareils à un essaim d'abeilles en colère.

Combien de fois Scott m'avait-il appelée depuis un mois ? Vingt fois ? Trente, peut-être ? Comment allais-je me tirer de ce mauvais pas ? J'imaginai à l'avance l'ahurissement qui s'exprimerait sur les traits de Mike quand il identifierait mon numéro, encore et encore.

D'un coup de souris, il fit disparaître son économiseur d'écran. Il imposa à son cou quelques torsions pour se détendre. J'entendis ses vertèbres craquer.

« Qu'est-ce que tu fais ? lâchai-je enfin.

— Je vais rédiger une poignée de DD5. Tu sais que Keane est sur le point d'avoir des triplés ? Regarde-le. »

Les DD5 étaient les rapports qu'il nous fallait remplir pour les ranger au fur et à mesure dans le dossier consacré à l'affaire Scott Thayer. Je haussai les sourcils.

« Allô, Mike ? Ici la Terre. Tu sais que des gens vont les lire, ces rapports, mon vieux Shakespeare. N'oublie pas : toi Gueule d'Amour, moi Le Cerveau. Pourquoi est-ce que tu n'irais pas plutôt piquer un roupillon là-haut, dans la salle de repos ? On doit garder les idées claires. Pendant ce temps-là, je m'occupe des rapports de manière à ce qu'on ne nous les renvoie pas en pleine poire. Dès que les relevés d'appels arrivent, je me plonge dedans. Qu'en dis-tu ? »

Mike me dévisagea. Un chagrin simulé se peignit dans ses yeux aux paupières rougies. Puis il bâilla.

« Ça me va, très chère », commenta-t-il en se levant.

Je retenais mon souffle. Il se dirigea vers la porte. Il s'apprêtait à l'atteindre quand une sonnerie discrète retentit.

Je pivotai sur mon siège. Le fax. La tuile, Émile.

La machine émit une nouvelle sonnerie, à laquelle succéda un bip. De l'appareil commença à s'extraire un feuillet.

Barre-toi, Mike, pensai-je sans le regarder. S'il te plaît. Fais ça pour moi.

Du coin de l'œil, je le vis effectuer un demi-tour.

J'avais la figure en feu. Plus qu'une poignée de secondes et il découvrirait le pot aux roses. Mon numéro s'étalant partout sur la page. Quel bobard aurais-je pu lui servir ? Mon esprit restait vide. Comment allais-je m'en tirer ?

Mike s'empara de la première feuille. Il plissa les yeux, porta sa main à son front.

Je m'aperçus alors que ses lunettes étaient restées sur son bureau, à côté de moi, là où il les avait posées tout à l'heure.

Je ne réfléchis pas. Je me contentai d'agir.

J'ouvris le dernier tiroir de mon bureau et, m'aidant de l'un des dossiers de Scott, fis glisser les lunettes à l'intérieur. Je refermai doucement le tiroir.

Je feignis d'ignorer la présence de mon équipier, qui fourrageait sur sa table.

« Je ne t'avais pas dit d'aller faire un somme ? le tançai-je d'un air ulcéré. L'occasion ne se représentera sans doute pas avant longtemps. »

Mike exhala un soupir d'épuisement. Il renonçait à chercher ses lorgnons. Il laissa tomber le relevé téléphonique sur mes genoux.

« Tiens, c'est cadeau. Je reviens dans deux ou trois battements de cil. »

39

Durant deux interminables minutes, mon crayon virevolta entre mes doigts comme le bâton d'une majorette à la parade. Je me balançais d'avant en arrière, hypnotisée par les relevés de communications, arrachant de vilains croassements à mon antique chaise de bureau.

Je jetai un coup d'œil en direction de mon patron ; par bonheur, il était toujours occupé. Je revins aux huit pages couvertes de numéros de téléphone.

Que j'aie réussi à leur mettre la main dessus la première tenait du miracle, mais, après les avoir feuilletées, je réalisai que mon problème demeurait intact, immense.

Je coinçai mon crayon entre mes dents et entrepris de le mâcher consciencieusement.

Comment diable me débarrasser de ce numéro, le mien, qui revenait à trente-trois reprises dans la liste fournie par AT&T ?

« Lauren », articula une voix non loin.

Je faillis avaler la gomme fichée à l'extrémité de mon crayon. Je relevai le nez. Sorti de son antre, Keane se rapprochait de moi. Il plaqua ses deux mains sur mon bureau en abaissant son visage vers le mien. Ses ongles n'étaient pas loin d'attaquer les bords de mes feuillets. Était-il capable de lire les chiffres à l'envers ?

« Où en êtes-vous avec ces fichus DD5 ? On me les réclame en haut lieu. Et le plus tôt possible. Il y a un problème ?

— Non, vous les aurez d'ici une heure, répondis-je en affichant le formulaire type sur l'écran de mon ordinateur.

— Je vous donne trente minutes », lança-t-il par-dessus son épaule en quittant la pièce.

Je me penchai sur le clavier. Je m'efforçai de mimer la concentration tout en dissimulant ce que j'étais réellement en train de faire.

Mes yeux naviguaient de l'écran à la liste d'appels. De la liste à l'écran. J'attendais l'idée lumineuse que j'appelais de mes vœux.

Miracle encore : elle se matérialisa soudain.

La police de caractères utilisée pour l'impression des relevés était une police banale. Times New Roman.

Une seconde plus tard, mon plan était prêt.

C'était heureux, car je n'avais pas une minute à perdre. Je double-cliquai sur l'icône du traitement de texte.

Je devais d'abord repérer le numéro que Scott appelait le plus souvent. Un préfixe en 718 ; un numéro de central que je ne connaissais pas.

Je consultai mes notes : c'était le numéro de son domicile.

Je tapai la série de chiffres, cliquai sur « Imprimer ». Je comparai le résultat au relevé dont je disposais. Un peu trop grand. Je modifiai la taille des caractères, troquant le 12 contre un 10. J'imprimai la nouvelle mouture.

Parfait. On n'y verrait que du feu.

Je copiai trente-trois fois le numéro avant de lancer une troisième impression. Je récupérai une paire de ciseaux et un rouleau de scotch dans le fond de mon tiroir. Je m'emparai aussi de la liste d'appels ainsi que de la page fraîchement imprimée. Je sortis du bureau.

On n'y verrait que du feu.

Je m'enfermai dans le dernier box des toilettes dames où, pendant cinq minutes, je me livrai à des activités de découpage et de collage, remplaçant mon numéro par celui des Thayer, que je fixais sur les pages avec du scotch.

Je n'avais pas fréquenté l'école maternelle pour rien, me dis-je en jetant les bandelettes de papier dans les toilettes avant de tirer la chasse d'eau.

Une visite à la photocopieuse – sans oublier un bref détour par la déchiqueteuse – et l'affaire était dans le sac.

Je tenais entre mes mains les nouveaux relevés téléphoniques de Scott.

Vingt minutes plus tard, je sortais du bureau de Keane à qui je venais de livrer l'ensemble de mes rapports concernant la scène de crime. Mike, lui, était de retour. Il ouvrit tout grand la bouche en découvrant sur sa table la liste des appels de Scott – savamment charcutée par mes soins. Ses lunettes trônaient sur la pile en guise de presse-papiers.

« T'en fais pas, le rassurai-je en tapotant son large dos. À ton âge, on a forcément des baisses de régime. »

Sur quoi j'attrapai mon manteau suspendu au dossier de ma chaise.

« Où tu vas ?

— Rendre une petite visite à ma copine Bonnie. Histoire d'activer le mouvement du côté de la police scientifique.

— Et pourquoi je ne t'accompagne pas ?

— Parce que toi, tu t'occupes de mettre un visage sur tous ces numéros. Il faut savoir au plus vite à qui Scott passait des coups de fil.

— Allez, s'il te plaît. Promis, je me tiendrai bien. Je ne suis pas qu'une brute épaisse, tu sais. Je possède une certaine sensibilité.

— Désolée, lançai-je en passant la porte. Les hommes ne sont pas admis. »

40

Allez, allez, allez. Vite !

Je consultai ma montre. Pour la milliardième fois au moins, le bip de la douchette code-barres explosa à l'intérieur de mon crâne.

J'avais cru que quelques instants me suffiraient à effectuer mes achats au Duane Read de Broadway, au coin de la 57e. C'était avant de me retrouver cadenassée au milieu de l'interminable file d'attente qui s'étirait depuis l'unique caisse disponible.

Au bout de dix minutes, enfin, il ne restait plus qu'un client entre la terre promise du tapis roulant et moi. C'est alors qu'une autre caissière s'installa à côté. « Au suivant ! » appela-t-elle.

Je fis un pas dans sa direction, mais un Asiatique entre deux âges, vêtu comme un videur de boîte de nuit, faillit me faucher dans sa hâte.

« Hé ! » protestai-je.

En guise de réponse, il me présenta son dos et me bouscula pour déposer son sac devant l'employée.

Faire un esclandre était la dernière chose dont j'avais envie, mais je manquais de temps pour jouer les filles conciliantes. Je m'approchai, j'arrachai le paquet des mains de la caissière pour le jeter derrière moi dans l'allée bondée du magasin. Voilà comment une New-Yorkaise résout ses problèmes.

« "Au suivant", ça veut dire "Au suivant" », exposai-je au goujat, qui écarquillait les yeux sous l'effet de la surprise. L'employée scanna mes articles et les fourra dans un sac.

J'attendis d'avoir regagné ma voiture de service, garée en double file sur Broadway, pour ouvrir mon paquet. J'en tirai une paire de gants en latex et des lunettes de lecture pour homme que je débarrassai de leur emballage.

Verres ronds, monture argentée. Elles étaient identiques à celles que Paul avait perdues sur la scène de crime. Identiques à celles que Bonnie allait devoir examiner ; car j'espérais qu'elle n'en avait encore rien fait.

Les ayant nettoyées au moyen d'un chiffon imbibé d'alcool, je les laissai tomber dans un sac en plastique transparent tel qu'on en utilise pour y ranger les indices. Une allumette enflamma mon reçu. J'en dispersai les cendres par la fenêtre de l'auto. Je démarrai et m'éloignai dans un crissement de pneus.

Prochain arrêt : le quartier général de la police, à Manhattan.

41

Lorsque je pénétrai dans son bureau, au cinquième étage du One Police Plaza, Bonnie avait la tête plongée dans l'un de ses tiroirs.

« Salut, Bonnie. C'est bien toi, au moins ?

— Lauren ! Quelle bonne surprise. » En se relevant, elle m'agita sous le nez un sac siglé Starbucks. « Et quel timing. Qu'est-ce que tu dirais d'un café ? »

Une minute plus tard, elle posait devant moi une tasse noire et fumante. « Alors, lança-t-elle, ça avance ?

— J'allais te poser la même question.

— Tu sais, cette affaire a beau être prioritaire, il va nous falloir encore un peu de temps. Tout ce qu'on a découvert pour le moment, c'est la marque de la couverture de pique-nique dans laquelle on a enroulé le corps de Scott : Neat Sheet. On en trouve partout. Tous les supermarchés en vendent. »

J'avalai une gorgée de café en hochant la tête.

« Et les lunettes ? demandai-je.

— On n'en a pas tiré grand-chose, désolée. Pas la moindre empreinte sur les verres. J'ai demandé au labo de traquer d'éventuelles empreintes partielles. Mais je n'ai pas grand espoir. Croisons les doigts pour qu'elles aient été prescrites à leur propriétaire par un médecin. Je viens de téléphoner à un certain Sakarov, le chef du département ophtalmo de l'université de New York. Il va les examiner pour orienter nos recherches dans les dossiers. »

Le café me brûla la langue. Je reposai la tasse sur un coin du bureau.

« Je pourrais les voir ? » tentai-je.

Mon amie me considéra avec surprise.

« Pourquoi ça ? »

Je haussai les épaules.

« Je ne sais pas. Elles vont peut-être m'aider à me faire une idée plus précise de notre bonhomme. Qui ne tente rien n'a rien. »

Bonnie me décocha un large sourire.

« D'accord, miss Médium. Le labo est au bout du couloir. Je vais te les chercher. En attendant, prends donc un siège et aiguise-moi tes super pouvoirs. »

42

Tandis que ma collègue s'éloignait, je tripotai les lunettes dissimulées dans la poche de ma veste. J'avais certes prévu d'improviser, mais comment ? « Bonnie, regarde ! Un oiseau ! » Et j'en profiterais pour procéder à l'échange ? Tu parles...

Je vidai ma tasse en tâchant d'aligner deux pensées l'une derrière l'autre.

Un jeune homme débraillé se présenta à la réception. Je l'observai. Il jetait des regards autour de lui. De toute évidence, il était perdu. Pouvait-il s'agir du célèbre illusionniste David Blaine, venu à ma rescousse pour m'enseigner quelques tours de passe-passe ?

J'ouvris la porte.

« Je peux vous aider ?

— Je cherche le sergent Clesnik. Elle doit me remettre un paquet pour le docteur Sakarov. »

Oh non ! Il venait chercher les lunettes. J'étais arrivée trop tard.

Trop tard ? Vraiment ? Je gambergeai sous l'œil du gamin. Enfin, j'extirpai de ma poche le sac en plastique contenant les lunettes achetées tout à l'heure chez Duane Reade. Je dénichai une enveloppe vide sur le bureau de Bonnie. J'y glissai les lunettes, je la fermai d'un coup de langue et la tendis au garçon.

Il la rangea dans sa besace. Il continuait de me scruter. Qu'est-ce qui lui prenait, bon sang ? Bonnie allait revenir d'une minute à l'autre.

« Il vous faut autre chose ? » l'interrogeai-je.

Il frotta son menton couvert d'une barbe naissante.

« Votre numéro de téléphone, rétorqua-t-il avec un sourire entendu. Ce serait cool. »

Comme si les hommes ne m'en avaient pas déjà fait voir de toutes les couleurs ces derniers temps... Quelle astuce le ferait déguerpir ?

« Vous aimez les enfants ? fis-je en lui coulant un regard langoureux. Mes quatre gosses auraient bien besoin d'une figure paternelle.

— C'est bon, c'est bon », lâcha-t-il. Il fila avec un signe de la main.

Trois minutes s'écoulèrent. Déjà, Bonnie reparaissait avec les lunettes de Paul dans un sac en plastique.

« Tu as bien fait de venir tôt. Un coursier doit passer les récupérer.

— C'est pas vrai ! Un jeune type vient de se présenter, je l'ai renvoyé. Je vais tâcher de le rattraper. »

Je lui pris le sachet des mains et courus vers la sortie.

« Merci pour le café, Bonnie ! Appelle-moi si tu as du nouveau. »

43

Je le remarquai dès que j'eus regagné mon bureau : mon patron n'était pas seul dans le sien. J'eus à peine le temps de poser mon manteau sur le dossier de ma chaise que sa porte s'ouvrit.

« Lauren ! m'interpella Keane. Venez donc par ici. Il faut que je vous voie immédiatement. »

Je réprimai un grommellement en traversant la pièce.

Jeff Buslik leva les yeux vers moi. Des yeux foncés, limpides, brillants, alertes.

« Bonjour, inspecteur », fit-il.

Depuis cinq ans, le très séduisant Jeff Buslik se trouvait à la tête de la section Homicides du bureau du District Attorney. Tout le monde s'accordait à le considérer comme un véritable génie. Nous avions travaillé ensemble à trois reprises avant sa promotion et, trois fois, il avait obtenu des jurés la condamnation du prévenu. Des condamnations telles qu'on en assène dans le Bronx : incarcération dans une prison d'État, de vingt-cinq ans à perpète.

Je me frottai les yeux en m'asseyant.

« Qu'avez-vous pour le moment ? me demanda le procureur. Dites-moi tout, Lauren.

— Accordez-moi une petite pause, Jeff. Vous avez mon rapport sous les yeux. Parcourez-le encore une fois. Ça ira plus vite. »

Il me sourit. Pas étonnant que les jurés succombent à son charme. Il avait tout de la star de cinéma. Beau parleur, avec ça.

« Allez, accordez-moi ce plaisir », insista-t-il.

Je lui livrai mon compte rendu.

Au terme de l'exposé, il se renversa sur sa chaise, en équilibre sur deux pieds. Il posa ses mains sur les revers de son impeccable costume gris, observa les taches d'humidité au plafond. Sous ses paupières mi-closes, ses pupilles étaient animées d'un mouvement continuel. De combien de meurtres s'était-il occupé ? Mille ? Deux mille ?

Déjà il analysait les faits, triait, identifiait les forces et les faiblesses du dossier.

Ou alors, me dis-je en cessant de tapoter le sol avec mon pied, il est en train de lire dans mes pensées. Sa présence me rendait terriblement nerveuse.

« Votre témoin, Amelia Phelps, estimez-vous qu'elle soit fiable ? m'interrogea-t-il enfin.

— À cent pour cent.

— Et le rapport du légiste ?

— Il fait au plus vite, répondit Keane. Mais il faut compter une bonne semaine pour obtenir les résultats définitifs.

— Que pensez-vous de ces deux dealers ? Les frères Ordonez.

— Ils font de parfaits clients. Hélas, nous avons du mal à les localiser.

— Croyez-vous qu'ils tentent de se rendre en République dominicaine ? Ça me paraît tout à fait envisageable. »

Ce serait tellement génial…

« Et croyez-vous qu'ils soient assez sots pour se promener avec l'arme du crime ? » Sa chaise, qu'il manœuvrait d'avant en arrière, gémissait sous l'effort. « Mes jurés adorent qu'on leur présente l'arme du crime. L'arme du crime et les analyses ADN. Aujourd'hui, il faut leur mettre sous la dent un scénario digne à la fois des *Experts* et de *New York District*. D'ailleurs, vous le savez aussi bien que moi. On déniche le pistolet, si possible avec un peu de sang dessus, et l'affaire sera bouclée avant même qu'on entame le procès. »

L'image de l'arme et des serviettes en papier rougies cachées dans notre abri de jardin me traversa l'esprit.

« Je travaille dans le secteur depuis un bon bout de temps, Jeff, déclarai-je sur un ton nonchalant. Je ne sous-estime jamais la sottise des uns ou des autres. »

Large sourire dans ma direction. Un sourire aussi éblouissant qu'un mur de flashes.

« Vous savez assurer vos arrières, inspecteur. Comme d'habitude. Je retourne au bureau préparer quelques mandats de perquisition. Dès que vous avez une adresse, foncez. Peut-être obtiendrons-nous la peine capitale sur ce coup-là. »

44

Je manquai d'imploser sur ma chaise après le départ de Jeff Buslik.

J'avais cru pouvoir maîtriser la situation. Faire face aux événements sous prétexte qu'on m'avait chargée de l'enquête. À présent je n'étais plus sûre de rien. Le doute m'étreignait.

J'avais eu beaucoup de chance jusqu'ici, mais combien de temps resterait-elle de mon côté ? Pas longtemps, maintenant que le très perspicace Jeff Buslik me chaperonnait. Il flairait la culpabilité comme un requin flaire le sang.

Vingt minutes plus tard, Mike entra avec du café et des beignets.

Chic, une nouvelle surdose de caféine. N'étais-je pas suffisamment à fleur de peau ?

« Alors ? » lui demandai-je.

Il secoua la tête.

« Avec ou sans confiture ? répliqua-t-il en ouvrant la boîte de beignets. Personne ne sait rien. On galope, on galope, et au final on n'a plus qu'à attendre. Crème ? »

Nous passâmes le reste de la journée et une partie de la soirée à nous abstenir du moindre commentaire auprès des journalistes qui nous téléphonaient toutes les demi-heures. Nous parcourions entre-temps les dossiers de Scott.

Je compris que ç'avait été un policier exceptionnel. Il avait collaboré avec le FBI et l'ATF lors d'opérations spéciales. Il était même parvenu à devenir le bras droit d'un des dirigeants du cartel de Cali.

Je découvris une photo de Scott posant en compagnie de l'équipe interagences, tout sourires devant un mur de sachets de cocaïne saisis par leurs soins. Oh Scott...

Je secouai la tête, refermai brutalement le dossier et me plongeai dans le suivant.

Le roi de la dissimulation, me dis-je, et pourtant je devais aller de l'avant.

Lorsque je relevai les yeux, les vitres de la salle avaient viré au noir. Quelle heure pouvait-il être ?

Mike raccrocha son téléphone et laissa échapper un grondement digne d'un ours arraché à son hibernation deux mois trop tôt.

« Écoute un peu ça. Les as de la brigade des Stups ont logé les frères Ordonez, je cite : "Dans le club dont ils sont en partie propriétaires à Mott Haven, ou dans un appartement au fin fond de Brooklyn."

— Ça fait un "ou" en trop.

— Je ne te le fais pas dire. Ce qui signifie que la nuit va être longue. À toi de courir au plumard. Rentre chez toi, histoire de voir à quoi ressemble ton mari, depuis le temps. Laisse ton portable allumé. Dès que j'ai des infos, je te les transmets. Allez, file. »

45

La télé était allumée. J'entendis une voix, puis les éclats de rire du public en studio. Letterman, sans doute.

Ayant posé mes clés, je contemplai la lueur bleue qui se déversait sur la moquette de l'entrée. De tous les obstacles qu'il m'avait fallu franchir récemment, celui-ci promettait d'être le plus épineux.

Rien ne saurait être pire, au terme d'une longue journée consacrée à couvrir un assassinat, que de devoir avouer à son mari qu'on l'a trompé.

J'emplis d'air mes poumons, puis j'expirai lentement avant d'ouvrir la porte.

Paul reposait sur le canapé, un plaid jusque sous le menton. Dès qu'il m'aperçut, il éteignit la télé.

« Salut ! » me lança-t-il avec un sourire. Ce sourire dont il ne se départait jamais, y compris dans les situations les plus délicates.

Je le fixai. J'ignorais ce que j'attendais au juste, mais ce « salut » enjoué ne me convenait pas. Salut, salope, à la rigueur…

« Salut, toi », hasardai-je.

Je ne voyais pas quel pas de danse nous étions censés effectuer ensuite. Je n'en avais pas la moindre idée. C'est que Paul n'avait encore jamais tué mon amant.

« Ça a été, le boulot ? me demanda-t-il.

— Le boulot, oui. Tu ne crois pas qu'on devrait discuter un peu de ce qui s'est passé hier soir ? »

Il baissa les yeux, examina le sol. Peut-être commencions-nous à progresser.

« J'étais sacrément bourré, hein ? »

Je faillis lui répliquer que c'était en général le résultat qu'on obtenait après avoir englouti une pleine bouteille de scotch. Je me retins : il avait plutôt besoin de soutien. Je voulais à tout prix qu'il se confie, qu'il s'épanche. Qu'il me raconte précisément ce qui lui était arrivé. Je tenais à entendre sa version des faits.

Les choses deviendraient tellement plus faciles. Paul se libérerait du poids qui devait lui écraser la poitrine, je le rassurerais, lui expliquerais que j'avais déjà la situation en main.

« Que se passe-t-il ? murmurai-je. Tu peux tout me dire. »

Il leva le regard vers moi en se mordant la lèvre inférieure.

« Si tu savais, Lauren. On a vécu un vrai cauchemar dans cet avion. On a d'abord entendu un énorme "boum", et puis on s'est mis à dégringoler. J'étais persuadé que c'était une attaque terroriste. Je me voyais déjà mort. Le pilote a fini par stabiliser l'appareil, mais il a été obligé de se poser à Groton. Je ne suis pas allé à Boston.

« Je me faisais l'effet d'un survivant, tu comprends ? J'avais été épargné. Après l'atterrissage, j'ai loué une voiture pour rentrer à la maison. Je devais être encore sous le choc. J'ai sorti le whisky, pensant qu'un petit verre m'apaiserait. Le verre s'est transformé en bouteille. Et ne me demande pas où j'ai rangé mes fringues. Je suis désolé. Je ne voulais pas te faire peur. »

Debout dans l'ombre, je bouillonnais. Pourquoi Paul me mentait-il ? Pourquoi se comportait-il comme s'il ignorait que j'étais au courant de tout ? Cela dit, il n'était pas rare de voir des meurtriers traverser une phase de déni. Le phénomène se révélait parfois si profond que le coupable lui-même en venait à se persuader de son innocence. Avait-on affaire à ce type de schéma ? La culpabilité rongeait-elle Paul au point de le faire plonger en plein délire ?

« Paul ! Je t'en prie ! »

Il me regarda, déconcerté.

« Comment ça, "je t'en prie" ? »

Bon sang… Nous en bavions déjà suffisamment… Jouait-il avec moi ? Il réagissait comme s'il ignorait que je me trouvais là-bas, moi aussi et…

Nom de Dieu ! Mais bien sûr ! Je plaquai une main contre ma bouche ouverte. Je n'en revenais pas.

Paul ne savait pas que j'étais chez Scott !

C'est pour cette raison qu'il n'était pas monté à l'appartement pour nous surprendre. Il avait dû lire un ou deux mails, des soupçons avaient germé dans son esprit, il s'était rendu chez Scott pour lui casser la figure et le dissuader de m'approcher encore. Je comprenais pourquoi il avait quitté le quartier sans venir me faire une scène. Et pourquoi il jouait maintenant les candides. Il ne jouait pas.

Paul ignorait que j'étais là.

46

Assurément, cela changeait les perspectives. J'avais les yeux dans le vague. Paul souleva un coin du plaid.

« Viens te fourrer là-dessous avec moi, Lauren. Tu travailles trop. On bosse trop tous les deux. Viens. »

À le voir ainsi étendu, je me rappelai ces deux semaines, l'année précédente, au cours desquelles j'étais restée chez nous parce que je m'étais bloqué le dos en pourchassant un suspect. Paul avait pris des congés pour s'occuper de moi. Il s'était merveilleusement acquitté de sa tâche. Il nous préparait trois repas par jour, que nous prenions ensemble devant la télé. Nous lisions – il arrivait même à mon mari de me faire la lecture. Le chauffe-eau ayant rendu l'âme au beau milieu de la seconde semaine, il m'avait lavé les cheveux dans l'évier de la cuisine avec de l'eau qu'il faisait préalablement chauffer sur la cuisinière. Ces moments-là, je ne les oublierais jamais.

Il avait été là pour moi.

Aujourd'hui, c'est lui qui avait besoin que je l'épaule.

Je pris une profonde inspiration et m'allongeai contre lui. Il éteignit la lumière. Dans le noir, je cherchai sa main. Je la serrai de toutes mes forces.

« Je suis contente que tu sois rentré, finis-je par lui dire. Et tant pis si tes vêtements ne sont pas rentrés avec toi. »

47

Le lendemain matin, je me hâtai de m'habiller après le départ de Paul. Pour tout dire, j'avais attendu impatiemment qu'il déguerpisse.

Je m'apprêtais à jeter mon sac dans la Mini lorsque je me rappelai avec une redoutable précision ce que Jeff Buslik nous avait assuré concernant l'arme du crime : il était capital de fournir des preuves matérielles aux jurés.

Je fonçai en direction de notre abri de jardin, hantée par une unique question.

Dans quel fleuve allais-je me débarrasser du pistolet ? Dans l'Hudson ? Dans l'East River ? Harlem River ?

Ma gorge se serra dès que j'eus déverrouillé la porte de la cabane. Je n'avais pas envisagé une chose pareille. Pas même dans mes pires cauchemars.

L'arme et les serviettes tachées de sang avaient disparu ! Je contemplai le vide.

Je fourrageai derrière les râteaux, derrière les sacs d'engrais, derrière l'arrosoir. Pas d'arme. Nul carré de papier ensanglanté. Rien de rien.

Quoi faire ?

Qu'avait-il fait du pistolet ? L'avait-il jeté quand il était allé restituer le véhicule de location ? Mais dans ce cas, où donc ?

J'étais inquiète. Très. L'arme du crime se baladait quelque part dans la nature, portant sans doute les empreintes de Paul.

Figée, j'avais mal au ventre. Puis je repérai la pelle. Le bord du fer était noir. Je l'effleurai. Il était humide de boue. Je l'emportai avec moi et courus au jardin.

Où enterrerais-je une arme si j'étais Paul ?

Je la dissimulerais non loin de la maison. Afin de surveiller les lieux depuis l'intérieur pour vérifier que personne n'a touché à rien.

Je scrutai le jardin. Le soleil n'y pénétrait que l'après-midi ; à cette heure il était encore plongé dans l'ombre. Je le parcourus sur toute sa longueur, les yeux attachés au sol froid pendant vingt minutes. Nulle part je ne notai la moindre trace. Pas plus dans les parterres de fleurs que sous les haies ou les massifs d'azalées.

Encore une dizaine de minutes et à côté du barbecue, contre une pile de briques que nous avions achetées l'année précédente, une anomalie éveilla mon attention. À droite de la pile, des traces de briques étaient imprimées dans la terre.

On les avait donc légèrement déplacées vers la gauche.

Je les ôtai une à une pour les remettre dans leur position initiale. Sous la dernière rangée de briques, le sol avait été fraîchement retourné.

Je creusai à l'aide de la pelle jusqu'à heurter quelque chose. Je repris mon souffle et le soulagement accéléra mon pouls. C'était un sac Stop & Shop. Je l'ouvris. Le .38 dormait sur les serviettes souillées.

L'arme rejoignit le fond de mon sac à main. Après en avoir noué les anses, je déposai la poche en plastique dans le coffre de mon Impala, la voiture de service au volant de laquelle j'avais l'habitude de me rendre au travail. Je revins au jardin, bouchai le trou et replaçai soigneusement les briques telles que je les avais trouvées.

Je transpirais. Je reposais la dernière brique quand j'entendis du bruit au coin de la maison.

Je me retournai.

De battre, mon cœur s'arrêta.

C'était Mike, mon équipier.

Chez moi ? À cette heure-ci ?

Derrière lui apparurent deux collègues de Scott, Jeff Trahan et Roy Khuong. Tous trois vêtus de combinaisons pare-balles.

Mes glandes sudoripares fonctionnaient en surrégime. Voilà. *Game over.*

J'avais été placée sous surveillance. Ils savaient parfaitement ce qui s'était passé. Sans doute depuis le début.

Tout était terminé.

J'ouvris la bouche. Aucun son n'en sortit. Je les dévisageai, toujours agenouillée.

« Quelque chose ne va pas, Lauren ? Tu ne réponds plus au téléphone ? » Mike m'aida à me relever. « Un indic vient de révéler aux gars que les frères Ordonez sont à leur club. On est passés te chercher. Marut et Price nous attendent dans le van. »

Il débarrassa mes mains de la terre qui y adhérait comme il l'aurait fait de celles d'un enfant indiscipliné surpris à jouer dans la boue.

« Tu feras tes plantations un autre jour, Martha Stewart, ajouta-t-il, survolté, en m'adressant un large sourire. Pour le moment, on a des tueurs de flic à coffrer. »

48

Installée à l'arrière du van maquillé en camionnette de plombier lancé à toute allure, que les Stups utilisaient pour leurs opérations de surveillance, j'étudiai les clichés des frères Ordonez que Mike avait apportés avec lui. Mark, le pilote, comptait un an de plus que son cadet, mais ces deux garçons au regard noir, au visage mêmement grêlé, seraient aisément passés pour des jumeaux.

Je rendis les photos à mon partenaire accroupi près de moi. Il était habillé de Kevlar, un fusil tactique lui barrant la poitrine. Je portais moi aussi un gilet pare-balles, que je sentais peser terriblement sur mes épaules et mon dos.

À moins que je ne fusse accablée par l'angoisse et cette culpabilité toute prête à faire voler ma cervelle en éclats.

« De vraies gueules d'ange, parvins-je à articuler.

— Tu as remarqué comme Victor a la peau claire. Et il mesure un mètre quatre-vingts. Ce qui colle avec la description d'Amelia Phelps. C'est lui, Lauren. On tient notre homme. Il a déjà failli buter un flic il y a quinze ans. Il a terminé le boulot avec Scott. Ce pourri l'a liquidé. J'en suis sûr. »

J'examinai Mike. Il avait le regard lointain, chargé de haine. « Ces deux-là vont bientôt regretter que leur mère ne les ait pas étranglés à la naissance », siffla-t-il entre ses dents.

D'une main, je rejetai mes cheveux en arrière. Je me rappelai à nouveau que le père de mon collègue était mort en service. Et voilà que nous poursuivions des tueurs de flic.

Je me demandai soudain si c'était une bonne idée. Je savais que non.

« On y est, nous cria Trahan, qui avait pris le volant. On se tient prêts. »

De capiteux effluves métalliques envahirent l'habitacle. L'adrénaline, probablement. Ou la testostérone. Les événements s'enchaînaient trop vite. Le cliquetis des armes se répercuta contre les parois d'acier nu de la camionnette.

Nous étions garés sur la 141ᵉ Rue Est, non loin de Willis Avenue. La bulle immobilière de Manhattan n'avait pas encore gonflé dans cette direction : nous n'étions cernés que de carrés d'herbes folles et de bâtiments en ruine.

J'aurais pensé à n'importe quoi pour éviter de me concentrer sur ce que nous étions en train de vivre.

De l'autre côté de la rue déserte, une page d'*El Diario*, emportée par le vent, avait échoué contre le pare-chocs d'une Escalade – il ne restait rien d'autre de la Cadillac, consciencieusement désossée. Les seuls édifices à peu près viables étaient les cités s'élevant derrière nous sur l'autre rive de la Harlem River, dont le cours ressemblait à un ruban.

Trahan me désigna du doigt un vieil immeuble de quatre étages, à l'extrémité du bloc.

« C'est le club », m'expliqua-t-il.

Le club ? J'avais du mal à y croire. Quel club ? Ce que Trahan me montrait consistait en deux malheureux rideaux de fer couverts de graffiti, flanquant l'entrée d'une devanture anonyme. Au-dessus, les fenêtres du taudis étaient… vides : pas un chat, pas une vitre, pas un chambranle.

Trahan saisit mon expression médusée.

« Il faut voir l'intérieur, dit-il d'un air contrit. C'est un autre monde. »

Il fit surgir son portable et composa un numéro. Au bout de quelques secondes, il raccrocha en laissant échapper un bref son excédé.

« Saloperie d'indic. Elle ne décroche pas.

— C'est une femme ? demandai-je.

— Évidemment, répondit Marut. Elle baisait avec Mark Ordonez jusqu'à ce qu'il la plaque pour une autre. Il n'y a pas de meilleure balance qu'une minette qui s'est fait rouler dans la farine.

— Quand avez-vous eu de ses nouvelles pour la dernière fois ?

— Juste avant de passer chez vous », m'informa Trahan. Hors de lui, il mordilla l'antenne de sa radio.

« J'avais prévu une attaque éclair. On déboulait par la porte de devant et tout le monde à plat ventre. Maintenant, j'ai des doutes. Mon indic m'a prévenu que l'endroit était bondé. On ne peut pas risquer d'avoir des blessés, en particulier de notre côté, à moins d'être sûrs à cent pour cent que les frangins sont dans la place. Auquel cas, en effet, on foncerait dans le tas.

— Attendez un peu, l'interrompis-je. Où est l'unité d'intervention d'urgence ? C'est un boulot idéal pour eux. Pourquoi est-ce qu'on ne leur passe pas le relais ?

— Scott était notre frère, prononça Khuong, la mine grave, les yeux aussi durs et ténébreux que des éclats de charbon. On reste en famille. »

C'est pas vrai... Je n'aimais décidément pas la tournure que prenaient les événements. Ces types étaient au bord de la rupture. Leurs émotions les submergeaient, les privant de la meilleure part d'eux-mêmes. Notre opération ressemblait davantage à une mission de guerre qu'à une interpellation.

« Elle vous a vraiment raconté que c'était bondé ? m'étonnai-je en considérant d'un œil dubitatif la bâtisse désolée. Il va être 9 heures du matin. »

La dent en or de Thaddeus jeta quelques feux. C'est du moins ce que je crus voir. Il manipula son Smith & Wesson.

« Il y a des gens qui aimeraient que la fête ne s'arrête jamais, fit-il.

— Dites, s'immisça l'inspecteur Marut. Comment va-t-on se débrouiller pour effectuer une reconnaissance ? Si ces mecs ont buté Scott, ils doivent nager en pleine parano. Se méfier d'à peu près tout le monde. On a tous planqué. Si ça se trouve, ils nous ont repérés.

— J'ai une idée », lançai-je.

J'observai le club. Son spectacle faisait froid dans le dos. Une porte d'accès vers l'enfer. Si quelqu'un d'autre venait à être blessé ou tué dans l'action, je ne le supporterais probablement pas.

« Posez-moi un micro, décrétai-je.

— Hors de question, m'assena Trahan.

— Tu es cinglée ou quoi ? glapit Mike. Je ne te laisserai pas descendre toute seule dans ce bouge. C'est moi qui irai. »

Je plantai mon regard dans celui de mon équipier. Il était sincère. C'était sans conteste le meilleur d'entre nous.

« Maintenant, tu vas m'écouter, lui ordonnai-je. Je vais entrer dans ce club. Ils ne me connaissent ni d'Ève ni d'Adam. Qui plus est, ils ne s'attendent pas à avoir affaire à une femme. Et si ça ne te suffit pas, je te rappelle que c'est à moi qu'on a confié la direction de cette enquête. Et pour répondre à ta première question : oui, de toute évidence je suis cinglée. »

49

Il fallut tout au plus une minute et demie à Thaddeus pour fixer un minuscule micro sans fil sous l'un des boutons de ma veste. Je faillis lui faire remarquer qu'il n'y avait pas le feu, mais je préférai garder mes réflexions pour moi.

« Et voilà, conclut-il. Ç'a beau être le trou du cul du monde, je peux vous assurer que le samedi matin, ils ont du beau linge venu de Manhattan. Vous y allez, vous frappez à la porte et vous dites au videur que vous cherchez votre petit ami, DJ Lewis. Rassurez-vous, il n'est pas là. Mais le molosse vous laissera probablement entrer.

— Pourquoi ça ? »

La dent en or de Thaddeus scintilla de nouveau lorsqu'il me décocha un sourire.

« Regardez-vous dans une glace, inspecteur. Une jolie poupée blanche comme vous n'a pas besoin d'avoir son nom sur la liste.

— À la seconde où vous repérez l'un de nos deux clients, Mark ou Victor, m'indiqua Trahan, vous dites "code rouge" et vous vous planquez aussi sec dans un coin. Idem s'il y a du grabuge, ou si vous avez l'impression d'être en danger. On sera là tout de suite. OK ?

— "Code rouge", répétai-je. C'est bon. » Cela faisait vingt-quatre heures que j'étais passée en code rouge…

« Bien. Quoi d'autre ? Ah oui. Laissez-nous votre arme, votre plaque et vos menottes. Il pourrait prendre au videur l'envie de vous fouiller. »

Les parois de la camionnette surpeuplée me parurent instantanément se replier sur moi. J'eus bientôt la sensation de me tenir au fond d'un cercueil. Mon cercueil.

Bordel de Dieu !

Mon Glock, ma plaque et les bracelets ne me posaient aucun problème.

Mais le pistolet de Scott, celui avec lequel Paul l'avait abattu, se trouvait dans mon sac. De quoi en surprendre plus d'un à l'intérieur du van. Comment allais-je me tirer de ce mauvais pas ?

Je fouinai, tendis le Glock à Trahan. Puis lui remis mon insigne doré et mes menottes.

Je laissai l'arme de Scott où elle était, sous mon portefeuille et une boîte de bonbons. « Souhaitez-moi bonne chance.

— "Code rouge", me rappela Trahan. N'allez pas jouer les héroïnes, Lauren.

— Ça ne risque pas, je n'ai rien d'une héroïne. »

La porte de la camionnette coulissa brusquement. Je descendis. Je me retrouvai plantée sur le trottoir sale et crevassé, clignant des yeux contre la lumière du jour. Je regardai autour de moi. Je ne savais pas ce qui m'inspirait le plus de pitié : le paysage urbain ou mes chances de plus en plus ténues de sortir vivante de cette folie furieuse.

« Ne t'en fais pas, me rassura Mike. On ne te lâche pas d'une semelle. »

Mouais, me dis-je en soulevant mon sac comme la porte se refermait bruyamment dans mon dos.

C'est bien le problème.

Je scrutai le bâtiment qui abritait ce prétendu club. Les rideaux de fer. La porte dont ne s'échappait pas la moindre lueur ; un tombeau vertical.

Que pouvait-il encore m'arriver ?

Le code rouge était sans conteste le cadet de mes soucis.

50

Je distinguai dans un petit renfoncement une corde de velours cramoisi barrant l'entrée des lieux puis, derrière la corde, un escalier qui plongeait dans les ténèbres.

Le videur portait des lunettes de soleil aux verres couleur de champagne et un costume trois-pièces qu'on aurait cru taillé dans un film de plastique rouge. Qu'est-ce qui me mettait le plus mal à l'aise ? Son mètre quatre-vingt-quinze ou sa monstrueuse obésité ?

De sourdes rythmiques montaient vers nous depuis la cage d'escalier en béton. Comme si un boutefeu manipulait des explosifs dans les entrailles de la terre.

« Lewis est aux platines ? » demandai-je.

Le géant secoua imperceptiblement son énorme crâne.

Comprenait-il seulement l'anglais ? Avait-il instinctivement décelé que j'étais flic ? Soudain, je me réjouissais de savoir Mike et les gars des Stups à portée de voix.

« Est-ce que c'est une fête privée ou vous me laissez entrer ? »

Réponds-moi que c'est une fête privée, implorai-je en silence, jetant un œil vers l'escalier obscur. J'aurais assumé sans problème de regagner le van sur un échec. Nous trouverions bien une autre solution. Je n'avais plus envie que d'une chose : une sieste. Ou trois semaines de vacances à l'étranger.

« Ça dépend, finit par me répondre le videur.

— De quoi ? »

Il abaissa ses lunettes de soleil et se campa dans une posture qui me fit me réjouir de ne rien avoir avalé au petit déjeuner.

« Ça dépend si t'en peux plus tellement t'as envie que je m'occupe de ton cas.

— Vous êtes un romantique, vous, fis-je en tournant les talons. Mais merci, j'ai pas assez faim.

— Reviens, reviens. » Il éclata d'un ignoble rire en décrochant la corde de velours. « Faut pas prendre la mouche comme ça. Je disais ça pour rigoler. C'est de l'humour de videur. Bienvenue à la Barakave. »

51

Le temps d'atteindre le pied des marches raides et crépusculaires, je me tenais déjà prête à sortir l'arme de Scott de mon sac. Je me contentai néanmoins d'inspirer. Je me dirigeai vers les pulsations dont le volume grimpait au fur et à mesure que je m'en rapprochais. Je passai à travers un rideau de perles cristallines.

De l'autre côté, je m'immobilisai, stupéfaite, en découvrant les téléviseurs à écran plat, les coûteux éclairages, le bar central pris d'assaut par les consommateurs et qui semblait un bloc de verre noir.

Les barmaids qui s'y activaient portaient des costumes de chatte en latex noir et de faux seins. Peut-être s'agissait-il de travestis. Pas de doute : le Bronx était de retour.

Malgré moi j'étais impressionnée. On aurait pu tout aussi bien se trouver à Manhattan.

Parmi la foule à majorité latino-américaine se remarquaient une poignée de Blancs visiblement fortunés. Ils transpiraient sur la piste de danse, souriaient aux anges en faisant tournoyer dans leurs deux mains des bâtons phosphorescents.

Au milieu des danseurs virevoltants, dans une cage métallique suspendue au plafond, un nain ne portant rien d'autre que des ailes de chérubin frappait les barreaux de sa geôle à coups de matraque blanche. Dans quel esprit tordu une pareille mise en scène avait-elle pu germer ?

« Je sens ton énergie », me lança un type entre deux âges aux traits bouffis en quittant le *dance floor* pour tenter de m'enlacer.

Je cherchai à le repousser d'un bras mais, comme la manœuvre n'y suffisait pas, je lui portai un gentil coup de genou entre les jambes.

« Maintenant tu la sens », lui dis-je tandis qu'il se hâtait de battre en retraite. Je filai au bar.

« Douze dollars », m'assena la barmaid à qui j'avais commandé une Heineken.

J'allongeai mes billets. Même leurs tarifs s'alignaient sur ceux de Manhattan.

Une demi-minute plus tard, un petit Latino grassouillet, affublé d'un bouc, me rejoignit en souriant.

« Je suis le marchand de bonbons. »

Je le fixai sans comprendre. Le « marchand de bonbons » ? Était-ce ainsi qu'on accostait les filles, à présent ? J'étais rangée des voitures depuis si longtemps… Pour tout dire, en vertueuse adolescente catholique que j'étais, je n'avais jamais vraiment été sur le marché.

Il déposa une pilule ivoire au creux de ma paume. Probablement pas un Smarties.

« Vingt », m'indiqua-t-il.

Je lui rendis son cachet. Il haussa les épaules et s'éloigna. Ce vendeur d'ecstasy travaillait sûrement pour Mark et Victor. Mais je le perdis de vue lorsqu'il se laissa happer par les lumières kaléidoscopiques inondant la piste de danse.

Je balayai les lieux du regard en quête des frères Ordonez. Je scrutai les box disposés derrière la cabine du DJ. Les stroboscopes et les lourdes vagues de basses m'empêchaient de me concentrer. Que je le veuille ou non, j'allais devoir m'approcher.

J'étais en train de longer le *dance floor* pour éviter les dragueurs quand l'une des portes ménagées dans le mur de béton s'ouvrit près de moi.

Victor Ordonez apparut et me dévisagea. Avant que j'aie pu esquisser le moindre mouvement, une main de fer se refermait sur ma nuque.

Je me retournai et reconnus mon pote le videur. « Ce n'est que moi, Miss, me rassura-t-il avec un large sourire.

— Tu m'accompagnes au salon VIP ? me brailla Victor pendant que son employé me poussait dans le dos. C'est une fête privée, mais tu es mon invitée. »

52

Le salon VIP ne consistait qu'en un minable sous-sol. Murs et sol de béton brut, chambranles en parpaings, la coque rouillée d'une vieille chaudière. Charmant décor. Une ampoule nue pendait à l'aplomb d'une table de cuisine enduite de graillon sur laquelle trônait une balance électronique en inox.

À l'autre bout de la pièce, on distinguait par une sombre ouverture un couloir sur le sol duquel était posé quelque chose.

Ma gorge se serra.

C'était un matelas taché.

« Retirez vos sales pattes ! crachai-je au videur en essayant de me dégager.

— Du calme, voyons », intervint aimablement Victor. Il se campa devant moi, vêtu d'un costume trois-pièces blanc, d'une chemise blanche et d'une cravate noire. Mickey Rourke était-il au courant qu'on avait subtilisé l'une de ses tenues ?

« Mesures de sécurité ordinaires, m'expliqua-t-il. Ignacio a oublié de te fouiller là-haut. »

Un signal d'alarme retentit dans mon crâne. De quoi d'autre était donc constitué l'« ordinaire » de ce dealer aux manières violentes qui me faisait face ?

« Dans ce cas, vous n'avez qu'à me flanquer à la porte pour non-respect du règlement. De toute façon, je comptais filer bientôt pour aller m'offrir un petit déj' dans un bistro. »

Victor soupira. Hocha la tête en direction du videur.

Qui m'arracha mon sac. J'entendis son contenu dégringoler sur la table. Déjà, je cherchais une issue des yeux.

Je ne pouvais m'empêcher de fixer le matelas. Je me rappelai l'arrestation pour tentative de viol qui figurait dans le casier de Victor.

Fallait-il que je me jette sur le pistolet de Scott ? Combien de balles contenait-il encore ? Quatre ? Je me chargeais de Victor, puis je logeais un projectile dans la tête du mastodonte avant de ressortir par où j'étais entrée.

« Qu'est-ce que c'est que ça ? » interrogea le malfrat en s'emparant du .38.

L'affolement me gagna. Je portais un micro, or mes collègues ne devaient en aucun cas apprendre l'existence de cette arme. Je réfléchis à toute vitesse. « Ça m'a tout l'air d'un code rouge, répondis-je.

— Comment ça, un "code rouge" ?

— Le fait que vous ayez sorti un flingue et que vous soyez en train de me le mettre sous le nez. Ça a tout d'un code rouge ! » J'avais élevé la voix dans l'espoir d'être entendue par l'équipe qui patientait dans la camionnette.

Une douleur m'élança dans les genoux lorsque Victor me jeta par terre.

« Ta gueule, pouffiasse ! Tu es qui, toi, pour t'amener chez moi et me hurler dessus ?

— T'as pas encore pigé, *coño*? lui lança le videur. C'est un flingue de flic. Cette salope est flic. Et Pedro a déjà essayé de lui fourguer sa came tout à l'heure !

— Toi, le gros tas, tu la boucles et tu me laisses gamberger ! » le rembarra son patron.

Mes traits se figèrent quand le cadet des Ordonez pointa l'arme vers moi. Je contemplai le trou noir du canon. Mais ce n'est pas ma vie que je vis défiler : en un éclair me revint tout ce qui s'était déroulé depuis que j'avais choisi de céder aux avances de Scott. Avec une redoutable précision se dessinèrent comme sur un écran tous les faux pas accumulés au cours des deux derniers jours.

Mais au fait, me dis-je… Où sont les renforts ? Je considérai les murs épais de la pièce. Maudits sous-sols ! Les ondes radio ne passaient pas.

« Code rouge ! » criai-je en tentant d'atteindre la porte.

Le videur se révéla d'une célérité étonnante pour un pareil éléphant. Je n'avais parcouru que la moitié de la distance me séparant de la sortie qu'il me saisissait la cheville. Il faillit m'arracher le pied gauche.

Un cri parvint à mes oreilles. Et la porte explosa.

Les pulsations de la musique envahirent les lieux. Mes yeux – que la poussière et les éclats irritaient jusqu'aux larmes – m'offrirent le plus réjouissant spectacle auquel il m'ait été donné d'assister jusque-là.

Mike, mon équipier, fusil à l'épaule, repoussait la porte du pied comme il l'aurait fait d'une planche de surf.

53

Mike écrabouilla l'horrible face du videur d'un coup de crosse en plein nez ; la brute épaisse n'avait pas même eu le temps d'articuler sa première injure.

« Où est Victor ? me demanda mon partenaire en me lançant mon Glock et mes menottes. On avait perdu le contact avec toi. C'est l'indic de Trahan qui lui a dit qu'Ordonez t'avait emmenée ici.

— Je ne sais pas où il a fichu le camp. » Je regardai derrière moi. « Il était encore là il y a deux secondes.

— Passe les bracelets au molosse, attache-le quelque part et couvre-moi. » De la pointe de son fusil, il me désigna le passage enténébré où gisait le matelas. Il s'y précipita.

J'accrochai le monstre inconscient à l'un des tuyaux de la chaudière. Ses lunettes de soleil avaient volé en éclats. Son visage dégoulinant arborait maintenant la même couleur que son costume. Humour de flic, eus-je envie de le railler en galopant à la suite de mon collègue.

J'entendis claquer une porte devant moi.

Par où Mike et Victor s'étaient-ils éclipsés, bon sang de bonsoir ? Je me cognai le tibia contre une volée de marches que je n'avais pas repérée, les montai quatre à quatre, mon pistolet ouvrant la voie.

La porte, que je dénichai enfin – sur laquelle, plus précisément, je m'affalai –, donnait sur une parcelle envahie de hautes herbes, de détritus et de verre brisé. Où étais-je ?

Je clignai des yeux dans la brusque lumière trop vive. Mike avait déjà traversé la moitié du terrain vague. À un demi-bloc devant lui, une silhouette tout de blanc vêtue galopait sur la 140e Rue. Il ne pouvait s'agir que de Victor Ordonez. Ou d'un marchand de glace en train de s'entraîner pour le prochain marathon.

Je refaisais peu à peu mon retard sur mon collègue. Mike ne lâchait pas Victor. Au troisième carrefour, ils s'engagèrent sous une voie aérienne avant de franchir les grilles de l'entrepôt d'un ferrailleur. Ordonez allait-il jouer les filles de l'air ? Je le souhaitais. Si cela n'avait tenu qu'à moi, il aurait pu continuer à brûler ainsi le pavé jusqu'à Saint-Domingue.

Hélas, Mike, lui, s'obstinait. Il venait de s'engager pour l'amour du sport dans une course d'obstacles parmi les caisses broyées et les morceaux de métal entassés. Ordonez n'avait plus qu'à attendre et le tirer comme un lapin. Mais il n'en fit rien.

Comme je me rapprochai d'un mur de boîtes en fer-blanc au fond de l'entrepôt, j'entendis un terrible crissement. Puis le choc du métal contre le métal. Que se passait-il ?

Je découvris Ordonez qui s'extirpait du chariot élévateur avec lequel il venait d'emboutir la clôture.

À quatre pattes, il rampa à travers la brèche qu'il avait ouverte.

Une ou deux secondes plus tard, Mike surgit de derrière un rempart de tuyaux et plongea à son tour par l'échancrure. Il ne jetait pas l'éponge.

Lorsque j'atteignis enfin la clôture, soufflant comme un bœuf, je vis des métros. Des tas de métros. Victor s'était rué dans un dépôt de métros.

Et dire que j'avais oublié de recharger ma carte d'abonnement… Je me glissai de l'autre côté de la clôture, sans quitter du regard le troisième rail, qui tuait à coup sûr celui qui s'avisait de le toucher.

54

Je courais le long d'un étroit passage entre deux rames à l'arrêt, avide de retrouver Mike et Ordonez, lorsqu'une détonation claqua dans l'air. Et merde ! La vitre, au-dessus de ma tête, explosa en mille morceaux. « Hé, la fliquette ! Attrape ! »

Je me retournai pour voir Victor, penché par la fenêtre du conducteur, à deux wagons de moi, faire feu une seconde fois. Quelque chose me frôla l'oreille, après quoi j'entendis ce qui ressemblait à une mince couche de glace qu'on aurait rompue.

Je vidai mon Glock vers le Dominicain.

J'éjectai le chargeur. Une substance chaude me coulait dans le cou. Mes jambes se dérobèrent brusquement sous moi, je tombai sur le gravier.

J'avais été touchée ! Des vertiges m'assaillirent. J'avais l'impression de glisser hors de mon corps, de m'observer à distance.

Non Lauren, n'entre pas en état de choc. Remue-toi. Fais quelque chose ! Maintenant ! Je me remis debout tant bien que mal et battis en retraite aussi vite que me le permettaient mes jambes flageolantes. Je pressai la manche de ma veste contre le sang qui dégoulinait de ma tête.

À nouveau, je tombai à genoux. À nouveau, je dus me redresser pour atteindre la queue du train.

L'une des portières du dernier wagon était ouverte. Je me hissai à l'intérieur, j'avançai sur le ventre et roulai sous un siège.

C'est alors que la véritable fusillade eut lieu. À deux ou trois voitures de la mienne, trois coups de fusil se succédèrent à toute allure. Puis les tirs reprirent presque au-dessus de moi. L'une des vitres du wagon se brisa sous l'impact.

Je gisais sur le sol crasseux, pelotonnée. Je saignais, je tremblais. Soudain, Ordonez hurla depuis la voiture suivante. Je ne pouvais pas le voir d'où j'étais, mais je l'entendais comme s'il s'était trouvé auprès de moi.

« Ça va, ça va, je me rends ! »

Un objet lourd chuta. Le pistolet de Scott ?

« Appelez mon avocat ! »

Durant un instant, tout devint silencieux. Trop silencieux. Que se passait-il ?

Quelqu'un arma son fusil.

Clic. Clac.

« Tout ce dont tu vas avoir besoin, sale enfoiré de tueur de flic, c'est un croque-mort ! »

Non ! Mike, qu'est-ce que tu es en train de faire ?… Non !

Je basculai sur le ventre pour tâcher de me remettre debout. J'ouvris tout grand la bouche pour crier quelque chose à mon équipier.

« Un tueur de flic ? » fit Victor d'un ton incrédule.

Le fusil lâcha son dernier coup.

55

Je dus m'évanouir un moment, car ce que j'entendis ensuite fut une voix : « Vous êtes où, bordel ? » Les mots s'échappaient de la radio de Mike, à côté de moi. Mon collègue avait posé ma tête sur ses genoux, il me cajolait.

« Ça va aller, Lauren. » Il souriait. Il avait les yeux pleins de larmes. « La balle t'a effleuré le crâne. La blessure est superficielle, Dieu merci. Tu vas t'en remettre.

— Je ne suis pas en train de mourir ?

— Non. Ce n'est pas marqué sur mon agenda. »

Par la porte ouverte entre les wagons, je voyais une main émergeant d'un océan de verre cassé. Une manche blanche maculée de sang.

« Et Victor ? commençai-je. Tu... »

Mike posa un doigt sur mes lèvres.

« Il m'a tiré dessus. J'ai répliqué. Tu te rappelles ce qui est arrivé ? »

Je grimaçai. Je ne parvenais pas à y croire. Quel chemin avais-je parcouru pour aller de ma vie normale à ici ?...

« Ça s'est passé comme ça. Il a tiré. J'ai tiré. Ça s'est passé comme ça. Pas autrement. »

Je hochai la tête et détournai le regard. « J'ai entendu, Mike. J'ai pigé.

— Ils sont ici ! cria une voix hystérique depuis l'extérieur de la voiture. Ils sont ici !

— Mon père s'est fait buter dans un métro comme celui-là, murmura mon équipier d'un ton las. Exactement comme celui-là. »

On entendit au-dehors les pales d'un hélicoptère. Des aboiements.

« Il nous emmenait souvent pêcher du côté de City Island, mon frangin et moi. Mon frère était tellement surexcité qu'un jour il a fait chavirer notre bateau. Je croyais que mon père allait le noyer dans sa rage, mais non : il s'est contenté de rire. C'était tout lui. Et c'est comme ça que je me souviendrai de lui jusqu'à ma mort : il nage vers la rive avec nous deux agrippés à son cou, et il se marre. »

Un abominable son s'échappa de la gorge de Mike. Un son abominable pour trente ou quarante ans de chagrin.

« J'ai toujours su qu'un truc comme ça arriverait, me dit-il. Tôt ou tard. »

Je lui tapotai l'avant-bras.

L'équipe médicale d'urgence, les flics et les membres de la brigade des Stups se précipitèrent d'un coup dans notre voiture.

56

Il n'était donc écrit nulle part que je devais mourir ce jour-là : je n'eus même pas besoin de points de suture. On nettoya ma plaie, on fit pression dessus pour arrêter le sang qui dégouttait de ma joue et de mon oreille gauches, puis j'eus droit à un modeste pansement. Assise à l'arrière de l'ambulance, j'observai l'agitation ambiante, songeant qu'il s'en était fallu de peu que je passe l'arme à gauche dans ce dépôt de métros.

Trahan s'était finalement résolu à faire appel à l'unité d'intervention d'urgence ; leurs camions encerclaient le poste central du dépôt. La brigade cynophile était également de la partie, on entendait des moteurs d'avion ronronner au-dessus de nos têtes, les lieux grouillaient de policiers en civil et en uniforme : après que Mike m'avait vue tomber, il avait lancé un 10-13, « agent en situation très critique ». Les forces de l'ordre au grand complet, à l'exception peut-être des autorités portuaires, semblaient avoir répondu à l'appel.

Le lieutenant Keane sauta du wagon dans lequel reposait toujours Victor Ordonez. Il nous rejoignit.

« Vous avez fait un excellent boulot. Le numéro de série de l'arme qu'on a trouvée auprès de notre cher disparu correspond. Il s'agit du pistolet de Scott. Exactement comme on le pensait. Ce sont les Ordonez qui l'ont descendu. »

Je secouai la tête. Je ne réussissais toujours pas à croire à la succession des événements. Assurément c'était étrange, mais le fait est que les choses s'arrangeaient mieux que j'aurais jamais pu le souhaiter, ou le rêver. Tout irait bien, maintenant. En dépit des atermoiements, des omissions, des mensonges.

« On a des nouvelles de Mark, le pilote ? m'enquis-je.

— Pas pour le moment, répondit mon supérieur. Mais ne vous en faites pas, il va sortir du bois.

— Où est Mike ? »

Keane roula des yeux.

« Avec les Affaires internes. Tout juste si ces rats ne se sont pas pointés avant l'unité d'intervention d'urgence. Je croyais tout de même qu'ils allaient réagir autrement du fait que vous aviez été touchée. Tu parles. Ces fouille-merde s'imaginent que vous vous êtes tiré dessus avant de vous débarrasser de l'arme. »

Je continuai de respirer normalement, mais au prix d'un immense effort de concentration.

Mon patron, lui, me frottait le dos comme le soigneur réconforte son boxeur entre deux rounds avant de le réexpédier au combat.

« Vous feriez mieux de demander qu'on vous emmène au Jacobi avant l'arrivée du divisionnaire. Après l'hôpital, vous me ferez le plaisir de rentrer chez vous et de débrancher votre téléphone. Je tiendrai les rats d'égout à distance pour vous laisser le temps de reprendre vos esprits. Appelez-moi demain. Avez-vous besoin de quelque chose ? »

Je fis non de la tête. J'étais incapable de commencer seulement à chercher une réponse à cette question.

« Vous avez fait un boulot formidable, me confia Keane avant de se retirer. Nous sommes tous fiers de vous. »

Je le regardai s'éloigner.

La Crim' tenait son meurtrier.

Paul était sans doute tiré d'affaire.

On prendrait soin de Brooke et de ses enfants, comme ils le méritaient.

L'hélicoptère de la police de New York rasa la clôture barbelée du dépôt avant de s'élever dans le ciel d'un bleu éclatant. Du coin de l'œil, je notai les flashes des appareils photo de la police scientifique illuminant par intermittence la fenêtre sans vitre du wagon.

Tout se résolvait au mieux. Le cauchemar était terminé.

Mais alors, pourquoi les larmes roulaient-elles sur mes joues ?

57

Le lundi suivant, il faisait frisquet malgré le soleil.

Au garde-à-vous sur les marches de l'église St. Michael's, à Woodside, je rendais grâce en silence à l'épaisseur de mon uniforme et à la chaleur humaine dispensée par tous ces agents autour de moi.

Dans la rue, barrée pour l'occasion, se pressaient trois ou quatre mille policiers attendant l'arrivée du corbillard. Pourtant, on n'entendait guère que les claquements du drapeau de la garde d'honneur. Rien ne bougeait. Seule la bannière étoilée frémissait.

Les cloches sonnèrent. Les tambours prirent le relais. Au coin de l'église en pierre apparurent quarante membres de l'Emerald Society ; les cornemuses se taisaient, les joueurs de tambour rythmant une marche funèbre sur leurs instruments drapés de noir.

Derrière les musiciens s'étirait, à l'infini semblait-il, une ligne de motards avançant deux par deux. Du fait de la lenteur de leur progression, le moteur des engins crépitait.

Lorsque la carrosserie sombre et luisante du fourgon mortuaire se dessina, l'émotion se fit palpable dans les gorges des milliers de présents. Les chefs d'État ne bénéficient pas de funérailles plus déchirantes qu'un flic de New York tué dans l'exercice de ses fonctions.

Les muscles de ma mâchoire saillaient à force de lutter contre les tremblements ; je tentais de ne pas craquer.

De la limousine qui fit halte derrière le corbillard descendit Brooke Thayer. Elle tenait contre elle son bébé et sa fillette de quatre ans.

Un garde d'honneur rompit les rangs pour s'approcher de la voiture. Il tendit une main dans l'habitacle. Le fils de Scott émergea dans son petit costume noir.

Son petit costume noir et la casquette de son père.

La messe fut un moment atroce. La mère de Scott éclata en sanglots durant la seconde lecture, sa sœur s'effondra à l'heure de l'oraison.

Ce fut pire encore quand Roy Khuong, le plus vieil ami de Scott, nous raconta qu'un jour son partenaire attitré lui avait sauvé la vie au cours d'un échange de coups de feu. Il termina son intervention en se détournant de la chaire pour fixer le crucifix en déclamant sur un ton de saisissante conviction : « Je t'aime, Scott. »

J'ignore au juste comment je tins le choc pendant le reste de la cérémonie. L'être humain survit à des situations incroyables. Rappelez-vous ce randonneur qui, prisonnier sous un rocher, se coupa le bras au canif pour se libérer. Nous sommes capables de tout.

Je suis capable de tout. Je le sais aujourd'hui.

Scott fut enterré au Calvary Cemetery, au sommet d'une colline depuis laquelle on jouissait d'une vue imprenable sur Manhattan.

Le maire de New York eut un geste vers la cité au terme de l'éloge qu'il prononça au bord de la tombe.

« Demandons à Scott de continuer à faire ce qu'il a si bien fait sa vie durant. Veillez sur nous, Scott, s'il vous plaît. Jamais nous n'oublierons votre sacrifice. »

Après que j'eus jeté ma rose parmi les centaines d'autres qui jonchaient le couvercle verni du cercueil, Brooke m'étreignit. J'eus l'impression d'étouffer entre les deux pièces d'un étau. Elle effleura mon pansement.

« Je sais ce que vous avez fait pour moi, murmura-t-elle. Ce que vous avez fait pour ma famille. Je vais pouvoir retrouver peu à peu le sommeil, maintenant. Merci, inspecteur. »

Je baissai d'un cran la visière noire de ma casquette pour mieux dissimuler mes yeux, hochai sottement la tête et me sauvai.

58

Je demeurai assise dans ma voiture, seule, avant de quitter le cimetière. Dans mon rétroviseur se dessinait le cercueil couvert de fleurs.

Lorsque du ventre des cornemuses jaillirent des stridences, un lourd parfum me caressa un instant la narine – d'eau de Cologne, d'herbe et de pluie mêlées. Je perçus la chaleur exaltée du corps de Scott dans sa chambre. La puissance de sa mâchoire contre ma peau nue. Je repoussai ces pensées interdites comme j'aurais chassé des démons. *Amazing Grace* résonnait au-dessus des tombes.

Une erreur, me remémorai-je.

J'avais commis une terrible erreur.

Je regardai les policiers regagner leurs véhicules, les yeux rougis. Je les avais tous trompés. Cela me brûlait l'estomac plus douloureusement qu'un acide, mais je tâchais de me convaincre qu'au vu des circonstances ç'avait été la meilleure chose à faire pour tout le monde.

Jamais je n'aurais pu espérer un dénouement plus favorable. La vérité, elle, se serait déclinée en articles dans les tabloïds, en mots qui nous auraient avilis, en mots affligeants.

Je contemplai le cercueil. Le fils de Scott porta une main à la visière chancelante de sa casquette trop large pour saluer son père. Puis je contemplai Manhattan, la superbe ligne des toits, au-delà des sépultures qui, au premier plan, constituaient un autre genre de ville.

Lorsque je mis le moteur en marche, j'avais séché mes pleurs.

La tragédie possédait un bon côté : Paul et moi nous voyions accorder une seconde chance.

DEUXIÈME PARTIE

Complications

59

On avait inhumé Scott la veille. Il n'était pas encore 9 heures quand le téléphone sonna.

Je demeurai étendue dans l'espoir que Paul décrocherait. Il s'était impeccablement comporté depuis la fusillade. Il avait même pris quelques jours pour veiller sur moi. Il me préparait des petits plats, filtrait mes appels, m'écoutait d'une oreille complaisante dès que j'éprouvais le besoin de parler. Il savourait de toute évidence ce rôle de protecteur et d'infirmier. Et c'en était fini des beuveries au scotch dans le garage. L'attention qu'il me portait avait sur lui un effet bénéfique.

Quant à moi, je dois avouer que, pour être une femme indépendante, je n'en étais pas moins heureuse de me faire dorloter.

Le téléphone continuait de sonner. Je me retournai : Paul n'était plus avec moi.

Je soulevai le combiné et m'assis dans le lit.

Je croyais entendre Mike ou le lieutenant Keane. Les Affaires internes peut-être. Mais je me trompais sur toute la ligne.

« Lauren ? Bonjour, ici le docteur Marcuse. Je suis content de tomber sur vous. »

Je frissonnai, tendant le dos au pire.

« Rassurez-vous, Lauren. Détendez-vous. Vos résultats sont excellents. »

Le soulagement faisait frémir le combiné contre mon pansement.

« Vous êtes en parfaite santé. Pour tout dire, c'est même mieux que ça. J'espère que vous êtes bien assise. Vous n'êtes pas malade, vous êtes… enceinte. »

Plusieurs secondes passèrent. D'innombrables secondes. Chacune emplie de pur silence.

« Lauren ? demanda le médecin d'une voix ténue. Vous êtes toujours là ? »

Je me renversai lentement sur le lit. Un temps considérable s'écoula avant que ma tête rencontre l'oreiller.

Enceinte ? J'eus soudain l'impression de fondre.

Comment était-ce possible ? Comment était-il possible que cela m'arrive, maintenant ?

Paul et moi avions tenté des années durant d'avoir un enfant. Après avoir écumé les cabinets des spécialistes et multiplié les analyses, nous avions appris qu'un déséquilibre au niveau du pH rendait mon corps impropre à la conception. Nous avions presque tout tenté, hormis les traitements contre la stérilité, qu'on m'avait déconseillés en raison d'antécédents de cancer des ovaires dans ma famille.

« Quoi ? Vous en êtes sûr ? Mais comment… ?

— Je n'en sais rien, gloussa-t-il. Je n'étais pas là. C'est à vous de me le dire. »

Ma tête tournait. La pièce entière tournait. Depuis toujours, je désirais un enfant.

« Je suis enceinte ? articulai-je dans le combiné, abasourdie.

— Tu es quoi ? » s'exclama Paul. Il venait d'entrer avec le plateau du petit déjeuner.

Ma bouche refusant de m'obéir, je lui tendis le téléphone. Je ne savais pas comment il allait réagir. J'avais renoncé à anticiper les sentiments de Paul. Je plantai mon regard dans le sien. Je n'eus pas à patienter bien longtemps. Très vite, une expression de surprise extatique illumina son visage, à laquelle succéda un sourire fendu d'une oreille à l'autre.

« Un… Quoi ?… Tu… Oh mon Dieu… »

Il lâcha le combiné et me prit dans ses bras pour me soulever du lit. Il me serra interminablement contre lui.

« Oh mon Dieu, reprit-il. Merci, mon Dieu. Merci. C'est génial. »

Tandis que nous nous tenions enlacés, j'effectuai un rapide calcul. La dernière fois que j'avais eu mes règles. Mais qu'est-ce que j'étais en train de raconter ? Bien sûr que cet enfant était de Paul. Je n'avais couché qu'une fois avec Scott, et c'était six jours plus tôt.

Quelque chose de froid en moi commença à se métamorphoser. Au cours de ma convalescence, il ne s'était pas passé une heure sans que m'assaillent la culpabilité, la honte et une ténébreuse angoisse.

Emportée dans une valse folle au milieu de la chambre par un époux superbe et joyeux, je pris conscience que Paul et moi n'étions en rien différents des autres couples : nous avions tenté de réussir notre mariage, de fonder une famille. Nous étions de braves gens, nous travaillions dur, nous étions humbles. Mais dès le départ il nous avait fallu affronter une épreuve délicate – nous étions deux personnes échouant à devenir trois.

Avions-nous divorcé pour autant ? Les difficultés nous avaient-elles séparés ? Non. Au contraire, nous nous étions épaulés, nous avions multiplié les efforts pour parvenir à nos fins. Pendant des années, nous nous étions battus pour que notre amour vienne à bout de ce vilain tour biologique. Nous avions tout fait pour maintenir l'unité de notre couple, alors même que nos carrières respectives et le stress quotidien de la vie moderne unissaient leurs forces pour nous éloigner l'un de l'autre.

Lorsque Paul appliqua l'une de ses paumes contre mon ventre, je me mis à pleurer. Un bébé ! Je pressai la main de mon mari dans la mienne.

Un signe d'espoir, enfin.

Et de pardon.

La promesse d'une nouvelle existence, pour lui comme pour moi.

Tout compte fait, me dis-je, nous pouvons nous tirer de ce pétrin. Nous pouvons réellement nous en tirer.

« Je t'aime, Paul. Tu vas faire un père formidable.

— Je t'aime aussi, chuchota-t-il en embrassant mes joues pour en essuyer les larmes. Je t'aime… maman. »

60

Deux hommes se tenaient assis dans le bureau de mon patron lorsque je repris le travail le lundi suivant. De loin, je repérai leurs sombres costumes de cadre supérieur, leur coupe de cheveux réglementaire.

Ma paranoïa se mit aussitôt en action. Scott appartenait aux Stups, qui dépendaient du ministère de la Justice, pour le compte duquel le FBI effectuait les missions de terrain. Comme si j'avais besoin d'une visite des Fédéraux !

Je n'avais pas atteint mon bureau que, déjà, le lieutenant Keane ouvrait sa porte.

« Lauren, vous pouvez venir une seconde ? »

J'apportai mon gobelet de café avec moi : de quoi faire penser aux visiteurs que j'étais persuadée de ne pas m'attarder ici. J'étais passée maître dans l'art de la duperie. C'est du moins ce que j'espérais.

« Asseyez-vous, inspecteur Stillwell », me suggéra un homme vêtu de bleu marine du fond de son fauteuil. Son équipier, qui portait un costume identique, mais gris, s'était mis debout à côté de lui ; il me toisait sans ciller, sans bouger.

Leur attitude autoritaire m'exaspérait et m'affolait tout ensemble. Hors de question, vu les circonstances, de manifester la moindre appréhension. J'optai donc pour l'agressivité.

« Qu'est-ce qui se passe, patron ? lançai-je. Vous m'avez organisé un *blind date* ou quoi ? Où est le célibataire n° 3 ? »

Deux insignes se matérialisèrent. Mon adrénaline ralentit sa course : il ne s'agissait pas des minuscules plaques dorées arborées par les agents du FBI. Celles-ci constituaient de parfaites répliques de celle qui dormait dans le faux sac Chanel déposé sur mon bureau.

« Affaires internes », prononcèrent en chœur Legris et Lebleu.

Ils n'étaient donc pas des Fédéraux sur le point de me passer les menottes. Mon répit se révéla de courte durée : s'ils s'étaient déplacés, ce ne pouvait être que pour se mettre quelque chose sous la dent concernant la mort de Victor Ordonez. Trop tard pour faire profil bas, me dis-je en prenant un siège. Ne reviens jamais en arrière, m'avait conseillé mon père quand j'avais choisi d'entrer dans les forces de l'ordre après la fac de droit. Il avait ajouté une autre sentence pleine de sagesse.

Les Affaires internes, tu les emmerdes.

« Super, lançai-je en m'affalant dans le fauteuil des invités. Des rats synchrones ! Vous devriez vous présenter aux Special Olympics. »

Ils me fusillèrent du regard. J'en fis autant.

Le teint pâle de Keane vira au violet – il s'efforçait de ne pas éclater de rire.

« Très drôle, inspecteur, fit Lebleu en actionnant son stylo. Moins drôle, néanmoins, que la mort de Victor Ordonez. À l'heure où nous parlons, un rassemblement est prévu à Washington Heights. Les gens ont été si nombreux à exiger des détails sur les circonstances de ce décès que leurs revendications sont parvenues jusqu'au One Police Plaza. Nous avons la ferme intention de découvrir la vérité sur ce qui s'est réellement passé. »

Je le dévisageai avant de réagir.

« Navrée, fis-je en portant la main au pansement qui me couvrait l'oreille et la joue. Vous avez dit quelque chose ? J'ai des problèmes d'audition. J'ai attrapé un virus la semaine dernière, un Victor Ordonez.

— Vous frisez l'insubordination, inspecteur Stillwell, intervint Legris. Nous sommes ici pour un interrogatoire de routine. Si vous préférez que nous reportions notre attention sur vous, cela peut s'arranger.

— Sur qui se porte votre attention, pour le moment ? Sur mon équipier, je suppose ? Écrivez donc ce que je vais vous déclarer : mon collègue m'a sauvé la vie. Je courais entre deux rames de métro à l'arrêt. On m'a tiré dessus. J'ai grimpé dans l'un des wagons pour me mettre à l'abri. Au moment où Victor Ordonez montait dans la rame à son tour, de toute évidence pour m'achever, mon partenaire est arrivé et l'a abattu.

— Combien de coups de feu ont-ils été tirés ? interrogea Legris. Avez-vous entendu "boum boum boum" ou bien un seul "boum" ? »

J'avalai une gorgée de café. Je posai le gobelet sur le bureau du lieutenant Keane. Un peu de liquide se répandit sur la table. Je m'en moquais éperdument.

« Il s'agissait d'une fusillade dans un dépôt de métro. J'ai été touchée. Je gisais sur le sol. Je ne jouais pas les ingénieurs du son pour un épisode de *New York Police Judiciaire.* »

Legris referma son calepin avec violence.

« Parfait. Pour notre rapport, acceptez-vous de répondre à une autre question ? Vous étiez l'inspecteur en charge de cette enquête. Vous étiez sur le point d'appréhender deux suspects extrêmement dangereux que vous teniez pour responsables de la mort de l'inspecteur Thayer. Comment se fait-il que vous n'ayez pas fait appel à l'unité d'intervention d'urgence pour un support tactique ? »

Je demeurai immobile quelques instants. Il avait marqué des points sur ce coup-là. C'était la procédure, et je ne l'avais pas respectée.

J'ouvris la bouche pour dire... Dieu seul savait quoi.

À ma grande surprise, mon patron se jeta dans la bataille.

« C'est moi qui l'ai autorisée à poursuivre la mission sans l'unité d'intervention d'urgence. »

Je me tournai vers Keane. Ses yeux me signifiaient très clairement de la boucler.

« J'ai estimé que nous n'avions pas le temps d'attendre. J'ai donc donné le feu vert. » Sur quoi il se leva de son siège. Il traversa la pièce et ouvrit la porte à Legris et Lebleu.

« Messieurs, mon inspecteur a du pain sur la planche.

— Merci, lui dis-je après que les charognes eurent décampé et qu'il eut refermé la porte. Vous m'avez sauvé la mise.

— À mes yeux, comme à ceux de tout bon flic qui se respecte, votre équipier et vous êtes des héros. » Il se rassit. « Oh, et puis… ajouta-t-il. Les Affaires internes, on les emmerde. »

61

Comme je quittais le bureau de Keane, Mike appela sur mon portable.

« Les rats ont quitté le navire ? se renseigna-t-il.

— Ceux qui marchent sur deux pattes, en tout cas.

— Viens me rejoindre au Piper's. Je te paie à déjeuner. »

Il me fallut une vingtaine de minutes pour rejoindre le Piper's Kilt, sur la 231e Rue, à Kingsbridge. Le lieu de prédilection des flics du Bronx et des membres du bureau du District Attorney tenait davantage du bar que du restaurant, mais on y servait de succulents burgers. À 10 h 30, la partie restaurant était vide – ou presque : mon équipier se rencognait dans le dernier box.

Je pris place. Je choquai la canette de Coca Light qui m'attendait sur la table contre sa bouteille de Heineken.

« Comment va la figure ? s'enquit Mike.

— C'est une blessure superficielle, comme tu me l'avais dit, *amigo*. Et l'audition n'a pas été atteinte. En prime, j'ai le droit d'exhiber ce séduisant pansement. »

Mon collègue sourit.

« D'après toi, me demanda-t-il, qu'est-ce qu'ils vont mettre dans leur rapport, les gars des Affaires internes ?

— Je n'en sais rien. J'étais trop occupée à me payer leur fiole pour évaluer objectivement leur comportement. Le pire, c'est que je vais sans doute écoper d'un blâme parce que je n'ai pas suivi la procédure : je n'ai pas appelé l'unité d'intervention d'urgence. Cela dit, le divisionnaire ne devrait pas nous faire trop de misères, vu la vitesse à laquelle on lui a bouclé son enquête.

— Tu as raison. Ça m'était sorti de la tête. »

La serveuse nous apporta des cheeseburgers. Les petits pains étaient imbibés de graisse.

« Tu as même commandé du bacon ? fis-je en souriant à mon assiette. Tu n'aurais pas dû.

— C'est bien parce que c'est toi, répondit Mike en levant sa bière.

— Je voulais te remercier, Mike. » Ce burger était extraordinaire. J'ignorais si je le devais à ma récente grossesse, mais j'avais une faim de loup. Je ne m'étais pas autant régalée depuis que j'avais arrêté de fumer huit mois plus tôt.

« Je ne me rappelle pas l'avoir déjà fait. » Je fourrai dans ma bouche un fragment de bacon récalcitrant. « Merci de m'avoir sortie de là.

— Je t'en prie. Je te couvre, tu me couvres. Pour moi, le commissariat se résume à nous deux. C'est comme dans cette pub pour Las Vegas. Ce qui se passe entre nous reste entre nous. Ce qui me fait penser… »

Il reposa sa bouteille pour récupérer une liasse de feuillets sur le siège voisin.

Malgré la lumière chiche du bar, j'identifiai des sorties papier. Le burger que j'étais en train de mâcher se métamorphosa en morceau de carton parfumé au ketchup dès que j'avisai les colonnes et les rangées de numéros.

« J'ai trouvé ça dans le fax hier. La compagnie du téléphone m'a envoyé un double des relevés d'appels de Scott. Je ne sais pas pourquoi. Qu'est-ce que tu dis de ça : il est en tous points semblable à celui que tu as déposé sur mon bureau, à ceci près que ton numéro apparaît partout. »

Il but une gorgée de bière. J'étais stupéfaite.

« Il est temps de faire la causette, me dit-il. Il est temps de te confesser au père Mike. »

62

« Allez, Lauren », murmura-t-il. Je restais sidérée, sans voix. « Tu ne croyais tout de même pas que tu allais m'entourlouper ? Tu es un bon flic. Tu es un excellent flic. Mais là, c'est moi que tu as en face de toi. »

J'appliquai le flanc de ma canette contre mon front soudain brûlant. Quelle réaction allais-je adopter ? J'étais épuisée. Épuisée de tromper mon équipier. Comment avais-je pu lui faire un coup pareil ? Mike avait le cœur sur la main. Et puis il était mon partenaire, ma corde de sécurité, mon ange gardien.

Je contemplai le dessus de la table, puis les lambris sombres des murs du bar. Je posai les yeux partout, sauf sur le visage de mon collègue.

Il avait raison. Je devais me confesser. Et s'il y avait bien quelqu'un à qui je pouvais – à qui je devais – déballer toute l'affaire, c'était lui. J'avais menti par omission, menti de mille manières et, à cause de ces mensonges, Mike avait tué un homme. Le moins que je puisse faire pour lui était de m'épancher enfin.

Oui, mais… Non ! Impossible. Si mon équipier se retrouvait coincé par les Affaires internes, il m'impliquerait. Forcément. Impossible pour lui de perdre son emploi – il était divorcé, mais deux de ses enfants fréquentaient l'université. Il serait contraint de révéler ce qu'il savait et le reste suivrait à coup sûr. Retour à la case départ. On jetterait Paul en prison, Brooke se verrait privée de tout soutien. Pis : je finirais probablement derrière les barreaux avec mon mari !

Rien ne me répugnait davantage que de meurtrir Mike. Mais j'avais beau réfléchir, je ne voyais pas d'autre solution.

Enfin, je détournai mon regard du plafond pour le plonger droit dans celui de mon partenaire.

« Ne te mêle pas de ça, Mike. »

Il grimaça comme si je venais de lui administrer une décharge de Taser. La bouteille verte qui tremblait dans sa grosse main semblait sur le point d'exploser. Pendant quelques instants, ses lèvres remuèrent sans qu'un son s'échappe ; on aurait cru un poisson à demi assommé.

« "Ne… Ne… Ne te mêle pas de ça" ? bredouilla-t-il. Tu couchais avec lui, hein ? Tu trompais ton mari avec Scott Thayer, c'est ça ? Pourquoi tu ne me l'as pas dit, tout simplement ? Je suis ton équipier, je suis ton ami.

— Mike, le suppliai-je, les larmes aux yeux. Je t'en prie, ne t'en mêle pas.

— J'ai tué un homme, Lauren ! » Son chuchotis me faisait l'effet d'un hurlement. « J'ai du sang sur les mains. »

Je me levai, j'attrapai mon sac.

Je ne voulais pas proférer de menaces, mais j'avais le dos au mur. Les événements ne me laissaient pas le choix.

« En effet, lui assenai-je en lâchant un billet sur les frites auxquelles je n'avais pas touché. Tu as tué un homme. Et je suis ton unique témoin, ne l'oublie pas. C'est pour ça que tu serais bien avisé de laisser tomber cette histoire. »

63

Sur la route qui me ramenait chez moi, je téléphonai à Keane pour le prévenir que des vertiges m'obligeaient à prendre ma journée. Je raccrochai en songeant que c'était l'une des premières fois depuis des lustres que je lui disais la vérité.

J'ouvris la porte de la demeure déserte avec l'impression de pénétrer dans une crypte. J'optai donc pour un jogging. Je m'habillai en conséquence avant de reprendre ma voiture jusqu'à Tibbetts Brook Park, à cinq minutes de là. Comme à l'accoutumée, j'accomplis deux fois le tour du lac flanqué de ses bâtiments Art déco. L'après-midi était splendide. Radieux et frais. Idéal pour courir. En effectuant mes étirements, je remarquai même une grue parmi les joncs.

Hélas, le temps pour moi de rejoindre le parking, puis de m'installer, couverte de sueur, derrière le volant de ma Mini, et mon moral s'effondra de nouveau.

À la maison, je consultai le répondeur, qui ne contenait aucun message, puis me versai un verre de vin pour apaiser mes nerfs soumis à rude épreuve. Je me rappelai dans un éclair : bébé à bord ! Je reversai d'une main tremblante le liquide dans sa bouteille. Le verre m'échappa. Il explosa en mille morceaux.

Bien joué, inspecteur, me félicitai-je en agrippant le rebord froid de l'évier. Rien à dire, je n'avais pas ma pareille ces temps-ci pour maîtriser les situations. Grâce à moi, tout s'arrangeait au mieux...

Je considérai les éclats de verre. Comment avais-je osé faire preuve d'une telle méchanceté vis-à-vis de mon équipier ? Je l'avais menacé. Qui était cette garce au cœur de pierre qu'il avait rencontrée tout à l'heure au Piper's Kilt ? Pas moi, assurément.

Et de quel droit m'obstinais-je dans cette voie ? J'avais d'abord omis de dire la vérité, ensuite j'avais menti ouvertement pour sombrer au final dans la tentative d'intimidation. Je préférais ne pas envisager ce dont j'allais être capable.

Pour couronner le tout, je me retrouvais dans une solitude absolue. Je ne pouvais même pas m'ouvrir à Paul de la pression que je subissais en tâchant de lui sauver la mise.

Ça y est, me dis-je. Chacun possède son point de rupture et je viens d'atteindre le mien. Je n'étais plus en mesure de feindre vingt-quatre heures sur vingt-quatre. Lincoln avait raison : personne ne peut tromper tout le monde, tout le temps. Si on est catholique, du moins.

J'avais besoin de rejoindre les rangs de la race humaine. Je jouais depuis trop longtemps les agents doubles au sein de ma propre vie. Cette espionne devait revenir du froid.

Première étape : confesser mes péchés, me délester du poids de mes fautes. Mais pas auprès de mon collègue.

Il fallait que je me confie à Paul.

Lui annoncer que je l'avais trompé serait atroce, mais pour que notre mariage résiste à cette épreuve, Paul et moi devions être sur la même longueur d'onde. J'allais lui dire que j'étais au courant de tout mais que je lui pardonnais. Son aide me serait indispensable si je voulais que notre dangereux secret ne soit pas divulgué.

64

Je sortais du four mon légendaire poulet au cumin et citron vert lorsque Paul rentra ce soir-là. Ce dîner menaçant d'être le dernier que nous partagerions, je pouvais au moins régaler mon mari de son plat préféré.

Il se rua dans la cuisine pour m'enlacer et me soulever de terre ; j'en eus le souffle coupé.

Maintenant ou jamais, pensai-je. L'heure des aveux a sonné.

« Paul, il faut qu'on parle.

— Attends. » Il extirpa un superbe dossier de sa serviette et le fit claquer sur le comptoir. « Moi d'abord. »

Sur la couverture figurait un paysage délicieusement vallonné envahi d'arbres dans leur éclatante parure d'automne. Le document lui-même se composait de plusieurs plans correspondant tous à de vastes habitations. J'avais sous les yeux une brochure commerciale vantant aux futurs acheteurs les mérites de demeures de luxe dans le Connecticut.

Qu'est-ce que... ? S'était-il remis à boire ? Pourtant je ne décelais sur lui aucune odeur d'alcool...

« Qu'est-ce que ça veut dire ? »

Paul étala cinq plans devant nous avec la solennité d'une cartomancienne révélant à son client ses lames de tarot.

« Choisis, Lauren. Choisis la maison de tes rêves. Laquelle préfères-tu ? Moi je les adore toutes.

— Écoute, Paul... Ce n'est pas le moment de plaisanter. On... »

Il posa un doigt sur ma bouche.

« Ce n'est pas de la blague, Lauren. » Il se frotta vivement les mains. « Tu n'as pas compris. Je ne rigole pas, ça n'a rien d'un rêve éveillé. Tu es prête ? Voilà : une boîte de gestion de fonds alternatifs veut me débaucher pour un gros paquet de fric. Un très gros paquet. Regarde. »

Je m'emparai de la feuille qu'il me tendait. Des nombres y étaient inscrits, d'une jolie écriture féminine.

« Regarde quoi ? »

Puis, tout à coup, je tombai sur l'en-tête.

St. Regis Hotel.

Le St. Regis ? Est-ce que ce n'était pas… ? C'était là-bas que j'avais suivi Paul et sa blondasse. La situation était-elle en train de s'éclairer ?

« Et ça, c'est quoi, Paul ? Ce n'est pas ton écriture. » Je m'attendais à ce qu'il se trouble. Au contraire. Il baissa nonchalamment le regard vers la page.

« C'est la première proposition que m'a faite la boîte dont je viens de te parler, Brennan Brace. J'ai déjeuné avec Vicky Swanson, leur vice-présidente chargée du recrutement. Il y a trois ou quatre semaines, au St. Regis. » Il me sourit.

Tétanisée, je me contentai de cligner des yeux.

Un déjeuner au St. Regis ?

« Vicky Swanson ? fis-je en me remémorant avec précision la femme que j'avais surprise auprès de lui. À quoi elle ressemble ?

— Blonde. Pas loin de la trentaine, selon moi. Grande. »

Mon Dieu…

Non ! C'était impossible.

Ce cauchemar n'en finirait donc jamais.

Un déjeuner au St. Regis !

Paul ne m'avait pas trompée.

J'avalai bruyamment ma salive pour ne pas vomir.

Moi seule avais fauté !

65

J'étais abasourdie.

Paul n'avait rien gâché.

C'était moi. Moi, j'avais tout gâché.

Moi, moi, moi.

Inutile de dire que son annonce contrecarrait passablement mes plans pour le dîner. Je m'étais préparée à des aveux réciproques qui nous auraient permis d'aller de l'avant.

Mais j'étais la seule à avoir entretenu une liaison.

Je ne bougeais pas, j'étais sonnée, mon visage prenait les allures figées d'un écran d'ordinateur en veille automatique. Paul se mit à rire en serrant ma main dans la sienne.

« C'est un sacré choc, je sais. Je t'aime. Au départ, j'ai cru que Vicky se fichait de moi. "Ça vous dirait de venir travailler chez nous si nous doublions votre salaire ?" Alors moi, ni une ni deux, j'ai répondu en plaisantant que j'acceptais leur proposition à condition qu'ils triplent ma paye.

« Vicky m'a appelé ce matin pour m'annoncer la bonne nouvelle. Ses patrons sont d'accord, il ne reste plus que la paperasse à remplir ! Le seul problème, a-t-elle ajouté, c'est qu'on va devoir déménager. À Greenridge, dans le Connecticut. Tu te rends compte ? Comme si quitter Yonkers pour s'installer dans un coin super chicos était un problème ! En plus, ils se chargent de nous reloger. Ils nous consentent un prêt à un taux dérisoire. On n'a plus qu'à choisir notre maison. Et voilà. Tu imagines ? Un mari qui travaille, un bébé, une nouvelle maison largement assez grande pour y aménager une chambre d'enfant. Le "rêve américain" puissance dix ! C'est ce qu'on a toujours souhaité, Lauren. »

Ma tête tournait comme un mixer en train de piler de la glace. Je n'arrivais pas à y croire. Non seulement j'avais été la seule à fauter…

… mais en plus, nous venions d'empocher le gros lot !

Je me laissai tomber sur mon tabouret comme un boxeur au terme d'une reprise particulièrement éprouvante.

« Je suis comblé, Lauren : j'ai même réussi à t'ôter l'usage de la parole ! » Paul éclata de rire.

« Au fait, enchaîna-t-il en allant chercher une Sam Adams dans le réfrigérateur. Tu ne m'avais pas dit que tu voulais me parler de quelque chose ? »

J'avais beau friser la crise cardiaque et la congestion cérébrale, je n'étais pas complètement idiote.

J'apprendrais, coûte que coûte, à vivre avec mon secret.

« Ah oui, parvins-je à marmonner. Tu veux du riz ou des pâtes ? »

66

Ce soir-là, nous fîmes l'amour pour la première fois depuis le début de ma grossesse. Suite aux récentes révélations, une salutaire frénésie de ménage m'avait saisie. En pliant du linge, j'avisai un string noir grâce auquel j'avais aguiché Paul peu avant le début de nos péripéties.

Sans réfléchir à ce que je faisais, j'ôtai mon jean pour enfiler le petit sous-vêtement chic. Je m'observai ensuite dans le miroir de la salle de bains et découvris une version aguicheuse de moi-même. Mes seins avaient déjà gonflé... Chouette !

À la mine ahurie que Paul afficha lorsque j'entrai dans la chambre, je déduisis qu'il partageait mon opinion sur mon anatomie. Le *Wall Street Journal* qu'il était en train de lire glissa de ses mains feuille à feuille avant que ses doigts se referment sur du vide.

« J'ai l'impression que tu vas décrocher la timbale deux fois dans la même journée, cow-boy », fis-je en rejetant le drap – les pages financières s'envolèrent.

Quelle mouche m'avait piquée ? La faute aux hormones ? Peut-être. Je me montrai exigeante, j'émis des souhaits précis. D'abord, Paul parut un peu troublé. Il n'empêche : il obéit à mes injonctions. Il était docile et troublé.

Une sensation primitive s'emparait de moi. Je m'y abandonnai. C'est d'ailleurs l'un des plaisirs majeurs du sexe : on se dépouille de ses vêtements, de ses inhibitions, des conventions que la société nous impose. Notre civilisation millénaire, ses jugements positifs et négatifs... On expédie tout cela par la fenêtre pour en revenir aux fondamentaux. Le sexe est la vérité tapie sous les mensonges. Nous sommes vivants, voilà ce que le sexe crie en nous.

Juste avant le grand moment – et Dieu sait s'il fut grand –, j'ouvris les yeux pour scruter le beau visage de Paul au-dessus du mien. Je me noyai dans le bleu métallique de ses yeux brillants et soudain, je sus.

C'était officiel.

Nous avions bel et bien renoué.

67

« Bon sang… murmura Paul, qui vibrait comme une luciole contre mon flanc. Tu étais possédée… Et tu as vu tes seins ?

— Évidemment ! » Je lui donnai par jeu un petit coup de poing dans la poitrine. « Et maintenant, raconte-moi encore ta blague sur le salaire qui triple.

— La vraie blague, c'est que ça n'en est pas une. » Il fixait le plafond. « Tu te rends compte ? Un jour, tu t'essouffles avec les autres dans la grande course d'obstacles. Et le lendemain, hop ! Tu décroches le gros lot. Un très gros lot. »

Il se tourna vers moi et m'embrassa sur le ventre.

« Attends un peu, dis-je. On n'a même pas réfléchi au prénom. Tu as une idée ?

— Emmeline. Ça fait un peu Cour d'Angleterre, je te l'accorde, mais si elle hérite ne serait-ce que de la moitié de ton port de reine, il va lui falloir un prénom adapté. Et puis, il faut l'aider le plus tôt possible à rivaliser avec ses amies de Greenridge.

— Eh bien. Tu as drôlement potassé ton sujet. Mais si c'est un garçon ?

— Voyons… Melvin possède un certain prestige, non ? En revanche, j'ai toujours eu des réticences avec Cornelius. Tu peux être certaine qu'on le surnommera Cornichon. »

Je le chatouillai sous les bras jusqu'à ce qu'il se redresse dans le lit. « C'est toi le cornichon !

— Hé, je viens de penser au truc le plus génial que cette aubaine va nous offrir.

— Ça va faire grimper le nombre de câlins ? On va pouvoir lustrer la carrosserie de la bagnole à la station de lavage ?... » Je lui adressai un large sourire. Paul et moi tels qu'en nous-mêmes : aussi bêtes que deux adolescents.

« Très drôle, Lauren. Non, je ne rigole pas. Tu vas enfin pouvoir démissionner de ce boulot de dingue. »

Je le dévisageai. Il m'avait pourtant toujours soutenue dans ma carrière. Était-il vraiment sérieux ?

« Je sais à quel point ton métier de flic est important. Je ne t'en ai jamais parlé jusqu'ici, mais réfléchis un peu : les horaires impossibles, la mort qui rôde. Tu n'imagines pas la tête que tu as quand tu rentres certains soirs. Je déteste ça. Pour être honnête, j'ai toujours détesté ça. Ça te bouffe l'existence. »

Je fixai le vide. Je me rappelai ma récente prise de bec avec Mike Ortiz. C'est vrai, j'adorais mon boulot, mais ma famille comptait davantage. Je l'avais d'ailleurs prouvé au cours de la semaine précédente.

« Tu as peut-être raison. On en rêve depuis toujours. Toi, moi, le bébé. Tous les trois ensemble. Aujourd'hui, on y est. C'est juste que... Ça me paraît complètement surréaliste. Pas toi ?

— Tu es tout pour moi », déclara Paul. Des larmes commençaient à faire briller ses yeux. « C'est ainsi depuis le début. Cette proposition qu'on me fait... C'est juste une proposition, tu sais. Je ferai ce que tu veux. On s'en ira. Ou bien on restera ici. Je démissionnerai, si tu préfères.

— Oh Paul, fis-je en essuyant ses pleurs. On a vraiment décroché le gros lot. »

68

Le lendemain matin, Mike n'était pas à son bureau quand j'arrivai. Je demandai à mon patron ce qui se passait. Il me rappela que tout agent impliqué dans un meurtre se devait systématiquement de prendre deux semaines de congés.

Je m'assis. La culpabilité m'assaillit de nouveau au souvenir des paroles que j'avais assenées à mon collègue. Il avait subi un traumatisme, il était vulnérable, tant au plan émotionnel que psychologique, et je l'avais menacé. Quelle équipière je faisais. Et quelle amie.

Je me balançai sur ma chaise en contemplant les murs cireux de la pièce. J'allais donc abandonner mon emploi. Cela semblait une aberration, après le mal que je m'étais donné pour parvenir jusqu'ici. Je me rappelai combien je m'étais sentie intimidée en recevant mon affectation. La section criminelle du Bronx comptait parmi les plus animées et les plus célèbres au monde. Je n'étais pas sûre d'y servir à grand-chose.

Mais j'avais réussi. Il m'en avait fallu, des efforts et des tripes – ainsi que d'excellentes notes en espagnol –, pour me faire une place. Mais j'avais été payée en retour.

Cela dit, tout ce que j'avais accompli, ou presque, s'était volatilisé à présent. Je le sentais. Plus exactement, je ne sentais plus rien. Ce qui stimule un flic, c'est la joie sans partage de se savoir du côté des bons. Dans les films, la réalité est souvent faussée. La plupart des policiers que je connaissais étaient des gens bien. Les meilleurs qui soient.

Cet enthousiasme m'avait désertée à la faveur de ce qui venait de se produire. Les bons ne trichent pas. Les bons ne mentent pas.

Oui, Paul avait raison, pensai-je en allumant mon ordinateur.

J'étais devenue une étrangère entre ces murs. Je n'appartenais plus à cette maison.

Il était temps de plier bagage avant qu'autre chose ne se produise.

69

J'ouvris le dossier de Scott et consacrai près d'une heure à éplucher un à un les rapports que j'avais rédigés. Je m'apprêtai à les examiner de nouveau.

Certes, ma grossesse et le coup de chance de Paul avaient de quoi justifier ma retraite anticipée. Mais il y en aurait bien quelques-uns ici ou là pour hausser un sourcil dubitatif. Du côté des Affaires internes en tout cas, c'était couru d'avance. Avant d'annoncer mon départ, je devais m'assurer que j'étais couverte de tous les côtés. Et que Paul l'était aussi.

J'étais plongée depuis quarante minutes dans la paperasse quand le lieutenant Keane sortit de son bureau, muni d'un carton et d'un coupe-boulons. Il les posa bruyamment sur ma table.

« J'ai reçu un coup de fil d'en haut. Brooke, la femme de Paul, a demandé que quelqu'un débarrasse le vestiaire de son mari et lui rapporte ses affaires. Vous êtes l'heureuse élue. »

Comme si je mourais d'envie de revoir Brooke Thayer... Comme si je mourais d'envie de me vautrer un peu plus dans la tragédie qui avait frappé cette famille, en partie à cause de moi.

« Et ses collègues ? hasardai-je. Roy, son équipier, serait peut-être heureux de s'en charger. »

Mon supérieur secoua la tête.

« Et pourquoi pas vous, patron ? Ça pourrait vous faire du bien de quitter votre bureau pour prendre un peu le soleil. »

Keane leva l'un de ses sourcils d'Irlandais stoïque.

« C'est très gentil de vous préoccuper de mon bien-être, mais la femme de Scott a souhaité que ce soit vous. »

Évidemment. Je n'espérais tout de même pas m'en tirer à si bon compte...

« Voici ce que je vous propose, poursuivit le lieutenant : vous vous occupez de ça et je vous accorde votre journée. De toute façon, je crois que vous avez repris le travail trop tôt. Personne ne sait quand vos copains des Affaires internes vont repointer le bout de leur nez. Tirez donc sur la ficelle avec vos histoires de vertiges et accordez-vous une semaine supplémentaire.

— À vos ordres, chef », fis-je en le saluant.

J'ignorais au juste pourquoi, mais Keane allait me manquer.

Par bonheur, les locaux du deuxième étage étaient déserts. Parfait. Je gagnai les vestiaires et sectionnai le cadenas de Scott au moyen du coupe-boulons. Je commençai à comprendre pour quelle raison les flics rendaient les civils nerveux. Les coupables en particulier.

Le vestiaire de Scott ne contenait pas grand-chose. J'en sortis un uniforme de rechange, deux boîtes de cartouches, un gilet pare-balles. Derrière une matraque poussiéreuse, je découvris une bouteille de parfum : Le Mâle, par Jean-Paul Gaultier.

Je jetai un œil derrière moi pour m'assurer que personne ne m'avait rejointe avant d'en déposer une ou deux gouttes sur mon poignet. En heurtant la porte du vestiaire dans un étourdissement, ma tête fit un bruit sourd. C'était bien celui qu'il portait le soir où j'étais allée chez lui.

Sous une paire de chaussures habillées, je repérai une grosse enveloppe. Oh non !

Je lâchai les chaussures comme s'il s'était agi de charbons ardents.

J'aurais tant voulu ne pas ouvrir cette enveloppe, mais il le fallait.

De la pointe d'un stylo, je soulevai le rabat. De l'argent. Je l'aurais parié. Beaucoup d'argent. Quatre ou cinq liasses de billets usés, maintenues chacune avec un élastique. Des billets de cent et de cinquante pour la plupart, mais également un fameux paquet de dix et de vingt.

Dix mille, peut-être quinze mille dollars. Une migraine explosa au-dessus de mon œil gauche.

Voyons. Que peuvent faire quinze mille dollars dans le vestiaire d'un officier de la brigade des Stups ? Scott n'aimait pas les banques ? La petite souris distribuait aussi ses cadeaux dans les commissariats ?

Ou alors, Scott était un flic véreux.

Scott, un ripou ?

« Oh Scott... murmurai-je en fixant les bords froissés des billets vert sale. Qui étais-tu vraiment, pour l'amour du Ciel ? »

Que devais-je faire ? Remettre l'argent au lieutenant Keane ? L'affaire Scott Thayer était bouclée. Fallait-il réellement que j'en soulève à nouveau le couvercle ? La solution m'apparut soudain dans toute sa simplicité.

Je fourrai l'enveloppe au fond de la chaussure droite. Elle rejoignit l'autre dans le carton.

Si Brooke avait envie d'ouvrir cette boîte de Pandore, libre à elle. Je refermai la porte du vestiaire. Cette histoire ne concernait plus qu'elle.

Mettre au jour les vérités les plus abominables n'entrait plus dans le cadre de mes attributions.

70

Il me fallut près d'une heure – les embouteillages étaient denses et nous roulions pare-chocs contre pare-chocs – pour atteindre le domicile de Brooke à Sunnyside.

Je garai mon véhicule banalisé en double file avant de me présenter à la porte avec les affaires de Scott. Cette visite promettait d'être pénible, mais j'étais bien décidée à l'écourter autant que la compassion me le permettrait. Je sonnai ; un enfant avait dessiné à la craie un drapeau américain sur le sol de l'allée. Je sonnai encore.

Je m'acharnai trois minutes de plus avant de conclure que la demeure était déserte. Je fus tentée de déposer le carton sur le seuil, accompagné d'un petit mot, mais je ne pouvais décemment pas faire une chose pareille à Brooke. Alors que je m'apprêtais à regagner l'Impala pour y patienter un peu, je captai un son assourdi dont je n'identifiai pas la nature.

Le bruit venait de la maison, à deux pas de la porte. Je finis par comprendre : des sanglots. Quelqu'un pleurait à chaudes larmes. Oh non, pas ça…

Cette fois, je frappai.

« Brooke ? Je suis Lauren Stillwell. Je suis venue vous rapporter les affaires de Scott. Est-ce que tout va bien ? »

Les sanglots se firent plus violents. Ayant actionné le loquet, je pénétrai dans les lieux.

Brooke était prostrée sur une marche de l'escalier. Elle semblait en état de choc. Ses yeux étaient ouverts, mais son visage dénué de la moindre expression. Des larmes ruisselaient sur ses joues.

J'eus un mouvement de panique. Avait-elle tenté d'en finir ? Je cherchai du regard un flacon de cachets vide. Il n'y avait de sang nulle part.

« Qu'est-ce qui se passe, Brooke ? Je suis l'inspecteur Stillwell. Dites-moi quelque chose. »

D'abord je lui tapotai le dos, mais au bout d'une bonne minute de ces pleurs versés en silence, je posai le carton à côté de moi pour serrer la jeune veuve dans mes bras.

« Là... Ça va aller. » Non, ça n'irait pas, mais que pouvais-je lui dire d'autre ?

Le désordre qui régnait dans la maison était de ceux dont seuls les enfants en bas âge ont le secret. Le salon, envahi par les jouets, ressemblait à un capharnaüm. Je m'agenouillai. La malheureuse avait sombré en pleine dépression.

Au bout d'un moment, néanmoins, elle réussit à se dominer. Elle prit une profonde inspiration qui me soulagea probablement plus qu'elle. J'allai récupérer une boîte de mouchoirs en papier dans le cellier.

« Je suis désolée, articula Brooke. Je faisais une sieste sur le canapé. Je me suis réveillée quand vous êtes arrivée. J'ai jeté un coup d'œil par la fenêtre et j'ai vu que vous rapportiez ses affaires et... et c'est comme si tout recommençait depuis le début.

— Ce doit être insupportable. »

Ses cheveux blonds emmêlés lui tombèrent sur la figure lorsqu'elle inclina la tête.

« Je ne sais pas... Je ne sais pas comment je vais faire. » Ses larmes recommencèrent à couler. « Ma mère a pris les enfants et pourtant, je ne m'en sors toujours pas. Je ne quitte plus la maison, je ne réponds plus au téléphone. Je croyais que les crises d'angoisse allaient s'arrêter après l'inhumation, mais c'est encore pire. »

Je me creusai les méninges pour lui répondre. Prononcer des paroles susceptibles de l'aider. « Vous êtes-vous renseignée sur les thérapies de groupe ?

— Je ne peux pas faire ça. Ma belle-mère se met en quatre pour les gosses et pourtant...

— Je ne suis pas psychologue, mais vous avez peut-être besoin de fréquenter des gens qui ont vécu la même chose que vous. Personne d'autre ne peut comprendre ce que vous êtes en train de traverser. C'est impossible. Et puis il ne faut pas avoir honte de vous reposer sur des tiers pour tenter d'aller mieux. Vous avez des enfants. Vous devez vous rétablir pour eux. »

Je me demande si Brooke goba mes brefs encouragement. Quoi qu'il en soit, elle avait cessé de pleurer et de fixer le vide.

« Si vous étiez à ma place, m'interrogea-t-elle, c'est ce que vous feriez ? » Son regard désespéré me cloua au mur. « Dites-moi ce que je dois faire, je vous en prie. Vous êtes la seule à me comprendre un tant soit peu. »

Je tâchai de me débarrasser de la boule qui obstruait ma gorge. Brooke Thayer désirait me voir à ses côtés ? Comment pouvais-je continuer de la tromper ? Comment pouvais-je me tenir là sans rien lui révéler de ce qui s'était réellement passé ? De quel bois étais-je donc faite ? Je touchais le fond.

« À votre place, je rejoindrais un groupe de thérapie. »

Tu te fous de qui ? songeai-je. C'est toi qui as besoin d'une thérapie.

Brooke jeta un coup d'œil au carton que j'avais apporté.

« Est-ce que vous pouvez le descendre au sous-sol, dans le bureau de Scotty ? me demanda-t-elle. Je n'arrive pas à y mettre les pieds. Je suis incapable d'affronter tout ça pour le moment. Je vais faire du café. Vous en prendrez une tasse avec moi, inspecteur ? »

J'avais très envie de dire non. De lui hurler mon refus dans un porte-voix. Brooke et moi étions les deux dernières femmes au monde à devoir sympathiser. Mais comme toute bonne Américaine dont on exige qu'elle choisisse entre sa raison et une obligation mêlée de culpabilité, je ne tergiversai pas longtemps : j'acceptai. Évidemment.

« C'est vraiment gentil à vous. Un café, d'accord. Au fait, appelez-moi Lauren. »

71

Je clignai des yeux en descendant l'escalier grinçant où flottait une odeur de moisissure. Ce qui caractérisait d'ordinaire les liaisons extraconjugales, c'était l'absence de liens affectifs, non ? Il fallait que je m'extirpe de ce bourbier avant d'en être réduite à trier les photos de classe de Scott, puis son tiroir à sous-vêtements.

Je longeai une chaudière, la buanderie. J'ouvris une porte ornée d'un poster des Giants sur lequel figurait Michael Strahan.

J'allumai la lumière. Je me figeai sur le seuil.

Au bout de ce sous-sol ténébreux aux relents d'huile de moteur, je m'attendais à une pièce typiquement masculine telle qu'on en observe partout. En gros, des outils éparpillés sur une table en contreplaqué. Peut-être, dans un coin, une imprimante juchée sur une pile de *Sports Illustrated.*

J'avais devant moi un bureau digne de celui de Don Corleone dans *Le Parrain.* Spectacle plaisant, certes, mais totalement imprévu.

Murs lambrissés de chêne sombre. Bureau en acajou semblant provenir de la cabine du capitaine d'un vieux navire et sur lequel trônait un PowerBook Apple.

Je repérai encore un canapé en cuir noir et, sur le mur à ma droite, un téléviseur à écran plasma géant. Sur une étagère basse courant derrière le bureau trônaient trois téléphones portables, ainsi qu'un BlackBerry en charge.

Je posai le carton auprès de l'ordinateur. L'effroi prit le contrôle de mon système nerveux. D'abord, les liasses de billets dans le fond d'un vestiaire, puis cette invraisemblable tanière.

Décidément, j'avais couché avec l'homme aux mille visages...

Argent sale dissimulé sous ses chaussures, aventures avec des fliquettes mariées... Scott était-il Batman ?

Je m'enfonçai dans le fauteuil de cuir et fermai les yeux une poignée de secondes. Cet antre de PDG n'était pas pour me rassurer. Avait-il noté quelque part l'endroit auquel il comptait se rendre le soir de sa mort ? J'imaginais déjà le luxueux agenda : *Lauren, 23 heures*, inscrit sous la date de son décès. On voit des éléments autrement plus étranges dans le cours de certaines enquêtes criminelles.

Je consultai en hâte l'ordinateur portable, le BlackBerry et les mobiles. Mon nom et mon numéro ne figuraient nulle part.

Je remarquai alors, dans un coin de la pièce, sur ma gauche, un meuble classeur et une armoire métallique.

Tandis que je fonçais droit sur eux, j'entendis les pas de Brooke dans l'escalier.

Les deux rangements étaient verrouillés, bien sûr.

Je fouillai le bureau de Scott jusqu'à dénicher un minuscule porte-clés dans un pot à crayons. La clé ouvrait le meuble classeur. Pour ce qui est de l'armoire, je fis chou blanc.

La poignée du premier gros tiroir faillit m'échapper tant mes mains étaient moites.

Je fus en partie soulagée de constater que les dossiers qu'il contenait ressemblaient à ceux qu'on trouve chez monsieur et madame Tout-le-Monde : « Impôts », « Cartes de crédit », « Réparations voiture », « Dentiste ».

« Lauren ? » Brooke m'appelait du haut des marches. « Est-ce que tout va bien ? »

J'espère...

« J'en ai pour une minute, répondis-je en feuilletant d'autres chemises. J'ai presque terminé. »

Ayant refermé le dernier tiroir, je me préparai à quitter les lieux. Mais une vilaine manie de flic me poussa à tâter le dessous du tiroir supérieur.

On y avait soigneusement scotché un DVD.

72

Mon cœur n'était pas loin de sauter hors de ma poitrine lorsque je débarrassai le DVD de l'adhésif qui le retenait.

Le disque portait une inscription au marqueur bleu : « Assurance. »

La face cachée de Scott m'intriguait de plus en plus. Me terrifiait, serait sans doute plus juste.

Quel genre d'assurance se présente sous forme de DVD ?

Je prends ? Je laisse ?

Ma décision était arrêtée : je prenais.

Je le glissai dans mon sac.

J'émergeai au rez-de-chaussée pour découvrir, par-dessus les brise-bise ornant les fenêtres de la cuisine, un minivan blanc en train de se garer à l'arrière de la maison.

« Ils sont déjà là, lâcha Brooke d'un ton déçu. Je ne sais pas comment la mère de Scott est capable de réagir si elle vous trouve ici. Elle est encore plus effondrée que moi, c'est dire. J'aimerais autant qu'on prenne le café ensemble une autre fois. Ce serait peut-être mieux que vous sortiez par-devant, histoire qu'elle ne vous voie pas.

— Bien sûr. » Elle avait repris du poil de la bête. Assez pour me flanquer poliment dehors. Il y avait du progrès. Tant mieux : il était inutile de me dire deux fois de quitter cette demeure.

« Et n'oubliez pas, lui rappelai-je en ouvrant la porte : dénichez-vous un groupe de thérapie. D'accord ? »

Eh bien, pensai-je en démarrant le moteur de ma voiture. Une thérapie de groupe... Difficile de débiter plus belle idiotie à une femme en pleine détresse. Pourquoi ne pas lui proposer une régression dans ses vies antérieures, tant que j'y étais ?

Les mots qui s'échappaient de ma bouche ces derniers temps ne cessaient de me stupéfier. Je coulai un regard furtif au DVD que j'avais chapardé. Et que dire de mes actes ?

Les pneus du véhicule hurlèrent sur l'asphalte quand j'actionnai le levier de vitesse.

Je me métamorphosais bel et bien en garce au cœur de pierre.

Et je détestais cela de toutes mes forces.

73

À moins d'une heure de là, j'empruntai la sortie Van Cortlandt Park Sud, depuis la Major Deegan Expressway, et rejoignis le Bronx.

J'effectuai un demi-tour pour m'engager sur une voie de service en direction du Van Cortlandt Park et de son terrain de golf – le plus ancien des États-Unis. Non que j'eusse l'intention de frapper quelques balles. Je ne recherchais que la solitude de son parking, où les voitures de patrouille de la police new-yorkaise avaient coutume de se dissimuler.

Le lecteur CD/DVD de mon ordinateur portable cliqueta comme un pistolet qu'on recharge tandis que je me battais avec le disque de Scott. Je parvins à ne pas le briser dans ma hâte.

Peut-être Scott s'était-il trompé d'intitulé, me dis-je au bout d'une minute de visionnage.

Il avait inscrit « Assurance ».

Il avait voulu écrire « Surveillance ».

Car c'était bien de cela qu'il s'agissait. La date et l'heure, 22 juillet, 10 h 30, s'affichaient en bas à droite de l'écran.

La vedette du film était un Latino-Américain entre deux âges. Visage doux, chemise hawaiienne. Il déambulait dans les rues d'une ville avec une superbe insouciance.

Je devinai que la scène se situait à New York lorsque l'homme s'assit pour déjeuner en terrasse face à Union Square Park.

Je ne tardai pas à comprendre non plus que l'individu disposait de revenus importants : on le voyait descendre d'un taxi pour pénétrer dans une boutique Ralph Lauren, au coin de la 72e et de Madison.

Ce type était-il un dealer ? Vu la provenance du DVD et le fait que la caméra filmait à travers la vitre hublot d'une camionnette, on pouvait être sûr que ce n'était pas le présentateur météo de la chaîne TeleMundo.

Le Latino quittait ensuite le magasin de luxe, les bras chargés de paquets visiblement coûteux. Il prenait un autre taxi. L'horloge au bas de l'écran fit un bond d'une demi-heure. L'homme sortait du véhicule, entrait dans l'hôtel Four Seasons, sur la 57e Rue Est. On nageait dans le haut de gamme.

La caméra abandonna le niveau de la rue pour grimper vertigineusement vers le sommet d'un gratte-ciel de trente ou quarante étages. Elle effectua un panoramique, puis repiqua du nez. L'horloge indiquait 18 h 10, le 22 juillet.

Elle rasa le toit du Four Seasons avant de faire le point sur l'un des balcons de l'hôtel, côté 58e Rue.

Après quelques minutes de surveillance muette, la caméra replongea vers la rue. Elle se concentra sur une SDF, aux abords du parc.

« ... le prix du péché, Jésus. Ô Jehovah, pardonne-leur, car ils ne savent pas ce qu'ils font. » Le discours était parfaitement audible, de même que le cliquètement des pièces de monnaie dans la tasse de la clocharde.

Quelqu'un avait ouvert le micro directionnel.

La caméra revint au balcon de l'hôtel pour ne plus l'abandonner. On entendait les bruits ambiants de la cité. Le ronflement monotone de la circulation. Une sirène hurlant au loin. New York, New York.

Le captivant documentaire s'étira encore sur vingt longues minutes. Puis il y eut une autre coupure. Je crus d'abord que l'enregistrement était terminé, mais je m'aperçus, à l'affichage, qu'on venait de sauter sept heures. On était le 23 juillet, il était maintenant 01 h 28.

La nuit avait simplement succédé au jour.

Le spectacle demeurait sans grand intérêt. Hors le pâle reflet des réverbères contre la rambarde métallique du balcon, l'image était d'un noir d'encre.

Ce fut soudain comme un flash, et le balcon tout entier se trouva baigné d'une étrange lueur verdâtre.

L'équipe de surveillance était passée à la vision infrarouge. De toute évidence, ces gars-là avaient à leur disposition de sacrés joujoux.

Scott et ses collègues pensaient-ils que ce Sud-Américain grassouillet avait prévu de conclure un deal majeur sur le balcon de sa chambre ? Espéraient-ils qu'il allait faire coulisser la baie vitrée pour les laisser capter ses conversations ?

L'occasion ne me fut jamais donnée de tirer les choses au clair.

Après un quart d'heure de plan fixe sur le balcon, un boum retentissant se fit entendre. La caméra prit son essor vers le toit de l'hôtel.

Un homme corpulent, en smoking, et une jeune femme dont la robe de soirée à paillettes montrait davantage d'appas qu'elle n'en cachait, émergèrent d'une porte de service, à côté du local technique de l'ascenseur. La caméra se rapprocha. Les deux personnages avaient commencé à s'embrasser passionnément contre une unité d'air conditionné, à se pétrir avec ardeur.

Les lèvres de la femme remuèrent, puis il y eut un cri perçant – on était en train de régler le micro directionnel.

« Attends », fit-elle à son partenaire.

Elle ôta sa robe chatoyante par la tête. Elle devait être complètement défoncée, car elle aurait eu moins de mal à la laisser glisser à ses pieds. Elle ne portait qu'un string.

Qu'est-ce que… ? J'étais assommée.

74

« Ça va mieux », déclara la fille à l'écran en se tortillant pour mettre ses charmes en valeur – force était de reconnaître qu'elle en possédait beaucoup.

Après quoi elle embrassa fougueusement son compagnon sur la bouche. Elle attrapa la main qu'il lui tendait et la fit descendre le long de son corps. « Abracadabra ! Ma robe a disparu ! »

L'homme se mit à rire.

« Tu es cinglée. Et totalement impudique. J'adore ça.

— À ton tour, maintenant. Voyons un peu ce que tu as à m'offrir.

— Je n'en sais rien... » Son ton était dubitatif. Il tournait le dos à l'objectif. Impossible de distinguer son visage. « Toutes ces fenêtres... Quelqu'un pourrait nous voir.

— Et comment ? On ne voit même pas nos propres mains. Allez, John. Montre-moi que tu en as dans le froc, pour une fois dans ta vie. Fais-toi plaisir !

— Je vais y réfléchir. D'abord, j'ai un truc à régler. »

Il se détourna et baissa la tête. On l'entendit renifler bruyamment.

« Hé ! Gardes-en un peu pour moi. » Sa partenaire le rejoignit. « Tu fais autant de bruit qu'un petit cochon. »

Il renifla encore.

« Ce truc est d'enfer, observa John. Pas comme la merde que tu m'as apportée la dernière fois. J'ai saigné du nez pendant une semaine. J'ai dû baratiner ma femme en prétextant que j'avais les sinus trop secs.

— Encore un mot au sujet de ta femme, le menaça la jeune exhibitionniste, et je fonce la réveiller dans votre chambre. Allez, désape-toi. Moi, je me fais un rail.

— Ce que jolie femme veut, déclara l'homme en ôtant sa veste, jolie femme l'obtient. »

J'eus un mouvement de recul, un doigt effleurant le curseur d'avance rapide. John détachait sa ceinture. Il s'affala en tentant de retirer son pantalon et son slip sans défaire ses chaussures. Ses flancs pâles devaient reluire, mais la vision infrarouge ternissait l'image. Il n'arrivait pas à se remettre debout.

Soudain il se tourna. La caméra s'empressa de saisir sa figure en gros plan.

Je cliquai si fort sur « pause » que ma souris faillit partir en morceaux.

Cet homme était John Meade, le District Attorney du Bronx.

Je m'efforçai de me calmer à mesure que la signification de toute cette histoire faisait le tour de mon esprit. Je savais déjà que Scott était un flic véreux. Avait-il dérobé de l'argent saisi durant certaines opérations ? Avait-il délesté des dealers d'une partie de leur pécule ? Au fond, peu m'importait. Le fait est qu'il avait mal agi.

Et voilà qu'à l'occasion de cette mission de surveillance il avait bénéficié d'un coup de chance aussi énorme qu'inespéré.

Je contemplai le magistrat, sa bedaine, ses yeux rouges et son demi-sourire de camé.

Par hasard, ou pas, Scott avait surpris l'homme le plus susceptible de lui nuire dans la position la plus compromettante qu'on puisse imaginer. En train de tromper sa femme et de sniffer de la cocaïne.

Aucune assurance au monde ne vous propose une pareille garantie.

J'écoutai le grondement de la circulation sur l'autoroute au-dessus de moi.

Je n'en revenais pas. Mensonges. Argent sale. Chantage à présent. Scott n'était pas Batman. Il était Harvey Keitel dans *Bad Lieutenant.*

Les horreurs s'enchaînaient sans répit.

Je refermai mon ordinateur portable, démarrai le moteur de la voiture.

Et j'étais mouillée là-dedans jusqu'au cou.

75

Le lendemain matin, je m'éveillai avec l'étrange sensation qu'une semaine de vacances me ferait le plus grand bien.

Dès le lundi, j'en profitai allègrement. En dépit des circonstances, je m'octroyais du bon temps. Sexe, jogging et petits plats.

Le matin et l'après-midi, je me partageais entre le Tibbetts Brook Park et ma cuisine, où je tâchais de redevenir un cordon-bleu. Je veillais à ce que, chaque soir, Paul eût droit en rentrant du bureau à un dîner de roi : rôti à la cocotte accompagné de cèpes, poitrine de canard braisé aux truffes, chateaubriand grillé avec ses pommes sautées – il en tombait à la renverse.

Dans la chambre aussi, il tombait à la renverse. Notre vie sexuelle s'épanouissait de nouveau. Peut-être même n'avait-elle jamais atteint de tels sommets. Nous n'étions jamais rassasiés l'un de l'autre.

Lorsque nous nous serrions dans le noir après nos ébats, une fugue déroulait sa mélodie à l'intérieur de ma tête : les ombres du passé et l'avenir incertain s'évaporaient sur l'heure.

Le couperet tomba le jeudi.

Il prit la forme d'un coup de téléphone auquel je ne m'attendais nullement. Il était 10 heures du matin. Je délaçais mes Reebok quand je remarquai la diode clignotante du répondeur.

Cela faisait longtemps que les nouvelles n'étaient jamais bonnes.

Qui m'appelait chez moi pendant mes congés ? Je pressai le bouton.

« Bonjour inspecteur Stillwell. Ici Jeffrey Fischer, assistant du District Attorney. Je sais que vous êtes en vacances, mais il faudrait que vous passiez régler avec nous quelques détails dans l'affaire Thayer. Demain à 10 heures, ce serait parfait. Rendez-vous au palais de justice du comté du Bronx, deuxième étage. »

Je repassai mille fois le message.

Une chose m'ennuyait tout particulièrement : je comptais là-bas de nombreux amis, mais c'était justement Fischer qui m'était le moins familier. Peut-être avait-il perdu à la courte paille. Et puis, quoi penser de son ton à demi désinvolte ? « Quelques détails à régler… » Cela paraissait insignifiant. Dans ce cas, pourquoi cette convocation quasi officielle en fin de message ? Je ne procédais pas autrement face aux témoins que je souhaitais voir se mettre à table : je les poussais mine de rien à accomplir volontairement des démarches de toute façon obligatoires.

Des témoins, me répétai-je en fermant les yeux.

Sans parler des suspects…

D'abord je m'affolai. Qu'avait-il pu se passer ? Quelle erreur avais-je commise ? Qu'est-ce que le District Attorney tenterait de me coller sur le dos ? Puis, je me raisonnai.

Je connaissais les règles de ce jeu. Et je savais que, y compris dans le pire des scénarios, je conserverais l'avantage. Parce que si le District Attorney allait jusqu'à nous accuser, Paul et moi, d'avoir tué Scott, encore faudrait-il qu'il le prouve. Ce qui se révélerait sacrément délicat : aucune empreinte, et mon mari ne s'était confié à personne. Pas même à moi.

Combien de personnes, malgré le forfait qu'elles avaient commis, marchaient en liberté dans nos rues ? J'étais bien placée pour en parler. Sans pièces à conviction, les tribunaux demeuraient impuissants.

Assise auprès du téléphone, je m'efforçai de convertir mes craintes en pensées positives. Voyons. Si le bureau du

District Attorney avait choisi d'employer la manière forte, je devais me tenir prête à répliquer.

Pourtant, ma main se mit à trembler avant d'avoir atteint la touche « Effacer ».

À qui voulais-je faire avaler mes bobards ?

Je n'avais aucun moyen de m'en tirer.

76

Au terme d'une nuit presque blanche, j'enfilai mon tailleur noir favori, un Armani Exchange. La jupe était fendue sur le côté, ce qui m'empêchait de la porter au travail, mais après tout, je n'allais pas au bureau.

Je défis mon pansement et peignai soigneusement mes cheveux coupés de frais ; j'avais aussi fait une couleur. Je chaussai une paire de nu-pieds Steve Madden.

Mon entrevue promettait d'être un combat, non ?

J'avais besoin de tout l'arsenal à ma disposition.

Je partis très en avance pour m'offrir le luxe d'un détour par le Starbucks de Bronxville, où j'achetai un cappuccino. Le temps de le déguster au volant de ma voiture et je débusquai une place de parking au Lou Gehrig Plaza, en face du palais de justice. Je considérai le Yankee Stadium, au bout de la 161e, dans l'espoir que l'esprit de Joe Lewis, le Brown Bomber, me transmette un peu de sa force.

Hélas, la partie était mal engagée.

J'entrai dans le bureau de Fischer à 9 h 30, soit trente minutes avant l'horaire prévu. Il était flanqué de trois autres assistants du District Attorney.

« Salut, les gars, ça boume ? » Je les fixai dans les yeux les uns après les autres.

J'avais tout fait pour paraître à mon avantage. À voir les employés que je venais de croiser, les prévenus et les avocats se dévisser la tête pour me suivre du regard dans les halls de marbre, j'avais plutôt bien réussi mon coup.

Je fis sauter un bouton de ma veste, afin que les quatre garçons installés en face de moi repèrent mon Glock dans son holster pressé contre mon flanc.

Si nous avions joué dans un dessin animé, leurs yeux auraient jailli de leurs orbites, de gros cœurs rouges auraient battu la chamade jusqu'à sortir de leur poitrine. Une belle nana avec un flingue ? Difficile de rêver mieux. Les hommes sont tellement prévisibles...

« Vous avez le droit de garder le silence, fis-je. Mais ce serait complètement idiot. Non ? »

Il y eut des « Il faut que j'y aille », des « À plus tard, Jeff ». Un à un, les magistrats se retirèrent. Mon copain Fischer et moi restâmes en tête à tête dans son cagibi. Il manqua tomber de sa chaise lorsque je me juchai sur un coin de son bureau.

Pour remporter une victoire, l'essentiel consiste à déstabiliser l'adversaire. On repère son point faible et on ne le lâche plus. Je ne me rappelais qu'une chose concernant Fischer, trentenaire bientôt chauve aux airs de chien battu : les efforts qu'il avait déployés pour reluquer sous ma robe au Piper's Kilt l'année précédente, un soir que nous fêtions le départ en retraite d'un collègue.

« Alors comme ça, vous vouliez me voir, Fischer ? »

Ses joues s'enflammèrent. Il était plus rouge qu'un feu de signalisation.

« Oui... bien... euh... inspecteur, bredouilla-t-il. Je veux dire... Ce n'est sans doute rien du tout. J'en suis certain. Où ai-je rangé le document... ? J'en ai pour une seconde. »

Je le regardai fourrager sur sa table. J'avais gagné le premier round. Un interrogatoire se résumait à une lutte de pouvoir. Il n'y a pas si longtemps, après avoir déposé son troublant message sur mon répondeur, Jeffrey Fischer s'imaginait qu'il dirigeait la manœuvre. C'était terminé.

Les assistants du District Attorney cultivent un complexe d'infériorité face aux policiers de la Crim'. Ajoutons-y l'attirance que Fischer semblait éprouver à mon égard : il était piégé.

Il prendrait des précautions. À la première incohérence, je nierais en bloc, et il goberait mes protestations. Pourquoi diable m'étais-je inquiétée ? C'est moi qui tenais les rênes de cet entretien. Qui était Fischer ? Un petit homme de loi aux horaires immuables, un timide qui craignait de poser le pied dans les dangereuses rues du Bronx. Je ne tarderais pas à sortir d'ici la tête haute. Et libre.

C'est alors que se matérialisa dans la pièce le supérieur de Fischer, Jeff Buslik. Toute l'horreur de la situation m'apparut d'un coup. Buslik, lui, n'était nullement mal à l'aise. Au contraire. Il était on ne peut plus serein. Méchamment serein. Même ma tenue ne l'impressionnait pas. Il me donna un chaste baiser sur la joue comme il aurait embrassé sa sœur.

« Comment ça va, Lauren ? En fait, c'est moi qui ai suggéré de vous faire venir ici. Allons plutôt nous installer dans mon bureau. »

Oh non...

C'est pas vrai !...

77

Je suivis Jeff. Son bureau, qui occupait un angle du bâtiment, faisait face au stade. Par la fenêtre, on distinguait les tribunes réservées aux supporters des Yankees.

« Vous avez tout loisir d'espionner les resquilleurs, c'est pratique, fis-je.

— Comment croyez-vous que je fasse pour mettre aussi souvent la main sur les fugitifs dont on me confie le dossier ? » plaisanta Jeff. Il baissa les yeux vers sa table de travail d'un air pensif. Il était en train de choisir ses mots.

« Écoutez, Lauren. Je vous aime bien. Vraiment. Vous êtes un flic formidable et…

— Je suis mariée, le charriai-je avec un grand sourire.

— Je sais. Bon. Le mieux est encore que je vous pose directement la question. Êtes-vous impliquée dans la mort de Scott Thayer ? »

Ça y était. Elle venait d'exploser, la bombe dont j'avais espéré qu'elle n'exploserait pas. Je restai sourde un moment. Je sentais presque mon ombre se consumer sur le mur derrière moi.

Pendant que je tentais de reprendre mon souffle, je me demandai s'il était possible qu'on m'arrête ici même, dans l'enceinte du palais de justice. Et qu'on me fourre aussitôt avec les autres prévenus dans un fourgon en partance pour Rikers Island.

« Évidemment », répondis-je au terme d'une longue pause. Je souriais pour lui montrer que je croyais à une plaisanterie.

« J'étais en charge de l'enquête.

— Ce n'est pas ce que je voulais dire », rectifia calmement le magistrat.

Je plongeai mes yeux dans les siens. Que me restait-il à lui dire, maintenant ? Que me restait-il à faire ?

Bats-toi, m'ordonna une voix.

Bats-toi ou laisse-toi mourir.

« Dans ce cas, que voulez-vous dire au juste, Jeff ? Que se passe-t-il ? L'affaire est bouclée. Je m'en souviens bien, parce que la dernière page de ce dossier a failli me coûter la vie. Les Affaires internes vous ont appelé ? C'est ça ?

— Il y a trois jours, l'avocat d'un certain Ignacio Morales a pris contact avec nous. C'était l'un des videurs de la Barakave, où vous vous êtes rendue pour appréhender les frères Ordonez. »

Et merde.

« Je me rappelle très bien M. Morales. M. Morales a-t-il pensé à vous signaler qu'il avait été à deux doigts de me violer dans le sous-sol du club ? »

Jeff leva la main, manière de chasser loin de lui ce détail insignifiant.

« Il affirme que l'arme découverte sur le corps de Victor Ordonez se trouvait initialement dans votre sac. Il aurait mis la main dessus en effectuant une fouille de routine. »

Je servis au procureur des yeux follement exorbités pour manifester mon indignation. Nicole Kidman aurait envié mes talents de comédienne.

« Et vous l'avez cru ?

— Non. Je ne fais pas davantage confiance à cette vermine qu'à son diététicien. »

Il extirpa un feuillet de son tiroir.

« Mais ensuite, j'ai reçu ça. »

Les relevés d'appels de Scott. Mon équipier avait-il vendu la mèche ? Non. Même dans l'état de panique où je me trouvais, je n'y croyais pas une seconde. C'était plutôt ce diable de Jeff, au professionnalisme sans faille, qui en avait demandé copie à la compagnie du téléphone.

Dans le fond, je m'y attendais. Aussi optai-je pour la seule stratégie encore à ma disposition : je louvoyai.

« Et alors ? Oui, je connaissais Scott. On s'appelait. Notre relation ne regardait personne. C'est pour ça que je n'en ai jamais parlé. Est-ce que c'est un crime de préserver sa vie privée ? »

Au lieu de me répondre, le procureur fit apparaître une autre page, qu'il poussa dans ma direction.

Il s'agissait de la photocopie d'une contravention pour une moto. Quelle délicate attention de la part de Jeff : il me laissait tout le temps de lire la date et l'adresse soulignées au feutre.

Yonkers. À un demi-bloc de chez moi.

Toutes les cloches d'une cathédrale érigée à la gloire de l'effroi firent résonner ma carcasse.

Pour le coup, je ne m'y attendais pas.

« On a collé ce PV sur la moto de Scott quelques heures avant celle de sa mort telle qu'établie par le légiste. J'ai vérifié l'emplacement sur une carte.

« Ça se trouve à quelques dizaines de mètres de votre domicile, Lauren. Il est temps de me parler. Histoire de m'éclairer un peu. Je dois m'adresser au grand jury. Incessamment. Un témoin vous a vue avec le pistolet. Une preuve matérielle situe Scott à deux pas de chez vous quelques heures avant son décès. J'ai gagné des procès avec beaucoup moins que ça, Lauren. Mais vous êtes une amie. Je tenais à vous accorder le bénéfice du doute avant d'entamer les démarches officielles. Ceci est votre première et dernière chance de me raconter ce qui s'est passé. Et de me permettre de vous aider. »

78

C'était tentant. Je me retenais si fort, et depuis si longtemps. J'avais menti à mes amis, à mes collègues.

Le désir de me justifier et de me délester de ce fardeau se faisait presque intolérable. Je brûlais d'expliquer comment, au départ, la crainte m'avait poussée à agir, puis comment tout s'était succédé à une vitesse folle. Comment j'avais souhaité si ardemment protéger mon époux, Paul. Ce que j'avais fait, c'était pour lui.

Je comprenais enfin ce qu'éprouvaient, juste avant l'aveu, les mille et un suspects qu'au fil des années j'avais amenés à se livrer, à céder, à se rendre. La confession représentait le premier pas vers le pardon – ces salades, on nous les vendait depuis toujours, non ?

Mais alors je me rappelai.

Je n'avais pas besoin qu'on me pardonne.

Car je possédais un excellent plan B.

Je fis quelque chose auquel Jeff Buslik n'était probablement pas habitué de la part de celles et ceux qu'il recevait dans cette pièce. Je me calai contre le dossier du siège brûlant, croisai les mains sur les cuisses et lui décochai un sourire.

Puis je me ruai vers les barbelés.

« Je constate que vous disposez de nombreuses preuves papier, Jeff. Mais vous a-t-on remis des vidéos ?

— Pardon ? » Je ne lui connaissais pas ce regard. Une expression de parfaite hébétude.

« Je vous en prie, Lauren. Ce n'est pas le moment de délirer. J'ai une mission à remplir et si vous refusez d'effectuer, à titre officieux, le moindre pas dans la bonne direction, je crains que nous n'ayons…

— Des preuves sur vidéo, Jeff. Ce sont des pièces à conviction irrécusables, n'est-ce pas ? Si je me tue à vous le rabâcher, c'est parce qu'au cours de mon enquête je suis tombée sur… eh bien… »

Je récupérai mon ordinateur portable dans mon sac, le mis en marche. J'appuyai sur la touche « Lecture ».

« Ça vaut peut-être la peine que vous voyiez ça vous-même, Jeff. Mieux : je vous le conseille. »

79

Je le laissai visionner le DVD de surveillance d'un bout à l'autre sans interrompre le spectacle. Par la fenêtre, je contemplai le stade. J'avais huit ans quand mon père m'y avait amenée pour assister à mon premier match. Je n'avais pas vu un seul *home run*, mais j'avais goûté ma première bière : un pochard derrière moi m'avait renversé la sienne sur la tête.

Je me posai la question : quelle serait l'opinion de mon père sur cette histoire ? Aurait-il honte de moi ? Ou serait-il fier de me voir lutter à mains nues dans la fange pour survivre ? Je tendis l'oreille dans l'espoir d'un signe de lui. Je n'entendis que les raclements du métro de la ligne 4.

Lorsqu'il eut achevé son visionnage, Jeff referma le portable d'un geste brusque et, à son tour, regarda lentement à travers la vitre.

Nous écoutâmes un moment le silence de plomb.

La vidéo mettait en scène le supérieur de Jeff, mais au fond cela valait mieux que s'il s'était agi de lui. Car en novembre prochain, Jeff se mettrait sur les rangs pour succéder à John Meade, qui avait prévu de partir. Tout le monde le donnait déjà gagnant. Il se chuchotait aussi qu'il ne tarderait pas à viser plus haut. Un type brillant, noir américain, avec la prestance d'une star de cinéma ; la presse l'avait déjà surnommé le Barack Obama du Bronx.

Seulement, il fallait à Jeff la bénédiction de son patron. Dans le Bronx, John Meade représentait une véritable institution. Jeff était son bras droit. Jusqu'au jour de l'élection, ils demeuraient inextricablement liés.

Si John Meade tombait, il entraînerait Jeff dans sa chute.

La mine de ce dernier m'indiquait qu'il avait suivi le même raisonnement que moi. On l'aurait cru assailli de violentes brûlures d'estomac. Il finit par poser sur moi un regard acerbe.

« Des preuves, répétai-je. Vous en possédez. J'en possède. Je ne suis pas venue ici avec de mauvaises intentions. Si vous me coincez, vous récolterez des points. On en parlera dans tout le pays, vous deviendrez une célébrité. Ce n'est pas négligeable, pour un homme animé de certaines ambitions. Mais si vous vous attaquez à moi, je jure devant Dieu que la prochaine fois que vous visionnerez le contenu de ce DVD, ce sera sur Fox News. »

Jeff médita quelques instants mes paroles.

« L'avez-vous tué, Lauren ? Avez-vous tué Scott Thayer ?

— Non. Vous ne lisez donc pas les journaux ? Le meurtrier s'appelait Victor Ordonez. De toute façon, je vais remettre ma démission à mes supérieurs. Je suis incapable de continuer de cette manière. Et puis, mieux vaut se retirer sur un triomphe. Comme votre patron. Vous ne croyez pas ? »

Je me levai. J'éjectai le DVD hors de sa trappe.

« C'est fini ? demandai-je. Notre conversation amicale est terminée ? »

Pendant une minute, Jeff demeura muet. Ensuite il se retourna. La déchiqueteuse installée derrière son bureau s'égosilla par deux fois, avec délectation aurait-on dit. D'abord en dévorant les relevés d'appels de Scott, puis en engloutissant la photocopie de la contravention.

« Notre conversation est terminée, Lauren, en effet. » Il restait assis, continuant de me présenter son dos. De la tristesse perçait dans sa voix.

« Je ne l'ai pas tué », lâchai-je enfin – une fois sortie du palais de justice, sur le chemin qui me ramenait à ma voiture.

TROISIÈME PARTIE

Du côté de Washington

80

« Un peu d'eau gazeuse, *signora*? Un peu de chianti, *signore*?

— *Si.* » Paul et moi avions répondu à l'unisson. Il faut savoir profiter des bonnes choses...

Le jeune serveur était aux anges. Il remplit nos verres comme si nous venions d'exaucer son vœu le plus cher. Derrière lui, les pierres pâles, au mur du Monticiano – le plus huppé et le plus récent des restaurants de Greenridge, dans le Connecticut –, flamboyaient comme un coucher de soleil toscan.

Paul m'avait fait la surprise de ce dîner dans l'unique quatre étoiles italien du comté de Litchfield. Il ne pouvait pas mieux tomber : ma matinée au palais de justice avait été harassante.

Au terme de ma victoire sur Jeff Buslik, me dis-je en enfournant une autre bouchée de mes somptueux *fettuccine* aux truffes, j'aurais même mérité une véritable escapade en Toscane.

« *Signora*, fit Paul, le *signore* souhaite porter un toast. À l'avenir.

— À l'avenir. »

Nous entrechoquâmes nos verres.

À nous, ajoutai-je en silence. À notre sécurité retrouvée, à notre couple uni pour toujours. J'avalai une gorgée de San Pellegrino, claire et fraîche.

Paul but un peu de vin et se renversa sur sa chaise en souriant. Il devait sentir, pensai-je, que nos soucis se trouvaient désormais derrière nous, que c'en était fini des journées folles, que nous nous apprêtions à entamer notre nouvelle vie – notre « vraie » vie.

À la lueur dansante des chandelles, je le fixai, comme pour la première fois. Je fixai ses cheveux d'un blond-roux, ses yeux bleus chargés d'intensité, ses mains puissantes ; des mains qui s'étaient battues pour moi.

« Chérie, fit-il en se penchant vers moi. Chérie, écoute. Tu te rends compte ? »

Les haut-parleurs diffusaient *The Way You Look Tonight*, interprété par Frank Sinatra.

La chanson de notre mariage.

Ces instants se révélaient d'une absolue perfection. Mon cœur flottait, pareil aux bulles qui s'élevaient du fond de mon verre, confirmant ce dont j'étais persuadée depuis un moment : mon mari et moi étions réunis pour de bon. Enfin heureux, enfin libres. Avec cet enfant que nous avions toujours désiré.

« Alors, reprit Paul après la chanson. Qu'en penses-tu ?

— Des pâtes ? *Bellissima.*

— Non. De notre nouvelle région. »

Greenridge aurait pu n'être qu'une bourgade pittoresque parmi tant d'autres en Nouvelle-Angleterre, à l'exception des galeries d'art hors de prix, des cavistes hors de prix, des instituts de beauté hors de prix qui fleurissaient partout en ville. Ici, Norman Rockwell rencontrait SoHo. Quant au Monticiano, il accueillait ses clients dans une caserne de pompiers du XIXe siècle reconvertie pour l'occasion. J'avais lu dans le *New York Magazine* que de nombreux créateurs de mode et artistes new-yorkais possédaient une résidence secondaire dans les environs. Sachant que la cité s'enorgueillissait du deuxième taux de criminalité le plus bas de tout le nord-est du pays, ils auraient eu tort de se priver.

« C'est déjà dingue de penser qu'on va déménager, dis-je. Mais pour s'installer ici, en plus…

— Et tu n'as pas vu la maison. Je t'offre une visite guidée après le dessert. »

Une nouvelle maison. Un toit qui ne fuirait plus ? Des portes qui resteraient closes une fois qu'on les aurait fermées ? Je secouai la tête, incrédule.

Je crois bien que je la secouais encore lorsque le serveur revint dix minutes plus tard. « Un cappuccino, *signora* ? Comme dessert du jour, nous vous proposons des *cannoli* à la crème citronnée.

— *Si.* » J'appuyai mon dos contre la banquette. Je m'abandonnai au soulagement, aux lueurs mordorées du soir, à notre chance insolente. « *Si, si, si.* »

81

Une demi-heure plus tard, Paul menait sa Camry à vive allure. Ma ceinture de sécurité et mon estomac se serrèrent en chœur quand il freina soudain pour quitter la route outrageusement bucolique serpentant dans un paysage onduleux.

La pancarte « Evergreens » que je découvris au pied d'un muret de pierres ne pouvait avoir été posée là que par une douce créature des bois – voire par Robert Frost en personne.

Dans la lumière déclinante, les ombres des pins mollement balancés au bord du chemin dessinaient un code-barre doré sur l'asphalte désert.

« Qu'en penses-tu ? m'interrogea Paul en se garant.

— Pour le moment, c'est génial.

— Tu entends ça ? » Il baissa la vitre de sa portière.

J'écoutai. Je n'entendais guère que le vent jouant dans les feuilles des arbres.

« Quoi donc ? »

Paul sourit.

« Justement. Pas de marteaux-piqueurs, pas de moteurs de bus, pas de SDF en plein délire. J'ai lu ça dans un article. Je crois qu'on appelle ça le calme.

— Et c'est quoi, ces trucs grisâtres au bord de la route, avec une touffe verte au sommet ? lui demandai-je en guignant à travers ma vitre.

— On appelle ça des arbres. Ils en parlent dans la plaquette publicitaire. C'est fourni avec la maison. »

Paul redémarra pour gagner le haut de la colline, où il immobilisa de nouveau la Toyota. De là, je dominais les demeures de nos futurs voisins. Elles étaient splendides. Style colonial typique de la Nouvelle-Angleterre. On en comptait une demi-douzaine, largement espacées les unes des autres et disposées sur le flanc d'un vallon parmi leurs jardins paysagers.

« Bon, fis-je. Quel est le revers de la médaille ? Où est l'arnaque ? On se trouve pile en dessous d'un couloir aérien ?

— Désolé, répondit Paul en redémarrant. Greenridge a publié un arrêté qui interdit les arnaques de ce genre. Et puis des revers, on en a subi assez pour deux ou trois vies. »

Dire qu'il ne connaissait pas la moitié de la vérité…

82

Nous longeâmes une vaste aire de sport : courts de tennis, terrain de base-ball au gazon impeccable. J'examinai les lignes blanches parfaitement dessinées, repeintes de neuf. Ça, c'était un quartier. Tout droit sorti d'un monde féerique. Ma tête continuait de tourner.

Le soleil avait presque totalement disparu quand nous fîmes halte devant une grande maison flanquée d'un parc où courait un ruisseau.

« C'est quoi, ça ? m'étonnai-je. Les locaux de l'agence immobilière ? »

Paul secoua la tête et fit apparaître une clé.

« C'est le club-house. Viens, je vais te faire visiter. »

À l'intérieur du bâtiment se déployaient des salles de conférences, le bureau de la direction, admirablement aménagé. Sur les murs étaient disposés de nombreux écrans plats. Sur le tableau d'affichage, on proposait des heures de baby-sitting, on annonçait une fête de quartier. On pouvait ajouter son nom au bas d'un feuillet promettant un « dîner progressif » à 150 dollars par tête.

« Au printemps, précisa Paul en se laissant tomber dans l'un des canapés en cuir sous les voûtes du hall d'entrée, ils vont installer une piscine.

— Comment... ? commençai-je. Je veux dire, même avec ton augmentation, je...

— Les logements sont coûteux, c'est vrai, mais on est loin de New York. Ça revient moins cher que tu ne penses. Mon nouveau salaire nous suffira largement. Veux-tu voir notre maison ? Enfin, ce qui deviendra notre maison si elle te plaît autant qu'à moi. »

Je levai la main.

« Une seconde, s'il te plaît, je me raccroche d'abord la mâchoire. »

À l'ouest, quelques derniers rayons auréolèrent les collines. Nous délaissâmes l'allée pavée pour nous engager sur un chemin de terre en cours d'aménagement. Nous roulions au pas au milieu des gravats et des engins de chantier.

« Je vais tout doucement à cause des travaux, m'expliqua Paul. Il y a des clous et des boulons un peu partout. Ce serait idiot de crever. Nous y voilà. »

La demeure gris tourterelle devant laquelle il se gara était… idéale. J'embrassai du regard le porche de l'entrée, la cheminée en briques s'élançant vers le ciel, les adorables lucarnes du troisième étage… Bon sang ! Notre logis comportait donc trois étages ? Tout était fin prêt, à l'exception du jardin, mais je ne doutais pas qu'il serait bientôt superbe, lui aussi.

« Viens, m'invita Paul. Je t'emmène dans la suite royale.

— On a le droit d'entrer ? Mieux vaut attendre la signature, non ?

— Non. » Il éclata de rire. « Je laisse les phares allumés, qu'on voie un peu où on met les pieds. »

Nous enjambâmes un monticule de terre, Paul ouvrit la porte de la maison ; elle n'était pas verrouillée. Il me jeta sans crier gare par-dessus son épaule pour me faire passer le seuil. Nos rires et le bruit de ses pas résonnèrent contre le parquet resplendissant. « Je l'aime déjà, murmurai-je à l'oreille de mon mari. Je l'adore. »

Paul me présenta les pièces les unes après les autres. La cuisine avait la superficie d'un hangar. Je restai bouche bée, mes yeux se posaient sur les meubles en érable, sur le granit, sur l'inox… Même au cœur des ténèbres, les collines couvertes d'arbres qu'on distinguait par les fenêtres étaient époustouflantes.

« Viens, je vais te montrer la chambre du bébé », m'annonça Paul en m'enlaçant dans l'une des pièces situées à l'étage.

De l'autre côté de la vitre, les astres scintillaient comme de la poussière de diamant dans le ciel bleu nuit, juste au-dessus des arbres. J'éclatai en sanglots. La réalité me rattrapait tout à coup. Notre enfant grandirait dans cette chambre. Je m'imaginais à quelques mois de là, serrant dans mes bras ce petit être gazouillant et parfumé, lui indiquant du doigt les constellations et la lune en train de se lever.

Paul essuya les larmes sur mes joues, embrassa celles qui roulaient le long de ma gorge.

« C'est à ce point-là ? » chuchota-t-il.

Je cessai instantanément de pleurer.

Car les phares de la Camry venaient de s'éteindre.

La maison se retrouva plongée dans une obscurité aussi profonde que l'espace piqué d'étoiles.

83

« Qu'est-ce que... ? lâcha Paul. C'est la batterie, d'après toi ? »

Je me tournai vers lui. Que se passait-il ? Je n'aimais pas du tout cela.

« Ça y est, je sais, reprit-il. C'est ma faute. Hier, j'ai remarqué qu'il ne me restait plus beaucoup d'essence dans le réservoir, mais j'ai oublié de faire le plein. Avec toute cette route, je te parie que c'est la panne sèche.

— Tu es sûr ? » La panique me gagnait peu à peu. La région ne m'était pas familière.

« Cool, Lauren. On n'est pas dans le Bronx, inspecteur. » Il éclata de rire. « Oui, je suis sûr que c'est ça. Un bidon d'essence doit bien traîner quelque part, avec tous ces travaux. Reste ici. Je vais chercher la lampe électrique et fureter dans le coin.

— Je viens avec toi. » La demeure tout à l'heure si accueillante m'emplissait d'effroi.

« Avec tes talons ?

— Dis donc, répliquai-je en reprenant mon sang-froid. Au lieu de partir à la chasse aux bidons, tu ferais mieux d'appeler un dépanneur sur ton portable. » Ou peut-être le 911, ajoutai-je intérieurement en jetant un coup d'œil vers le puits d'encre de l'escalier.

Paul se mit à rire.

« C'est tout toi, ça, fit-il en fourrageant dans sa poche. Toujours cette satanée logique qui reprend le dessus pour nous gâcher le plaisir. »

Il contempla sa main vide.

« J'ai laissé le portable en charge dans la voiture. On va utiliser le tien.

— Il est dans mon sac, sur le siège passager.

— Je vais le chercher.

— Sois prudent !

— Ne te tracasse pas. On est dans le Connecticut, chérie. »

84

Les minutes qui suivirent s'écoulèrent lentement. Un vent glacé se mit à souffler par la fenêtre ouverte. J'observai les arbres oscillant sous les bourrasques. Ils semblaient à présent sortis d'une scène du *Projet Blair Witch*. Les fantômes ne pouvaient tout de même pas hanter un bâtiment neuf ?...

Je consultai ma montre. Paul aurait déjà dû être là. Combien de temps fallait-il pour récupérer un téléphone portable sur le siège d'une auto ?

Je me dirigeai vers la cage d'escalier en entendant ses pas, soulagée. Il se tenait debout sur le seuil, à la main une torche puissante. L'avait-il dénichée dans le coffre ?

« Tu as trouvé ? » lui lançai-je.

Le faisceau de sa lampe me cueillit en plein visage. J'étais aveuglée. Il entama lourdement l'ascension des marches.

« Arrête, Paul, ce n'est pas drôle.

— Tu te trompes, salope », m'assena une voix mystérieuse. Puis une main vint heurter rudement ma poitrine. Je tombai à la renverse.

Ce n'était pas drôle. Et ce n'était pas Paul.

Pendant une trentaine de secondes, je demeurai pétrifiée. Incapable de voir, de respirer, de réfléchir, de parler, de commander à mon cœur de battre à nouveau. Lorsque, enfin, je réussis à me reconcentrer, je levai une main et tentai de distinguer le visage de cette silhouette ombreuse qui se cachait, d'autant plus troublante à force d'immobilité, derrière le pinceau de la lampe électrique.

« Qui êtes-vous ?

— Tu n'en sais rien ? » Un ton chargé de dégoût. « Tu as oublié mon nom ? Tu es vraiment une sacrée salope. »

Retournant la torche vers lui, l'homme illumina brutalement sa figure. Oh mon Dieu…

J'étouffai un cri – une plainte s'échappa de mon gosier. Les lèvres tremblantes, je me rappelai sa fiche anthropométrique. Ce regard insensible, lugubre, au-dessus des pommettes hautes et grêlées.

Je me trouvais face à Mark Ordonez.

Le frère de Victor, récemment décédé !

Où avais-je fourré mon arme ?

Un léger bruit métallique retentit à proximité de la torche. « Tu l'avais laissée dans la bagnole, connasse, m'informa le dealer, qui semblait avoir lu dans mes pensées.

— Vous avez tort de faire ça, lui soufflai-je en hâte. Vraiment tort, croyez-moi. »

Ordonez me répondit en me menottant les mains derrière le dos.

« Debout ! » gronda-t-il.

Je m'exécutai. J'éprouvais des sensations étranges, j'étais impuissante. Tandis que le malfrat m'obligeait à descendre l'escalier en me tenant par le col, j'avais l'impression de ne pas peser plus lourd qu'une plume.

« Regarde un peu ça », fit-il comme nous sortions de la maison.

Il pointa sa lampe sur une forme gisant par terre auprès de notre voiture.

L'image se matérialisa dans mon esprit sous forme de petites taches, comme à travers la neige blanche d'un écran de télé. C'était Paul. Il reposait sur le dos, le corps presque entièrement passé sous la Toyota. Sa tête baignait dans une mare de sang. Il ne bougeait plus.

« Mon Dieu ! » Je me laissai tomber à genoux. « Non ! Non ! Paul ! »

Ordonez me fit taire en me relevant d'un geste sec puis me traîna par-delà le monticule de terre. Je découvris sa camionnette. La portière latérale était ouverte.

On n'entendait plus que le crissement de nos pas sur le gravier.

Je perdis l'un de mes souliers. Je clopinai un moment, après quoi mon ravisseur s'immobilisa, se baissa pour me débarrasser prestement de ma seconde chaussure. Il la lança dans les ténèbres.

« Tu n'en auras plus besoin. Je t'assure. »

Au bas de la colline, derrière le van, j'avisai une fenêtre éclairée dans le lointain. Je me représentai une famille assise à la table de la salle à manger, les enfants disposant sur la nappe les assiettes et l'argenterie, le père desserrant le nœud de sa cravate. Les étoiles innombrables brillaient.

Pas pour moi... Ordonez me poussa sans ménagement à l'intérieur de sa fourgonnette.

Ma joue heurta le plancher métallique et froid. Puis ce fut le noir complet et le bang de la portière qu'on refermait. Le son résonna au fond de mes oreilles.

Le son du monde me claquant définitivement la porte au nez.

85

Je ne cessai de revoir en pensée le corps de Paul allongé sur le sol à côté de la voiture.

Il me fallut une bonne dizaine de minutes pour apaiser mes tremblements et renouer avec l'usage de la parole.

« Où m'emmenez-vous ? »

Mark Ordonez tripotait en conduisant un objet argenté sur le tableau de bord du van. La musique envahit soudain l'habitacle. Un air d'antan, chargé de cuivres. Totalement déplacé au vu des circonstances.

« Tu aimes ? m'interrogea-t-il. Les vieux standards, c'est de la balle. »

Il se dévissa le cou dans ma direction. Sa coupe de cheveux militaire en faisait une version plus discrète et plus stricte de son défunt frère. Son unique concession au *bling bling* était une Rolex en acier. Pourquoi diable me terrorisait-il davantage que Victor ? Près de son coude se trouvait une mug dans un porte-gobelet. Il s'en saisit, avala une gorgée.

« Où allons-nous ? demandai-je encore.

— Nulle part. On va grimper à bord d'un Piper qui nous attend de l'autre côté de la frontière du Connecticut, à Rhode Island. Je t'offre un petit vol de nuit. Qu'est-ce que tu en dis ? »

Le peu de courage qui me restait s'évapora. J'aurais volontiers fondu en larmes, mais pleurer serait revenu à m'apitoyer sur mon sort. Or, après les souffrances que j'avais infligées à mes proches, me lamenter était bien la dernière chose à laquelle j'étais en droit de me laisser aller.

Je songeai à Paul. Une sourde brûlure m'envahit. Je me mis à prier. Mon Dieu, faites qu'il s'en sorte. Fallait-il que je sois en état de choc pour m'imaginer que Dieu s'abaisserait à répondre à mes requêtes.

Je gisais sur le sol du van, muette, tandis que nous foncions vers notre destination.

« Et puis merde, fit soudain Ordonez en baissant le volume de la radio. Je te dis où on va si, en échange, tu m'expliques un truc. »

Je fixai son regard gris et froid qui venait de capter le mien dans le rétroviseur.

« Dis-moi pourquoi ton collègue et toi avez buté mon frangin avant de le faire passer pour un meurtrier. Ce n'est pas lui qui a dessoudé le flic. Tu le sais. Je le sais. Qu'est-ce que c'est que ce bordel ? Pourquoi vous avez fait ça ? »

Une pointe d'espoir me transperça les côtes. Mark était persuadé que je détenais des informations qu'il souhaitait se procurer. Des renseignements concernant son frère. Je devais tirer profit de cette situation pour gagner du temps, pour le déstabiliser. Pour m'offrir un moyen de m'en tirer.

« L'un de nos indics nous a refilé un tuyau, finis-je par lâcher.

— Un indic ? C'est pratique, ça. Il a un nom, ton mouchard ?

— Sûrement. Mais je ne le connais pas. Le tuyau en question nous est parvenu par l'intermédiaire des équipiers de Scott. C'est forcément quelqu'un de la maison. Laissez-moi une chance, et je vous aiderai à découvrir de qui il s'agit.

— Waouh ! Tu mens presque aussi bien que ce bon vieux Scotty. Il a toujours adoré les malignes dans ton genre. C'était déjà comme ça au lycée. »

Je tendis le cou et j'écarquillai les yeux dans le rétroviseur. Que venait-il de dire ?

« Vous connaissiez Scott ?

— C'était mon pote, me révéla le dealer. Du temps où on était convoyeurs de fonds, Victor et moi, on montait des coups avec Scott. Des descentes de police bidon. Après, on se partageait le fric. Je le rencardais sur nos itinéraires, sur les gars en poste. En contrepartie, il me prévenait quand ça commençait à devenir un peu trop risqué. »

À considérer ma mine stupéfaite, il s'esclaffa.

« La nuit où Scott a passé l'arme à gauche, on avait rendez-vous. Mais il a reporté, sous prétexte qu'il devait retrouver en douce une de ses collègues de la Crim', une minette chaude comme la braise. À Yonkers. Devine de qui il parlait. »

Je fermai les yeux en serrant les dents. Comment avais-je pu faire preuve d'une telle sottise ?

« Eh oui, Scott était un sacré baratineur, reprit Ordonez. Mais c'est à toi qu'il a balancé ses dernières salades. Tu ne t'es jamais demandé à quoi tu pouvais bien lui servir ? À part te limer, évidemment. Parce qu'il ne faisait jamais rien sans une idée derrière la tête, tu peux me croire. Jamais. Scotty, c'était Freddy Krueger avec une plaque. Un vrai malade. »

Nous roulâmes en silence après ces merveilleuses révélations.

« Tu veux toujours savoir où on va ? m'interrogea-t-il au bout d'une minute.

— Oui.

— On va voler plein est depuis Providence pendant à peu près une heure. Tu vois où ça nous mène ? »

Je hochai négativement la tête.

Il cligna de l'œil dans le rétro.

« Au beau milieu de l'océan Atlantique. À environ deux cent cinquante kilomètres des côtes. Ensuite… Ouvre bien tes oreilles, c'est là que ça devient sympa… Ensuite, je vais t'entailler les paumes et la plante des pieds. »

Des sanglots en hoquets se substituèrent à mes mouvements respiratoires.

« T'inquiète. Rien de mortel. Mais après ça, je vais réduire la vitesse du zinc et l'altitude. Et je te balancerai dans la grande bleue. Tu saisis mieux, maintenant ? Tu me suis ? »

L'oxygène me manqua. Si je n'avais pas été menottée, j'aurais plaqué mes mains contre mes oreilles.

« À partir de là, tu as deux possibilités, enchaîna mon tortionnaire pendant que je luttais contre la première crise d'asthme de mon existence. Ou bien tu te noies, ou bien tu essaies de rester en vie. Tu m'as plutôt l'air d'une battante. Je parie que tu es en train de te dire qu'avec un peu de bol, il y aura bien un bateau ou un avion pour te repérer et venir te chercher. Tu te goures. »

Mark Ordonez reprit sa mug, se désaltéra avant de régler son rétroviseur. Il me jeta un regard glacé. Puis me gratifia d'une nouvelle œillade. Quel monstre.

« Une fois que tu seras en train de patauger, ton sang commencera à couler. Alors les requins vont se pointer. Pas un, pas deux. Non : des centaines de requins. Tous les requins-marteaux du secteur, les requins bleus, les requins tigres, peut-être bien un ou deux grands blancs, ils vont tous rappliquer pour se jeter sur toi comme un clodo sur un sandwich. Et là… Je ne rigole pas, Lauren, je tiens à ce que tu sois au courant des moindres détails… Là, tu auras droit à la mort la plus atroce qu'on puisse imaginer. Tu seras seule en plein océan et ces bestioles te dévoreront toute crue. Au cas où tu te poserais encore la question : j'adorais mon frère. Comme on adore un frère, quoi. »

Il augmenta brusquement le volume de la radio. Pour me témoigner son dédain, sans doute.

Ce que j'entendis m'accabla davantage encore.

Frank Sinatra.

Ignorant l'ironie de la programmation musicale, le pilote consulta sa Rolex et but une autre gorgée.

« Just the way you look tonight… » fredonnait-il avec The Voice en claquant lestement des doigts.

86

Durant les dix minutes suivantes, la panique me submergea. Je demeurai face contre terre, allongée sur le sol de la camionnette, pareille à un cadavre dans le fond d'un corbillard. Mark Ordonez conduisait souplement, sans jamais dépasser la vitesse autorisée, afin de ne pas attirer l'attention.

Au grondement des poids lourds que nous croisions de loin en loin, je déduisis que nous roulions sur la I-84 en direction de Rhode Island. Combien de temps nous restait-il avant d'atteindre l'aéroport ? Une heure ?

Je repris lentement mes esprits. Juste à temps pour comprendre à qui j'avais fait le plus de mal dans l'aventure. Je me tournai sur le flanc, puis remontai les genoux jusqu'à ce que mes cuisses se plaquent presque contre mon ventre.

Je suis navrée, fis-je au bébé lové dans mon utérus en tremblant de chagrin. J'ai tellement de peine pour toi, mon pauvre amour...

Ordonez fit un brutal écart vers la droite. Le choc fut rude.

« Hé ! beugla-t-il, en fusillant du regard le rétroviseur latéral dans une nouvelle embardée. Ce type doit être complètement torché. Reste dans ta file, espèce d'abruti ! »

Un autre coup de volant me rejeta sur le ventre. Immédiatement après retentit un fracas épouvantable. La tôle emboutissait la tôle. La paroi du van, côté chauffeur, était enfoncée. Que se passait-il ?

Un puissant roulement, accompagné d'une vibration terrible, emplit l'habitacle. Nous filions sur l'accotement rainuré spécialement conçu pour empêcher les conducteurs de s'endormir au volant. Le son me faisait l'effet d'une étrange sonnerie de réveil se déclenchant à l'intérieur de mon crâne. Mon front vint heurter le plancher de la camionnette.

« Enfoiré ! » brailla le dealer en appuyant sur le champignon. Le moteur rugit. Les trépidations cessèrent. Nous foncions vers la gauche pour regagner la chaussée.

Je glissai dans la direction opposée. J'atterris contre l'arrière du siège passager comme un vieux carton de pizza.

« C'est pas un chauffard ! m'informa Ordonez. Ce type est couvert de sang. J'y crois pas ! C'est ton mec ! »

Il accéléra encore. L'engin vrombit. Le châssis se mit à vibrer dangereusement. Nous allions trop vite.

« Le petit Blanc se prend pour un gros dur, hein ? Monsieur veut s'offrir une course de stock-cars ? » Le malfrat ricana dans le rétro latéral en augmentant sa vitesse.

Mon cœur se serra lorsque je le vis boucler sa ceinture de sécurité. Je n'avais rien pour me retenir.

« S'il n'y a que ça pour te faire plaisir, connard... Accroche-toi, le bigleux ! Là... Ça te plaît, ça ? »

Le métal et la gomme hurlèrent : Ordonez était debout sur les freins.

Quelques instants durant, on ne perçut plus que le frottement de mon corps dérivant vers les sièges avant.

Puis l'arrière du van explosa dans un craquement assourdissant.

Le fourgon bondit vers l'avant. Je passai presque cul pardessus tête avant de m'offrir un fameux plat quand la machine se rétablit dans un sursaut brutal. Par l'arrière de la camionnette désormais béant, je distinguai le capot de ce qui avait été naguère la Camry de Paul. Au bord du toit en accordéon, à travers le pare-brise en mille morceaux, je repérai Paul lui-même. Le sang dégoulinait le long de sa tête mais au moins il était vivant, se débattant avec l'*airbag* qui s'était déployé au moment du choc.

Un son métallique claqua derrière moi. Je me retournai pour découvrir Ordonez, mon Glock à la main, de l'autre ouvrant la portière de son véhicule.

« T'en fais pas, Lauren, on ne loupera pas notre vol. Je reviens dans une seconde, chérie. »

Comme il descendait du van, une pensée me frappa mieux qu'un marteau.

Il va tuer Paul ! Paul va mourir !

87

Je poussai un hurlement. L'un de ces cris inarticulés, gutturaux, tout près de vous crever les tympans. Je me relevai tant bien que mal, en dépit de mes mains toujours attachées dans le dos.

La tête la première, sans plus me soucier du danger, sans réfléchir, je me jetai vers la portière du conducteur. Je la manquai largement. Mon crâne, en revanche, ne manqua pas le volant. Je m'affalai jambes en l'air entre ce dernier et le siège. Incroyable.

J'appuyai malencontreusement sur la pédale de l'accélérateur ; le moteur rugit. Je lançai mes pieds en avant pour tenter de m'extraire de mon réduit. L'une de mes chevilles était coincée entre le volant et le levier de vitesse.

Je poursuivis mes efforts – je devais me libérer.

Je dégageai mon pied de son étau, mais la camionnette se mit à rouler. Et je prenais de la vitesse !

Me fiant au concert de klaxons qui s'éleva, auquel vint bientôt se mêler le hululement prolongé d'un semi-remorque, je conclus que j'avançais à contresens. J'avais réussi à m'asseoir à peu près lorsque Ordonez, qui me rejoignait en courant, s'encadra dans la portière ouverte et bondit dans l'habitacle.

« Où est-ce que tu crois que tu vas comme ça, pauvre connasse ? » hurla-t-il. Il me gifla avant de me projeter sur le siège passager. Il rétablit la camionnette sur la bonne voie.

Il coupa le moteur, enclencha le freinage d'urgence. Il fourra la clé de contact au fond de sa poche. Sortit à nouveau du van.

Sur quoi il me fit un doigt d'honneur en souriant horriblement.

« Bon, fit-il, on reprend. Et cette fois... »

Jamais je n'entendis la fin de sa phrase.

Le camion qui venait de le faucher, arrachant sa portière au passage, transportait des automobiles. Bourré jusqu'à la gueule de Chevrolet Tahoe, il grinçait comme les rails d'un grand 8 sous la tornade. Il filait à cent vingt ou cent trente kilomètres/heure.

L'instant d'avant, Mark Ordonez se tenait devant moi. Et voilà qu'il s'était évaporé. Un vrai tour de magie.

Le meilleur qu'il m'ait été donné de voir.

88

Assise, immobile, je contemplai le pare-brise du fourgon. Le camion, lui, poursuivit sa route. Sans freiner. Le chauffeur ne s'était aperçu de rien. Environ trois cents mètres plus loin, sur l'asphalte de l'autoroute, je notai les roulés-boulés de quelque chose qui acheva sa course dans les épais buissons du bas-côté. La portière du van ? Le dealer ? Impossible à déterminer.

Peut-être Dieu n'était-il pas resté sourd à mes prières, tout compte fait. Ou à celles qu'on avait bien voulu formuler pour moi.

Paul gisait sur le sol, derrière sa voiture anéantie. Je discernai son corps en tâchant de m'extirper de la camionnette. Une boule se forma dans ma gorge.

« Je suis là, Paul », fis-je en me précipitant vers lui. Je m'agenouillai. Pourvu qu'il n'ait rien de grave – pratiquer un massage cardiaque avec les mains liées dans le dos promettait de ne pas être une mince affaire.

« Lauren... » Il se mit à claquer des dents. « J'ai vu les feux arrière. J'ai...

— Ne parle pas. »

Le sang coulait principalement de l'arrière de sa tête, où l'affreux Ordonez l'avait frappé, sans doute à de multiples reprises. Jaillissant de mes dossiers mentaux, l'expression « hématome subdural » me coupa le souffle. « Cause du décès : hématome subdural. » Combien de fois avais-je lu cette phrase sur les rapports des légistes ?... Que Paul soit conscient tenait déjà du miracle. Qu'au moins l'un de nous soit encore de ce monde l'était tout autant.

« Reste tranquille, lui murmurai-je à l'oreille. Ne bouge pas. »

Les automobiles nous frôlaient à vive allure. Je demeurai assise au milieu des éclats de verre, près de mon mari. Des lueurs bleues et rouges se matérialisèrent au loin. Le sang de Paul était chaud sur mes jambes.

« Tu m'as sauvé la vie », lui fis-je comme deux voitures de State Troopers se dégageaient du flux pour se garer devant nous.

Tu m'as *encore* sauvé la vie, complétai-je muettement.

89

« Avec du lait et du sucre ? » s'enquit l'agent Harrington en traversant la salle d'attente des urgences du UConn Health Center.

Dès que je leur avais présenté ma plaque, l'agent Walker – son équipier – et elle s'étaient mis en quatre pour moi. Au lieu d'attendre l'ambulance, ils avaient installé Paul à l'arrière du véhicule de Harrington. Nous avions roulé à tombeau ouvert en direction de l'hôpital le plus proche ; alors seulement, ils m'avaient posé des questions. L'agent Harrington était allée jusqu'à me prêter une paire de tennis qu'elle conservait dans le coffre de son auto pour protéger mes pieds nus et meurtris.

« Comment vont votre mari et votre bébé ? voulut-elle savoir.

— L'échographie est parfaite. Paul, lui, a une commotion cérébrale et il lui faut quelques points de suture. Ils tiennent à le garder en observation cette nuit. Le médecin pense qu'il va s'en tirer sans séquelles, Dieu merci. Et merci à vous, ainsi qu'à votre collègue.

— Ordonez a eu moins de chance. J'ai passé un appel radio aux gars qui sont restés sur les lieux. Ils l'ont retrouvé dans les bosquets, à plusieurs centaines de mètres de la collision. Il a été balayé par un camion. Ils m'ont dit qu'il ressemblait à ces pièces de monnaie qu'on récupère sur les rails après le passage d'un train. C'est le risque, quand on bafoue la loi. On récolte parfois plus que ce qu'on a semé.

« Le tout, c'est que votre bébé, votre mari et vous en soyez sortis sans dommages. Le reste importe peu. »

Je scrutai le visage avenant de l'agent Harrington. J'examinai ses cheveux blonds tirés en arrière, ses joues fraîches, son regard gris-bleu, vif et concentré. Elle ne devait pas avoir quitté l'école de police depuis plus d'un an ou deux. Avais-je jamais fait preuve d'une telle ferveur ? Oui. Un bon million d'années auparavant. Et sur une autre planète. Je l'enviais. Je l'admirais.

« C'est comment, de bosser à la Crim' de New York ? » m'interrogea-t-elle. Ses yeux brillaient. « C'est comment, en vrai ? Pas comme dans *New York Police Judiciaire*, j'espère.

— Ne croyez pas un mot de ce que cette femme raconte ! tonna une voix derrière nous. Elle ment comme elle respire. »

Je me retournai pour surprendre un sourire que je n'avais pas admiré depuis longtemps. Trop longtemps.

Le sourire de Mike, mon équipier.

« Qu'est-ce que tu fais ici ? m'étonnai-je.

— Un type du Connecticut a appelé Keane, m'expliqua mon collègue en pressant ma main dans la sienne, et Keane m'a prévenu. J'ai foncé directement. Le frangin s'en est pris à toi, c'est bien ça ? Incroyable. Tu parles d'une aventure. Le Ciel lui sera peut-être plus favorable que nos autoroutes. Ils l'ont retiré de dessous un semi-remorque, d'après ce qu'on m'a dit ? Joli travail, Lauren. Voilà bien la meilleure nouvelle de la journée. »

Je hochai la tête. Et fondis en larmes. J'avais traité Mike en ennemi, et pourtant il s'était déplacé jusqu'ici pour m'apporter son soutien, comme il l'avait toujours fait.

« Pardon, Mike, je...

— Tu m'invites à dîner ? » Il passa son bras sous le mien. « D'accord, mais c'est bien parce que tu insistes. »

Nous nous engouffrâmes dans un snack ouvert vingt-quatre heures sur vingt-quatre, à deux pas de l'hôpital.

« Alors, quoi de neuf ? » me lança-t-il en s'asseyant. Déjà, il avait renoué avec son humour de flic.

Je sirotai mon café dans le silence gêné qui s'installa entre nous. Je le trouvai amer et brûlant. Pareil aux secrets qu'il me fallait à présent livrer.

Mike cligna de l'œil.

« Allez, Lauren, fit-il à voix basse. J'ai buté un Ordonez. Tu en as buté un aussi. Si tu ne peux pas te confier à moi, à qui pourras-tu le faire ? »

Je lui racontai tout. Fixant ma tasse de café, je lui débitai l'ensemble de l'histoire. Ce que je savais. Quand je l'avais appris. Je n'omis aucun coup tordu, nul détour sordide.

Mike avala bruyamment une dernière gorgée de Coca Light et observa les phares des voitures qui passaient.

« Tu sais quoi ? » demanda-t-il au bout d'un moment.

Je secouai négativement la tête.

« Traite-moi de taré si ça te fait plaisir, mais, même après avoir entendu ça, je continue de me réjouir de ce qui s'est passé. Les frangins Ordonez n'ont peut-être pas liquidé Scott, mais franchement, c'était une sacrée paire de pourris. Et si ce que Mark t'a balancé au sujet de Scott est vrai, alors peut-être que lui aussi a mérité ce qui lui est arrivé. Les voies du Seigneur sont impénétrables. »

90

Plus loin dans le snack, on entrechoquait des assiettes. Un aliment crépitait sur un gril. Sur l'écran de télé installé derrière le comptoir, un journaliste caquetait, alignant les idioties.

« C'est pour ça que je démissionne, lâcha soudain mon équipier. Mon petit frère possède un bar à San Juan. Il m'a proposé de le rejoindre. J'ai déjà rempli les papiers. J'ai demandé à ce qu'on me paie les semaines de congés que j'avais accumulées sans les prendre. Aujourd'hui, c'était mon dernier jour. Je suis à la retraite.

— Mais…

— Mais quoi, Lauren ? J'ai consacré tout mon temps à ce boulot et je termine sur un échec. Alors laisse béton. Quand tu fais une connerie dans une usine par exemple, et que quelqu'un est blessé à cause de toi, qu'est-ce qui peut t'arriver de pire ? De perdre ton job ? Nous aussi, on risque de perdre notre boulot dans ces cas-là mais, en plus, la prison nous pend au nez. Et pour quoi ? Cinquante mille dollars par an ? On n'a même pas le droit de faire grève. Regarde les choses en face. De combien de macchabées je me suis occupé ? À combien de mères effondrées j'ai annoncé des mauvaises nouvelles ? Ça n'en vaut pas la peine. Je jette l'éponge. Comment c'est, déjà, cette chanson, *Even Walls Fall Down* – même les murs s'écroulent… »

Je recommençai à pleurer, mes larmes coulaient à flots.

« Tu as raison, réussis-je à articuler. Et c'est moi qui l'ai abattu à coups de masse. »

D'un doigt, mon collègue essuya mes joues.

« Tu dis n'importe quoi, Lauren. Quand j'ai appuyé sur la détente, ça n'avait rien à voir avec toi. »

Je plantai mes yeux dans les siens.

« Rien ?

— Disons... » Il rapprocha son pouce de son index. « Peut-être un tout petit quelque chose. »

Je lui donnai une bourrade dans le bras.

« Je te pardonne, enchaîna-t-il. On est partenaires, mais quand la famille entre en ligne de compte, on a vite fait de perdre les pédales. Et qui je suis pour te juger ? Je ne suis personne. Je ne suis plus personne. C'est pour ça que je rends mon tablier. Cela dit, il y a un truc que je regrette.

— Quoi donc ?

— De ne pas avoir été là pour voir s'éteindre le sourire à un million de mégawatts sur la belle gueule de Buslik quand tu l'as fait chanter. J'ai toujours su que tu avais de la ressource, mais là, bon Dieu... La lame en pleine jugulaire.

— Ou plus bas, précisai-je en frottant mes yeux rougis. Ça dépend des circonstances. »

Mike s'empara de la bouteille de ketchup pour faire le signe de croix dans ma direction.

« Tes fautes sont pardonnées, ma fille. Va et ne pèche plus. » Il se mit debout. « Je suis sincère, Lauren. Tu es quelqu'un de bien. Ne l'oublie jamais.

— J'essaierai. »

Il m'embrassa sur le front.

« Et si jamais tu descends du côté de San Juan, passe donc me rendre une petite visite. Les anciens collègues ont droit à des margaritas gratos jusqu'à l'aube, surtout ceux avec qui j'ai pataugé dans la merde jusqu'au cou. »

91

Nous étions le lundi suivant. Je sortais de la douche lorsque je trouvai Paul en train de m'attendre. D'une main il tenait mon café du matin, de l'autre mon peignoir de bain pelucheux. « Le service est impeccable, le félicitai-je avec un large sourire. Pour un peu, ce serait trop. Pour un peu seulement.

— C'est le moins que je puisse faire vu l'importance de cette journée. » Il piqua un baiser sur mon nez encore mouillé.

C'était un grand jour en effet, me dis-je tandis qu'il m'aidait avec une courtoisie extrême à enfiler mon peignoir. J'avalai une gorgée de café, puis j'essuyai le miroir avec ma manche. Je me regardai.

Mon premier jour de travail après mon arrêt maladie.

Et le dernier de ma carrière.

Car j'avais décidé de suivre les traces de Mike. Aujourd'hui, je remettrais ma lettre de démission au lieutenant Keane. Ce serait un sacré bouleversement, je ne l'ignorais pas. J'aurais beaucoup de mal à ranger mon costume de flic.

Mais, à la lumière des récents événements, force m'était d'admettre qu'il était temps de tirer ma révérence.

Vingt minutes plus tard, le visage maquillé et l'insigne poli, je quittai la maison. Paul me gratifia d'un baiser supplémentaire à la porte du garage.

Il avait également revêtu sa tenue de travail. Il était beau, élégant, comme à l'accoutumée. Ainsi que l'avaient annoncé les docteurs, il n'avait subi par bonheur qu'une commotion bénigne. Si on exceptait la vingtaine d'agrafes à l'arrière de sa tête, il était comme neuf.

Pour lui aussi, il y avait du changement dans l'air. Tout était arrangé avec son nouvel employeur. Nous avions reçu le vendredi les papiers de l'agence immobilière. Dans six semaines, nous entamerions notre existence dans le Connecticut.

À condition de surmonter les huit prochaines heures.

Rien n'était moins sûr, si l'on se référait à notre histoire récente. Je croisai les doigts en heurtant mon café contre le sien.

« À la famille qui s'apprête à quitter la grande course d'obstacles.

— Et à la quitter en chœur. » Le cliquetis de nos timbales en inox se répercuta contre les murs du garage.

92

Dès mon arrivée, j'allai trouver Keane dans son bureau. Il ne releva les yeux de sa grille de Sudoku que lorsque j'eus refermé la porte derrière moi.

Son regard bleu perçant scruta mes traits. Soudain, il fit claquer son journal sur la table et lâcha son stylo.

« S'il vous plaît, m'implora-t-il. Pas vous. Ne me dites pas que vous démissionnez aussi. Non. Qu'est-ce que c'est que ces histoires ? D'abord on perd un flic. Et au final, deux autres s'en vont ?

— Vous faites fausse route.

— Je vous en prie. Est-ce que j'ai l'air d'un pareil crétin ? Si ce sont les Affaires internes qui vous tracassent, j'ai des contacts et…

— Je suis enceinte, Pete. »

Il me dévisagea comme si je venais de tirer dans le plafond. Il se frotta les yeux du bout des doigts. Il finit par me sourire à contrecœur. Puis il se mit debout, contourna son bureau pour m'étreindre avec une tendresse toute paternelle. C'était la première fois qu'il se comportait ainsi. La dernière également.

« Eh bien, jeune fille, même si je ne me rappelle pas vous avoir jamais donné la permission d'attendre un enfant, permettez-moi de vous féliciter, Paul et vous. Je suis heureux pour vous.

— Ça me touche énormément, patron.

— Ça ne s'est pas fait en un jour, si ma mémoire est bonne. Ann et moi avons rencontré pas mal de problèmes aussi. Avant les jumeaux. C'est formidable. Vous devez être aux anges, tous les deux. Le fait est que vous me lâchez. Je m'y ferai. Mais vous allez me manquer. Je suppose qu'une bonne cuite en duo pour célébrer l'événement est exclue ? Comment va-t-on fêter ça ? Je vous offre un petit déjeuner ? »

Keane passa commande auprès de la *bodega* la plus proche du commissariat. Nous occupâmes la moitié de la matinée à évoquer nos souvenirs autour de *quesadillas* aux œufs brouillés que nous faisions descendre à petites gorgées de café.

« Dites, lançai-je à mon supérieur en essuyant une trace de sauce piquante sur ma joue. Si j'avais su que ce serait si agréable, j'aurais pris ma retraite depuis des années. »

Comme nous terminions nos agapes, le téléphone de Keane se mit à sonner.

« Allô ?… C'est curieux. Vraiment curieux. Eh bien, faites-la monter.

— Faire monter qui ? » Une pointe de stress perçait dans ma voix.

« Notre témoin dans l'affaire Scott Thayer. Comment s'appelle-t-elle, déjà ? La vieille enseignante ? »

Mon cœur et mon estomac hoquetèrent dans un bel ensemble.

Amelia Phelps !

Que se passait-il encore ?

« Qu'est-ce qu'elle veut ? » m'enquis-je.

Du menton, le lieutenant me désigna la rampe de l'escalier, auprès de laquelle se tenait l'aïeule.

« Entamez donc vos deux semaines de préavis en répondant à cette question. Allez lui parler. »

Je me levai d'un bond.

« Madame… pardon, mademoiselle Phelps, commençai-je en la menant vers mon bureau. Que puis-je faire pour vous ?

— Eh bien, j'ai attendu votre appel, répondit-elle en ôtant ses gants blancs tandis qu'elle prenait un siège. J'étais censée participer à une séance d'identification. Mais personne n'a jamais pris contact avec moi. J'ai donc préféré passer, au cas où vous auriez besoin de mon aide. »

Je laissai échapper un long soupir de soulagement. Mike avait dû oublier de la prévenir que l'enquête était bouclée.

« Je suis navrée, mademoiselle Phelps, j'aurais dû vous en informer. Nous avons appréhendé notre suspect. Mais c'est très gentil à vous d'avoir fait le déplacement. Souhaitez-vous que je vous dépose quelque part ? Je vous raccompagne chez vous ? Ça ne me dérange absolument pas. »

Je n'avais pas l'habitude de jouer ainsi les chauffeurs, mais Mlle Phelps était âgée. Elle constituait de surcroît le dernier obstacle éventuel dans l'épreuve que je venais de traverser. Plus vite je l'aurais fait sortir d'ici, mieux je me porterais.

« Vous êtes adorable, inspecteur. Je ne suis encore jamais montée dans une voiture de police. Merci.

— Tout le plaisir est pour moi. »

93

Je passai le reste de la journée au téléphone avec le service du personnel. En attente la plupart du temps, tâchant de démêler l'écheveau bureaucratique provoqué par ma démission.

Mes collègues me rendaient visite les uns après les autres à intervalles réguliers pour manifester leur surprise et me présenter leurs vœux de bonheur. Vers 16 heures, ils insistèrent pour que je les accompagne aux Sportsmen, leur bar favori, pour un pot d'adieu.

Ma vessie était tout près d'exploser – à force de boissons non alcoolisées, exclusivement. Il n'empêche : l'attention et le respect manifestés par mes coéquipiers m'émurent beaucoup.

Ils allèrent jusqu'à m'offrir l'une de ces cartes géantes aux messages benêts sur laquelle tous avaient apposé leur signature.

« À bientôt », était-il imprimé au verso.

La suite s'inscrivait à l'intérieur de la carte : « On voudrait pas être à ta place. »

« Vous allez me manquer aussi, commentai-je en faisant mine de renifler. Et moi non plus, je ne voudrais pas être à votre place ! »

Trois heures plus tard environ, je regagnai mes pénates.

Bizarre, pensai-je en me garant dans l'allée. Je n'ai pas vu la voiture de Paul. En général, il me téléphonait s'il travaillait tard.

Je commençais à parcourir le répertoire de mon mobile pour l'appeler lorsque je repérai une chose étrange à la fenêtre mansardée, au-dessus du garage.

Une large brèche sombre entre deux lames du store. En recherchant le numéro de Paul, je m'efforçai de me rappeler quand j'avais relevé ce store pour la dernière fois.

Je portai à nouveau les yeux dans sa direction, lentement, posément, avant de refermer mon portable.

L'espace entre les deux lames avait disparu.

Mon esprit s'échauffa. J'envisageai diverses possibilités. Pouvait-il s'agir d'un ami de Victor et Mark Ordonez ? Voire d'un troisième frère, dont aucun de nos dossiers n'aurait fait mention ?

Ou alors, poursuivis-je en silence, tu es crevée et ça te rend complètement parano. Une overdose de Coca Light, si ça se trouve.

Je n'en extirpai pas moins mon Glock de mon sac à main pour le glisser dans la ceinture de ma jupe, contre mes reins.

De toute évidence, j'étais nerveuse. Mais je préférais la méfiance aux regrets éternels.

94

Je sortis mes clés en haut des marches. J'agissais avec le plus de naturel possible. Mais dès que je me trouvai hors de portée d'un possible observateur posté à la fenêtre mansardée, je m'emparai de mon pistolet et filai à l'arrière de la maison.

J'observai à travers les vitres. Tout semblait intact. Aucune trace d'effraction. Rien à signaler.

Les rideaux de la porte se trouvant légèrement écartés, je coulai un regard dans le hall d'entrée. Nul mouvement. Toujours rien.

Au bout de quelques minutes, je commençai à me sentir ridicule. Il n'y avait personne ici. Sauf moi.

Mais une ombre traversa l'entrée. Une ombre volumineuse et véloce. J'en étais certaine.

Et merde ! Mon pouls s'accéléra. Bon sang ! Je percevais les battements de mon cœur jusque dans mes plombages.

Je songeai à Paul. Peut-être était-il à l'intérieur. Et quelqu'un s'y trouvait avec lui. En train de galoper dans la pénombre des pièces. Mais qui donc ? Et pour quelle raison ?

Je devais absolument entrer, me dis-je en inspirant profondément.

Je défis mes chaussures et déverrouillai la porte sans un bruit. Je tournai la poignée avec un soin méticuleux.

« Chut », entendis-je.

Je pointai mon arme vers la voix, prête à faire feu. C'est alors qu'on alluma les lumières.

« Surprise ! » lancèrent une vingtaine de personnes à l'unisson.

En effet... Devant moi se tenaient les membres féminins de ma famille et toutes mes amies. Je bénis le Ciel de m'avoir empêchée de tirer.

Je demeurai stupéfaite : ballons de baudruche, cadeaux empaquetés de vert et de jaune, poussette à trois roues rangée dans un coin de la pièce...

Pas de tragédie en vue, pas de mauvaises nouvelles.

On avait simplement organisé une fête en l'honneur du futur bébé !

À en juger par le nombre de mains levées, de bouches ouvertes dans ces visages blêmes, ç'avait été une surprise pour tout le monde.

Je cessai de viser ma vieille tante Lucy entre les deux yeux. Elle poussa un ouf de soulagement.

« Regarde, maman, lâcha la fillette de ma sœur Michele dans un silence de mort. Tante Lauren a un revolver.

— Tout va bien, mesdames », fit Paul en se précipitant vers moi avec un sourire. Il m'aida à rengainer mon Glock et m'enlaça pour achever de me rasséréner.

« Pourquoi si tôt ? lui glissai-je tandis qu'il m'embrassait sur la joue. Je n'en suis qu'à onze semaines.

— Je voulais être sûr de pouvoir mettre ça sur pied avant le déménagement. » Il se retourna vers les invitées : « Allons, faites-moi toutes un sourire, maintenant. Un grand sourire. Et profitez de votre soirée ! Tout va bien. Ce n'est qu'un jour ordinaire dans la vie d'une héroïne de la police. Qui a besoin d'un verre ? »

95

La fête remporta un franc succès. Les convives s'amusèrent beaucoup, et moi plus que toutes les autres : j'avais des amies délicieuses. Ma famille se montrait formidable. L'existence reprenait enfin son sens.

Il était temps...

« Salut, belle étrangère ! » m'accueillit Bonnie Clesnik. Elle lâcha son menu et faillit renverser la table en me prenant dans ses bras au beau milieu du Dragon Flower, un restaurant asiatique de Mott Street. C'était dimanche.

Je détaillai le décor rutilant. Des aquariums aux eaux troubles trônaient un peu partout. Lorsque ma vieille copine de la police scientifique m'avait appelée pour m'inviter à manger, j'avais imaginé une brasserie, une assiette de frites maison...

Je clignai des yeux en consultant la carte. Une grenouille et une tortue l'ornaient. Un brunch à Chinatown... Bonnie, assurément, ignorait tout des nausées matinales.

« Je suis verte d'avoir à la fois manqué ton pot de départ et la fête pour le bébé, se désola-t-elle en s'asseyant. L'un de mes collègues a appelé pour dire qu'il était malade... et c'est moi qui ai pris l'appel. Je me suis retrouvée de corvée.

— Laisse tomber les regrets, la rassurai-je avec un sourire. Je suis là. C'est génial. Super. » Pour autant que je parvienne à garder la nourriture chinoise qu'on s'apprêtait à me servir.

« Dis donc, que de changements dans ta vie. Et moi qui étais persuadée qu'il aurait fallu y aller au marteau et au burin pour te faire quitter la maison. Je suis ravie pour Paul et toi, bien sûr, mais… je ne sais pas. Je t'ai vue à l'œuvre, Lauren. J'ai vu cette lueur dans tes yeux à chaque enquête. Ta témérité. D'ailleurs, je ne suis pas la seule à qui tu aies servi de modèle. Ton départ me flanque un sacré coup. Et puis je t'imagine mal en mère au foyer. »

Merci, Bonnie, me dis-je. Nous étions censées célébrer l'événement, je me trompe ? Prendre ensemble un peu de bon temps.

Elle laissa soudain tomber ses baguettes.

« Avant que j'oublie… J'ai un cadeau pour toi. »

Elle saisit dans son sac une grande enveloppe en papier kraft qu'elle me tendit. Je soulevai le rabat.

« Oh, j'en rêvais depuis toujours, fis-je en contemplant les pages avant de fixer mon amie d'un air perplexe. Un paquet de feuilles imprimées. »

Que se tramait-il encore ?

« J'ai reçu ça vendredi. Ça venait du labo du FBI. » Bonnie tamponna ses lèvres avec sa serviette, cloua son regard au mien. Une expression compatissante se peignit sur ses traits. « Ce sont les résultats d'analyse de l'ADN que j'ai collecté sur la couverture dans laquelle était enroulé le cadavre de Scott Thayer. »

Le monde alentour s'effaça une seconde. Un éclair brûlant me traversa le corps en crépitant.

Cette foutue couverture de pique-nique ! Je me rappelai parfaitement le jour où Paul y avait déposé son ADN !

Nous fêtions notre premier anniversaire de mariage. Rockwood Hall Park. Paul m'avait emmenée dans ce cadre enchanteur. Il avait aussi apporté deux bouteilles de champagne. Jamais, je crois, nous ne nous étions sentis pareillement heureux. L'été finissait. Nous avions bu au son du chant des grillons. Nous étions seuls. Nous avions tenté pour la première fois de concevoir un enfant.

Je parcourus les feuillets. Considérai Bonnie de nouveau.

« De quoi tu parles ? m'étonnai-je. Je croyais que tu n'avais retrouvé que le sang de Scott sur cette couverture ?

— Après avoir prélevé ce sang, j'ai repéré des taches plus anciennes. C'était du sperme séché. Il y en avait juste assez pour une analyse ADN. »

Que faudrait-il pour clore définitivement l'affaire Scott Thayer ? Asperger le dossier d'eau bénite ? Lui planter un pieu en plein cœur ? L'abattre d'une balle en argent ?

Bonnie guettait ma réaction. Que devais-je lui dire ?

« Pourquoi tu ne m'en as pas parlé plus tôt ? articulai-je en prenant mon courage à deux mains.

— J'ai essayé. Mais c'était le matin où Ordonez a été abattu, tu étais injoignable. Quand j'ai appelé ton lieutenant le lendemain, il m'a conseillé de laisser tomber. Puisque Victor Ordonez était en possession de l'arme de Scott, m'a-t-il expliqué, l'enquête était bouclée.

— Dans ce cas, où est le problème ? »

Bonnie soupira.

« Comment te dire ça ?... L'ADN n'est pas celui d'Ordonez. Ça ne fait pas le moindre doute. »

Mon esprit se mit en branle à la vitesse de la lumière. La police détenait un échantillon d'ADN appartenant à Paul ! Bientôt, son existence serait en miettes. Et la mienne. Sans parler de celle du bébé.

« Il est à qui ? hasardai-je.

— On n'en sait rien. »

Merci, mon Dieu, pour ces mini-miracles...

Malheureusement, mon amie n'avait pas terminé.

« Mais on a une concordance avec un échantillon récupéré sur une autre scène de crime. Qu'est-ce que tu en dis ? »

Qu'est-ce que je dis de quoi ? De mon désir irrépressible de me faire sauter la cervelle en plein restaurant ?...

Un vague et sinistre sentiment d'effroi heurta l'intérieur de ma cage thoracique avec la puissance d'un coup de poing.

« Tu veux bien me résumer tout ça, Bonnie ?

— La base de données des Fédéraux rassemble tous les échantillons d'ADN prélevés sur les scènes de crime, dans le but d'identifier plus rapidement les auteurs de délits. Or, l'ADN découvert sur la couverture dans ton enquête est le même que celui qu'on a retrouvé après une attaque à main armée survenue à Washington. L'affaire n'a jamais été résolue. »

La terreur qui me tordait l'estomac modifia ses plans d'attaque : elle me prit à la gorge et se mit à serrer. J'avais du mal à réfléchir. Je peinais même à rester assise sur ma chaise.

Non. C'était impossible. Ce que Bonnie était en train de me révéler signifiait…

Que Paul était impliqué dans une attaque à main armée.

96

Le serveur se présenta à notre table, Bonnie régla l'addition. Puis elle tapota mes mains tremblantes.

« Je n'avais pas envie de t'infliger un coup pareil, Lauren. J'ai été aussi choquée que toi. »

Tu veux parier ?... Je fixai la table.

« Une attaque à main armée à Washington ? grommelai-je à travers le coton qui m'emplissait la bouche. Tu en es certaine ?

— L'extrait du dossier qu'ils m'ont fait parvenir avec les résultats d'analyse indique que l'empreinte ADN provient du sang découvert dans un hôtel de Washington suite à un vol avec violence. Ce qui implique que nous avons deux sécrétions anonymes sur deux scènes de crime distinctes : le sperme sur la couverture qui enveloppait le corps de Scott Thayer. Et le sang dans cette chambre d'hôtel de Washington. »

Les autorités ignoraient encore qu'il s'agissait de Paul. Comme si cela avait la moindre importance, me dis-je en prenant à deux mains ma tête pulvérisée. Plus rien n'avait d'importance, au point où j'en étais.

Bonnie continuait de parler. Je l'entendais à peine. Tout juste réussissais-je à battre des paupières et opiner du chef. L'impensable venait de se produire. Le fait est que, pour la première fois depuis longtemps, je ne me préoccupais plus de l'affaire Scott Thayer : une distraction de taille détournait mon attention.

Près de cinq ans plus tôt, Paul avait donc commis un vol à main armée dans une chambre d'hôtel ? Mes méninges multiplièrent les efforts dans cette direction. Avant de se mettre en grève.

Parce que c'était impossible.

Seulement, l'ADN ne ment pas.

Lorsque je relevai les yeux, Bonnie m'observait. Elle attendait un commentaire.

« Que dois-je en conclure ? lançai-je, comme si j'ignorais la réponse. Que Victor Ordonez n'a pas tué Scott ? »

Mon amie contempla la rue bondée par la fenêtre. Il y avait du chagrin dans son regard.

« Je n'en sais rien. Peut-être a-t-il emprunté cette couverture à un ami. Mais ces résultats sèment le doute. Le genre de doute dont un avocat ferait ses choux gras. Sans compter ces vautours de journalistes. »

J'observai les idéogrammes au néon de l'autre côté de la vitre. Non loin de nous, une anguille se cognait sans arrêt la tête contre la paroi de son aquarium ; on aurait cru qu'elle cherchait à capter mon intérêt pour me délivrer son message : Hé, Lauren. Et si tu te ruais hors de ce restaurant en hurlant ? Tu courrais sans t'arrêter jusqu'à Bellevue.

Bonnie rassembla les feuillets et les glissa dans leur enveloppe, qu'elle fourra au fond de mon sac.

« Le genre de doute, Lauren, que ni cette ville, ni ce commissariat, ni la femme de Scott, ni toi surtout, n'avez besoin de voir semer dans les esprits. »

Elle eut un geste en direction de mon sac.

« C'est pour ça que je te donne ce dossier. Pour tous ceux qui se sont démenés depuis le premier soir, cette enquête est bouclée. C'est mon cadeau pour ton départ en retraite. Si jamais tu souhaites pousser plus loin les investigations, tu trouveras dans ces pages le nom de l'inspecteur de Washington. Ou alors, tu balances le tout à la flotte depuis le pont de Brooklyn. À toi de choisir. »

Sur quoi elle se leva et déposa un énorme baiser sur mon front.

« J'ai appris au moins une chose, depuis que je suis flic : on fait ce qu'on peut. Quelquefois ça ne suffit pas, mais on n'est pas responsable. Tu es mon amie, Lauren, et je t'aime. C'est toi qui vois. À bientôt. »

97

Battery Park, quelques heures plus tard, à la pointe sud de Manhattan. La nuit était tombée.

« Manhattan, aimait à répéter mon père avant d'entamer un jour sur deux son périple en ma compagnie : le plus long tapis de jogging au monde. »

Une fois à la retraite, il avait pris l'habitude, pour garder la forme, de marcher depuis Battery Park en suivant la ligne du métro menant à Broadway. Il se lançait à l'assaut des vingt kilomètres bétonnés de l'île. Lorsque la fatigue se faisait sentir, il sautait dans un wagon pour rentrer chez nous. Durant mes études de droit, je me joignais à lui aussi souvent que possible. Il me racontait les crimes perpétrés à chaque coin de rue, les arrestations auxquelles il avait procédé. C'est au cours d'une de ces promenades que j'abandonnai mes ambitions d'avocate pour me tourner vers la police. Je voulais ressembler à mon père.

Et c'était ici même, au départ d'une de ses randonnées, seul cette fois-là, qu'il avait succombé à une crise cardiaque. Comme s'il n'avait pu mourir que dans ces rues qu'il avait tant adorées, dans ces rues qu'il avait tant arpentées pour y maintenir l'ordre.

Je tenais le rapport du FBI devant moi, contre la rambarde mangée de rouille, l'oreille tendue vers les vagues ténébreuses frappant la digue de béton.

Au moment précis où je pensais avoir reconstitué le plus compliqué des puzzles, on me confiait une pièce supplémentaire qui mettait en l'air le bel édifice.

Ainsi allait ma vie ces derniers temps.

« Qu'est-ce que je fais, papa ? chuchotai-je en pleurant. Je ne sais pas quoi faire. »

Il n'y avait pourtant qu'une alternative.

Soit je me débarrassais du présent de Bonnie comme je l'avais fait jusque-là de l'ensemble des indices, et je me dirigeais vers l'existence comblée de future maman qui m'attendait dans le Connecticut.

Soit je m'extirpais du déni pour tenter de comprendre ce qui m'arrivait et qui était en réalité mon mystérieux mari.

Je tenais l'enveloppe au-dessus de la balustrade.

La première solution était si simple.

Il me suffisait d'ouvrir les doigts et tout serait terminé.

Je grimperais dans un métro, je foncerais vers le nord, là où étaient ma vie, mon époux et ma tranquillité.

Une bourrasque agita la surface des eaux et malmena l'enveloppe dans ma main.

Laisse-la tomber, m'exhortai-je. Laisse-la tomber.

Je serrai au contraire la liasse de feuillets et la plaquai contre ma poitrine.

Je ne pouvais pas. Il me fallait mener cette histoire à son terme, en dépit des difficultés et des horreurs que j'allais peut-être mettre au jour. Même après la folie au cœur de laquelle j'avais plongé, même après le mal que j'avais fait à mes amis et les crimes que j'avais dissimulés, la fibre de l'enquêtrice continuait de palpiter en moi.

Je fermai les yeux très fort. Derrière moi, dans l'obscurité du parc, je discernai un vieil homme en train de se dégourdir les jambes en vue d'une balade. Quand je me retournai pour chercher un taxi, je perçus au bord de mon champ de vision une silhouette hochant la tête dans ma direction, un sourire aux lèvres.

98

Il n'était pas encore 8 heures, le lendemain matin, lorsque la serveuse du Starbucks de Pearl Street, face à l'immeuble de bureaux où travaillait Paul, haussa le sourcil en me considérant avec surprise.

Tu n'as jamais vu une nana au bout du rouleau commander toutes les pâtisseries de ta boutique, ou quoi ?

Après la révélation de Battery Park, j'avais appelé Paul pour le prévenir que Bonnie souhaitait que nous passions la soirée ensemble pour évoquer nos souvenirs. J'avais ensuite erré dans Broadway jusqu'à minuit.

Je ne m'étais arrêtée que quand mes jambes avaient refusé de me porter plus loin.

Avant de sombrer, il m'était resté juste assez d'énergie pour rabattre sur moi le couvre-lit douteux, moucheté d'orange, dans le bouge que j'avais loué pour trois cents dollars la nuit. Chérot, certes, mais Paul avait les moyens.

Je m'éveillai à 7 heures, quittai l'hôtel sans me doucher et montai dans un taxi sur la 7e Avenue, qui me mena vers le quartier des affaires.

Pour la première fois depuis plusieurs semaines, j'avais une stratégie. Je savais précisément ce que j'allais faire.

Interroger Paul.

Tant pis pour ce qu'il nous en coûterait. J'étais capable de jouer indifféremment le gentil ou le méchant flic. Je fus tentée d'emporter avec moi l'annuaire de l'hôtel au cas où je devrais recourir à la force. Quoi qu'il en soit, une chose était certaine : Paul cracherait le morceau. Peut-être serait-ce d'ailleurs la dernière chose qu'il ferait sur cette terre.

Vu mon humeur, c'était plausible.

« Autre chose ? lança la serveuse en déposant sur le comptoir le petit déjeuner hypercalorique que je m'étais concocté.

— Vous n'avez rien d'autre. »

Au fond d'une immense bergère tendue de velours mauve installée près de la devanture, je lus le dossier du FBI dans son intégralité.

Pas d'erreur. J'avais beau ne pas comprendre tous les termes techniques, les deux échantillons d'ADN produisaient des figures rigoureusement identiques.

Je reposai le rapport. Un œil rivé sur la porte à tambour de l'immeuble aux vitres sombres, de l'autre côté de la rue étroite, je tâchai de battre le record du monde du gavage compulsif. Je n'avais droit ni à l'alcool ni à la nicotine. Que reste-t-il à une fliquette très à cran et très enceinte pour se consoler ?

Un quart d'heure plus tard, je léchais le glaçage au chocolat qui collait à mes doigts lorsque je repérai, dans l'océan de costumes cravates, la chevelure blonde d'un homme de la taille de Paul. Il pénétrait dans l'immeuble. Un très joli garçon, inutile de le nier. Sur ce point, mon mari ne changeait pas. Sur ce point seulement.

J'engloutis ce qui restait d'un brownie, me débarrassai lentement des miettes semées sur mes vêtements et attrapai le dossier maculé de café.

Sors de là les mains en l'air, Paul, pensai-je en traversant Pearl Street. La rue, encaissée, demeurait dans la pénombre. Ta femme très à cran et très enceinte se promène avec un flingue.

Coincée derrière un livreur au poste de sécurité, je m'étonnai : à l'inverse des mille et un soldats de la finance qui l'environnaient à la porte d'un ascenseur, Paul se frayait un chemin vers la sortie. On aurait cru un saumon remontant le courant d'une rivière. Un saumon solitaire.

Très bien. Voilà qui m'évite un trajet en ascenseur.

Mais en m'approchant de lui, je distinguai son sac en bandoulière et le cabas qui pendait au bout de sa main.

Le cabas bleu de chez Tiffany.

Je me figeai. Je le regardai sans un mot se diriger vers l'extérieur du bâtiment.

99

Un sac en bandoulière ? Le cabas de chez Tiffany ? Où diable Paul se rendait-il ? Que se passait-il, bon sang ? Avais-je vraiment envie de le savoir ?

Bien sûr que oui ! Je le vis héler un taxi.

Sa voiture redémarrait lorsque je sifflai pour interpeller la suivante.

« Tant pis si je donne dans le cliché, déclarai-je au chauffeur coiffé d'un turban orange : suivez ce taxi. »

Aussitôt dit, aussitôt fait. Nous nous dirigeâmes vers le centre de Manhattan, avant de nous engager dans le tunnel qui nous mena à la Long Island Expressway.

Sur la Brooklyn-Queens Expressway, je composai le numéro du portable de Paul.

Il décrocha au bout de quelques sonneries. « Coucou, Paul. Ça va ?

— Lauren. Ta soirée s'est bien passée ? » Je le distinguai par la lunette arrière de sa voiture, l'oreille collée au mobile.

« C'était génial. Là, par contre, je m'ennuie à mourir. Qu'est-ce que tu dirais si je te rejoignais pour déjeuner ? Ça te convient ? »

Le moment de vérité.

« Impossible, bébé. Le lundi, c'est l'enfer, tu sais bien. On a six rapports financiers à éplucher sous toutes les coutures. Si tu voyais mon patron comme je le vois depuis mon bureau : il est déjà sous assistance respiratoire et il s'enfile des bêtabloquants à la chaîne. Si j'arrive à sortir d'ici avant 20 heures, j'aurai de la veine. Je suis navré. Mais je me rattraperai, promis. Comment tu te sens ? »

La panneau vert sous lequel nous venions de passer à toute allure indiquait « Aéroport de La Guardia ». Il me fallut plaquer une main contre le téléphone pour étouffer un sanglot.

« Très bien, articulai-je enfin. Ne te tracasse pas pour moi. À ce soir. » Ou plus tôt que ça, mon chéri…

À l'aéroport, je dus brandir ma plaque et ma carte de la police de New York pour franchir le poste de sécurité sans billet. Après quoi je suivis Paul de loin vers le hall d'embarquement. Entre lui et moi se déversait la foule. Nous longeâmes des régiments de kiosques à journaux, de boutiques de souvenirs et de cafés.

Il s'immobilisa à trois cents mètres de moi. S'assit près de la porte 32.

Dissimulée derrière une rangée de cabines téléphoniques, j'eus l'impression qu'un ulcère me dévorait l'estomac quand je notai sa destination.

Washington.

100

Pour obtenir une place sur le même vol que lui, il me fallut débourser 175 dollars. Non : *Paul* dut débourser 175 dollars. Parfait.

En sentinelle dans un restaurant, à l'autre bout du hall d'embarquement, je tressaillis en le voyant se présenter au guichet de la classe affaires. Car l'employé posté derrière son comptoir eut un geste étrange après avoir remis à mon mari le talon de son billet.

Il vint heurter son poing fermé contre celui de Paul. Comme s'ils étaient de vieux copains ! Qu'est-ce que tout cela signifiait ?

Je m'emparai en hâte d'un journal abandonné là pour cacher mon visage en passant près de Paul. Précaution inutile : du coin de l'œil, je le repérai en grande conversation avec l'homme qui se tenait sur sa droite – un autre habitué, sans doute.

Mon siège, au fond de l'appareil, présentait au moins deux avantages. D'une, sa situation m'évitait tout risque de croiser Paul durant le trajet. De deux, il était pourvu d'un ingénieux sac à vomi. Que je m'empressai d'utiliser sitôt après le décollage.

Grossesse, mal de l'air et apocalypse personnelle ne faisaient décidément pas bon ménage.

« Désolée », fis-je à la femme d'affaires assise à côté de moi. Pendue au téléphone, elle paraissait très perturbée par mes démonstrations. « Je suis enceinte. »

Le plus difficile m'attendait à notre arrivée à Washington. Paul quitta l'avion parmi les premiers, au sein d'une cohorte de cadres supérieurs. Il me fallut presser le pas pour ne pas le perdre.

Hélas, le temps pour moi d'atteindre la file de taxis qui patientait devant le bâtiment, il s'était volatilisé.

Merde, merde et remerde ! Ce voyage ne m'avait servi à rien.

Je rebroussai chemin. Depuis l'escalator qui me ramenait au niveau supérieur, je le vis tout à coup sortir des toilettes. Il s'était changé : il arborait à présent un jean et un joli sweater bleu – il s'était également débarrassé de ses lunettes.

J'ignore ce qui me retint de hurler son prénom au beau milieu de l'aéroport. J'éprouvais pourtant une telle envie de lui casser la figure…

Au lieu de quoi je redescendis les marches quatre à quatre pour reprendre ma filature.

Je devais absolument savoir quel genre de poignard il m'avait planté dans le dos. Et jusqu'où il avait enfoncé la lame.

Il franchit les portes coulissantes en verre qui menaient à l'extérieur, là où se trouvaient les taxis. Je m'immobilisai, l'œil écarquillé.

Il ouvrit la portière passager d'une Range Rover d'un noir luisant dont le moteur tournait au ralenti le long du trottoir.

Je me mis à courir.

Mais déjà, le luxueux engin s'ébranlait. Ses pneus crissèrent quand il brûla la politesse à un minibus pour se caler sur la voie de gauche.

Je m'efforçai de discerner sa plaque d'immatriculation en galopant à sa poursuite sur le trottoir taché par les gaz d'échappement.

Une plaque du district de Columbia commençant par 99.

Je renonçai à déchiffrer le reste pour me concentrer un instant sur le chauffeur. Je tenais à savoir à quoi ressemblait

– et surtout, de quel sexe était – la personne venue chercher mon mari.

Mais la Range Rover était équipée de vitres fumées. Je m'en aperçus à l'instant précis où je trébuchai contre un sac de golf pour m'aplatir avec enthousiasme sur le sol sacré de notre capitale fédérale.

101

Par où commencer pour remettre la main sur Paul ? Je décidai de rendre visite à Roger Zampella, l'inspecteur mentionné dans le rapport du FBI que Bonnie m'avait confié.

Bien sûr, je n'avais encore jamais vu le bonhomme. J'eus bientôt face à moi un Afro-Américain corpulent, impeccablement vêtu, doté d'un sourire plus éclatant que les attaches reluisantes de ses bretelles à pois.

Lorsque je l'avais appelé depuis l'aéroport, il m'avait aussitôt proposé de le rejoindre au commissariat du Deuxième District de la Police métropolitaine, sur Idaho Avenue. À mon arrivée, il s'apprêtait à déjeuner sur son bureau.

« Ça ne vous dérange pas si je mange pendant que nous bavardons, inspecteur ? » Il rejeta sa cravate en reps de soie rose et vert par-dessus son épaule. Il fourra une serviette de table dans le col blanc de sa chemise de banquier bleu ciel. Puis, d'un ample geste du bras, il vida un sac en papier brun sur la table.

Une petite pomme apparut, ainsi qu'une barre de céréales.

Il se racla la gorge.

« Ma femme, commença-t-il en déchirant l'emballage de la barre de céréales d'un coup de dent, a lu les résultats de mes dernières analyses de sang. J'ai eu une très mauvaise note en cholestérol… Vous voulez me parler d'un vol, c'est bien ça ? J'aurais dû vous prévenir : je bosse à la Crim' maintenant.

— Cette affaire a presque cinq ans. Je me demandais si vous vous souveniez de quelque chose. Il s'agit du dossier 37345. Une attaque à main armée au Sheraton Crystal City Hotel d'Arlington, en Virginie. L'auteur du délit...

— ... a laissé du sang sur les lieux, termina Zampella sans une hésitation. L'histoire du courtier en billets. Je me rappelle.

— Vous avez une sacrée mémoire.

— On n'oublie jamais les affaires non élucidées, malheureusement.

— Un courtier en billets, dites-vous ? »

L'inspecteur renifla la barre de céréales avant d'en grignoter un morceau avec la délicatesse d'un écureuil.

« Ce Sheraton-là se trouve à deux pas de l'aéroport Ronald Reagan, m'expliqua-t-il en mâchant. Il accueillait la réunion annuelle des entraîneurs du championnat NCAA de football américain. Les entraîneurs des meilleures universités, ainsi que leurs adjoints, se voient offrir chaque année des billets pour le Final Four. Les courtiers en billets qui, soit dit en passant, ne valent pas mieux que de vulgaires vendeurs à la sauvette, s'installent dans le hall de l'hôtel et raflent tout ce qu'ils peuvent rafler. Le fric circule. Du liquide, toujours. Évidemment, c'est illégal, mais vous savez ce que c'est avec les recruteurs des grandes écoles. Ils ne sont pas les derniers à contourner les règles.

— Ces sommes sont de quel ordre ?

— Des sommes considérables. Pour certains matches, les billets peuvent atteindre les mille dollars.

— Et un vol a donc eu lieu ? »

Zampella prit une autre portion miniature. Il changea d'avis et enfourna d'un coup ce qui restait de la barre. Il actionna deux fois la mâchoire, avala et s'éclaircit la voix.

« L'un des courtiers s'est installé dans l'hôtel quelques jours avant la réunion. Quelqu'un a dû avoir vent de son identité. Bref, ils lui ont barboté une pleine valise de cash.

— On a une description du suspect ? Des indices ? »

Le policier secoua négativement la tête.

« Le type portait des lunettes de ski. »

Des lunettes de ski? Eh bien, Paul était un original. Et un parfait cinglé.

« Et le sang? D'où sortait-il?

— Au moment où le courtier a tendu la valise au gars pour la lui remettre, il s'est ravisé et lui en a flanqué un bon coup sur le menton. À croire que le braqueur était hémophile : il en a mis partout. La moquette était complètement foutue.

— Comment a réagi le voleur?

— Il a pointé un flingue sur le courtier en menaçant de lui faire sauter la cervelle. L'autre a préféré capituler.

— Combien a-t-il récolté?

— Un demi-million, peut-être davantage. La victime nous a affirmé qu'il n'y avait que 17 000 dans la valise, mais c'est parce qu'il voulait s'éviter des ennuis avec le fisc, peut-être même avec la mafia. C'était l'un des courtiers les plus en vue.

— Vous avez identifié des suspects?

— L'échantillon de sang ne nous a menés nulle part. On a interrogé je ne sais combien d'invités parmi ceux qui logeaient au même étage que la victime. Mais environ deux mille personnes avaient assisté à la conférence du soir. Et puis, on n'allait tout de même pas remuer ciel et terre pour un bonimenteur probablement en cheville avec la pègre qui, par-dessus le marché, nous racontait des bobards. On a suivi la procédure. Après quoi on est passés à autre chose, on a enterré cette histoire. Jusqu'à aujourd'hui, du moins. Vous faites quoi, au juste? Vous rassemblez des éléments pour de nouveaux épisodes des *Enquêtes impossibles*?

— Il s'agit d'une affaire privée. L'un de mes amis, un joaillier, s'est fait dévaliser le mois dernier dans un hôtel de Manhattan. En prime, son agresseur lui a assené un coup de crosse de pistolet. Je me suis rappelé avoir lu un extrait de votre rapport. Vous n'auriez pas une copie du registre de l'hôtel, par hasard ?

— J'en ai joint une au dossier, me répondit Zampella en consultant sa montre. Mais ça fait quoi ? Cinq ans ? Dieu sait où on a rangé tout ça.

— Je sais que je vous casse les pieds. Mais vous ne croyez pas qu'en passant deux ou trois coups de fil vous réussiriez à remettre la main dessus ? Après que je vous aurai invité à déjeuner, évidemment. Il y a bien un Morton's dans les environs ? »

L'inspecteur jeta un œil à sa triste pomme. Puis il attrapa son veston à fines rayures sur le dossier de sa chaise.

« Il y en a justement un à Arlington », fit-il en se levant.

102

Deux heures et deux filets mignons plus tard, accompagnés de frites maison, nous étions de retour dans le bureau de Zampella, où je parcourais le registre de l'hôtel que je m'étais montrée si désireuse de consulter.

Et dire que l'inspecteur estimait avoir des problèmes de cœur : lorsque mes yeux se posèrent sur la première ligne de la deuxième page, j'aurais eu grand besoin d'une défibrillation relevée d'une bonne injection d'épinéphrine.

Le nom était écrit noir sur blanc : « Paul Stillwell. »

Quelque chose en moi tanguait dangereusement. Malgré les éléments à charge qui lentement s'accumulaient, je continuais d'espérer un répit. C'était tout le contraire qui se produisait. De nouvelles preuves ne cessaient de s'ajouter aux précédentes. Preuves de quoi, au juste ? De la démence de Paul ? De sa double vie ?

Je ne parvenais pas à y croire. Mon mari avait délesté un courtier en billets d'un demi-million de dollars...

La révélation des secrets de Scott Thayer m'avait dévastée. Que dire de ce qui m'arrivait à présent ? Quelle mouche avait piqué les hommes ? Étaient-ils tous fous ?

Non. Pas tous. Seulement ceux qui avaient la malchance de croiser ma route. À moins que ce ne fût le contraire.

Je songeai à la Range Rover, au cabas de chez Tiffany, aux lunettes que Paul ne portait pas à Washington.

Je me tournai vers mon collègue, qui somnolait à demi derrière sa table de travail – il s'était offert un dry pour faire descendre son plat de résistance.

« M'accorderiez-vous une dernière faveur, Roger ? Rien qu'une. Ensuite, je disparais.

— Dites toujours.

— J'aurais besoin de la liste des propriétaires de Range Rover sorties en 2007. Immatriculées dans le district de Columbia. Avec un numéro commençant par 99.

— Encore un épisode d'*Enquêtes impossibles* ? C'est d'accord. Mais la police a beau être une grande famille, ne me demandez plus rien après ça. Mon lieutenant devrait se pointer d'une minute à l'autre. Il y a une librairie à quelques bâtiments d'ici. À votre place, j'irais m'y installer devant un bon bouquin. Je vous rejoins dans une heure environ. »

Trente minutes plus tard, il était là. Assise devant le présentoir des magazines, je feuilletais un numéro de *Vanity Fair*. Zampella me tapota l'épaule.

« Vous avez laissé tomber quelque chose, mademoiselle », fit-il en me tendant une enveloppe avec une œillade. Et déjà, il se dirigeait vers la sortie.

Je déchirai l'enveloppe pour en extraire le feuillet qu'elle contenait. La liste comportait vingt et un véhicules. Je fis glisser mon doigt le long de la colonne des propriétaires.

Pas de Stillwell. Je recommençai plus lentement. Rien.

Je frottai mes yeux las, écarquillés par les excès de caféine. Qu'est-ce que ça signifiait ?

Je m'installai au bar de la librairie. J'attrapai dans mon sac le registre de l'hôtel. Un à un, je comparai le nom des clients avec celui des propriétaires de Range Rover. Au bout d'un quart d'heure, je dénichai une concordance.

Veronica Boyd. 221 Riggs Place.

Veronica. Je bouillais de rage. Veronica. Une femme ! Je le savais ! Salaud.

Je me levai d'un bond pour me ruer hors de l'établissement. Il fallait que je loue une voiture. Histoire de me livrer, peut-être, à quelques heures de planque.

Je devais découvrir ce que Paul avait fait exactement, et qui au juste il avait berné.

103

C'était une pittoresque demeure de brique, dans une rue discrète et chic d'un quartier situé dans le nord de Dupont Circle. Les drapeaux arc-en-ciel flottant à la devanture des bars et des restaurants établis dans de vieux édifices pleins de majesté me rappelaient Greenwich Village. Ses zones envahies par les yuppies, du moins.

Bien à l'abri dans ma Ford Taurus de location garée au coin de la rue, je ne lâchais pas des yeux la porte noire du 221 Riggs Place.

Nulle Range Rover parmi les voitures de luxe alignées le long de la voie étroite et bordée d'arbres.

Récapitulons, me dis-je en contemplant les fenêtres de l'étage : mon mari menait manifestement une double vie des plus cossues.

Mais cette maison était-elle la sienne ? Je repoussais l'hypothèse de toutes mes forces. Jamais je n'avais souhaité aussi ardemment me tromper.

Il doit bien y avoir une autre explication, Paul. Une explication que je sois en mesure d'affronter.

Une heure plus tard, j'allais m'accorder une pause pipi lorsque la porte de la demeure s'ouvrit. Paul en personne descendit les quelques marches du seuil. À sa main, le cabas de chez Tiffany.

Il pressa un porte-clés. Les phares d'une Jaguar vert foncé décapotable s'allumèrent. L'engin émit deux bips.

C'était injuste, m'insurgeai-je en m'empêchant d'emboutir le flanc de son véhicule. Pourquoi, dans la dimension que je partageais avec lui, n'avions-nous pas droit nous aussi à la Jaguar ?

Je le pris en filature dans la circulation de l'après-midi. Nous tournâmes dans la 14e Rue. Les voies adjacentes se distinguaient les unes des autres par des lettres : S Street, R Street… Je suivis Paul dans Q Street, puis virai à droite dans la 13e Rue. Nous fîmes le tour d'un rond-point pour emprunter O Street. Il se gara sur le parking d'un bâtiment de briques aux murs dévorés par le lierre.

« École Chamblis », indiquait une plaque en cuivre. Cela ne me disait rien qui vaille. Le *happy end* que j'appelais de mes vœux s'éloignait à grands pas.

Je stoppai près d'une bouche d'incendie. J'étais en transe. Paul descendit de la Jaguar, portant toujours le cabas de chez Tiffany.

Veronica Boyd était enseignante. Je me la représentais d'ici. BCBG. Petite. Blonde. Et jeune, bien sûr. Très séduisante.

C'était donc ça ? me dis-je dans un mouvement de rage. Quand on en a marre de l'ancienne, on en prend une nouvelle ?

Trois minutes plus tard, Paul regagnait son auto.

Je n'en croyais pas mes yeux.

Jeune, elle l'était. Sans conteste.

La fillette de trois ou quatre ans était vêtue d'une robe chasuble en tissu écossais. Elle se jeta au cou de mon mari. Il ferma les yeux en l'étreignant, puis ouvrit le cabas. L'enfant en extirpa un ours en peluche blanc paré d'un collier en argent qu'elle embrassa.

Paul la souleva de terre pour l'installer précautionneusement dans sa voiture.

J'étais pétrifiée. La Jaguar ronronnait. Paul contourna les breaks, les 4×4 et les Hummers des parents venus récupérer leur progéniture. Quand il marqua une halte au coin de la rue, j'eus tout loisir d'examiner la petite.

Mes poumons cessèrent de fonctionner. Je n'inspirais plus. Je n'expirais plus.

Car j'avais reconnu ce nez droit, ce regard bleu, ces cheveux d'un blond-roux. Elle était aussi belle que Paul. Elle avait hérité de lui le moindre de ses traits.

Incapable d'admettre la situation, je souffrais comme une bête. Une douleur inimaginable à qui n'en a pas fait l'expérience. Une opération à cœur ouvert sans anesthésie.

C'était bien pire que tout ce à quoi j'avais pu me préparer. Paul m'avait trahie de la manière la plus cruelle qui soit.

Un bébé.

Paul avait eu un bébé.

Sans moi.

104

Je rejoignis le 221 Riggs Place juste à temps pour voir Paul ressortir de chez lui en compagnie de la petite et d'une bicyclette *Dora l'exploratrice* munie de stabilisateurs. Je hochai amèrement la tête lorsqu'il assit la fillette sur sa machine pour la pousser, tout sourires, le long du trottoir.

Ils allaient au jardin d'enfants, c'était couru. J'avais toujours su que Paul ferait un excellent père.

Dès qu'ils eurent disparu, je descendis de la Taurus et m'avançai jusqu'au seuil de la maison. Une dernière chose à régler, pensai-je en actionnant la sonnette. Un dernier détail.

Je devais finir de me réduire le cœur en miettes.

« Oui ? » s'étonna la femme qui m'ouvrit la porte.

Elle était blonde, en effet. Mais pas BCBG. Ni petite. Ses seins, en tout cas, ne l'étaient pas. Nous devions avoir à peu près le même âge. Cela ne me consola en rien. J'observai son maquillage trop appuyé, l'étroite jupe noire qui lui meurtrissait la taille. Elle avait récemment pris du poids. Une jolie femme luttant avec l'énergie du désespoir contre la quarantaine qui la guettait. Bienvenue au club.

Je fixai ses yeux marron foncé sous la frange blonde. Rebutante alliance d'ombre et de lumière. En humant son parfum, je sentis quelque chose de froid me cisailler le ventre. Pareil à une lame de rasoir.

« Veronica ? articulai-je enfin.

— Oui. » Elle avait un accent. Du Texas peut-être. Du sud des États-Unis.

Je lui montrai ma plaque.

« Je suis l'inspecteur Stillwell. Puis-je vous parler ?

— C'est à quel sujet ? » répliqua-t-elle d'une voix tendue sans bouger d'un millimètre. Impossible de déterminer si elle savait qui j'étais ou si elle n'appréciait pas la police.

Je lui présentai la liste de véhicules que Zampella m'avait remise.

« Possédez-vous une Range Rover noire de 2007 ? » Étais-je en train de m'adresser à la seconde épouse de Paul ?...

« C'est exact. Pourquoi ?

— J'enquête sur un délit de fuite. Puis-je entrer ? Je n'en ai pas pour longtemps.

— Pour quelle raison un inspecteur de la police de New York s'occuperait-il d'un délit de fuite survenu à Washington ? » Elle ne décollait pas du chambranle de la porte.

J'avais préparé la parade : « Pardon, j'aurais dû vous expliquer. Ma mère est arrivée ici il y a trois jours avec un groupe de paroissiens. La victime, c'est elle. Si ma démarche vous pose un problème, je peux toujours faire saisir votre voiture.

— Entrez. » Elle s'écarta pour me laisser passer. « Il doit s'agir d'une erreur. »

Le hall contenait un miroir au cadre blanc cassé et une adorable console. Design contemporain, sans goût particulier. Les pièces baignées de lumière paraissaient accueillantes.

Elle me conduisit dans la cuisine, où elle avait opté pour des appareils électroménagers au look rétro. Un mixer rose trônait sur le billot de boucher aux côtés d'un sac de farine. Elle mitonnait des petits plats pour Paul ? Comme c'était gentil de sa part.

« Ma fille Caroline fête ses quatre ans aujourd'hui, se justifia-t-elle en me dévisageant. Je dois absolument lui préparer un gâteau *Dora l'exploratrice*. Sinon, c'est la fin du monde. »

La fin du monde a déjà eu lieu, eus-je envie de rétorquer. Je détournai le regard.

« Je vous sers un café ?

— Volontiers. Merci. »

Elle ouvrit la porte d'un placard au-dessus de l'évier, la referma. Ma tête tournait, je luttais pour ne pas m'écrouler. Qu'est-ce que je faisais là, pour l'amour du ciel ? Qu'est-ce que j'escomptais de cette entrevue ?

J'aperçus dans l'entrée plusieurs photographies.

« Puis-je utiliser vos toilettes ? demandai-je.

— Au fond, à droite. »

Je crus que les murs du hall s'abattaient sur moi lorsque j'identifiai Paul sur l'un des clichés. Il posait sur une plage ensoleillée auprès de Veronica et de leur bébé, qui pouvait avoir un an. L'air était chargé d'embruns, le sable ressemblait à du sucre en poudre. L'image suivante figurait le couple, joue contre joue, riant à demi, les yeux rougis par les lumières de la ville qui scintillaient derrière eux.

En découvrant la troisième photographie, j'eus l'impression qu'on me fichait une lame en dents de scie pile entre les deux yeux. Veronica, presque nue, portait une chemise de nuit ouverte. Paul, le menton posé sur son épaule, cajolait à deux mains le ventre rond de la future maman.

Le temps d'atteindre le quatrième et dernier cliché, une explosion nucléaire s'était produite à l'intérieur de mon crâne. Salaud...

Je sentis soudain le souffle de Veronica sur ma nuque.

« Vous n'êtes pas venue pour me poser des questions à propos d'un accident de la route », décréta-t-elle.

Je contemplai quelques instants de plus leur photo de mariage, l'œil sec. La scène se déroulait sur la plage du premier cliché. Un pasteur était présent. On avait disposé des fleurs blanches dans la chevelure de Veronica. Paul portait une chemise de soie blanche, sans cravate. Il souriait. Ou plutôt, il rayonnait.

Elle eut la présence d'esprit de faire un bond de côté pour me laisser le champ libre. Je chancelai jusqu'à la porte d'entrée.

105

Tout ce que j'avais fait au cours du mois qui venait de s'écouler, je l'avais fait pour rien ! Mon mariage entier ne revêtait plus la moindre signification.

Cette pensée grésillait dans ma tête comme une ligne à haute tension tandis que je prenais à mon tour, mécaniquement, la direction que Paul avait suivie tout à l'heure avec l'enfant.

Mes mensonges. Le mal infligé à mes amis. Ma carrière que j'avais fait voler en éclats – mon chantage au District Attorney…

Je plaquai mes mains contre ma bouche.

Il ne me restait rien.

J'arrivai au coin de la rue. De l'autre côté d'une voie encombrée s'étendait un parc.

Un trio jouait de la musique, de vieux messieurs disputaient des parties d'échecs sous les arbres. On se promenait sur le sentier, on flânait autour d'une énorme fontaine toute blanche. Des taches de soleil mouchetaient l'ensemble du tableau ; on aurait cru une peinture de Renoir.

Je repérai Paul poussant sa fille sur une balançoire. Puis il aida Caroline à descendre et la mena au bac à sable. Ces deux-là s'adoraient.

Je me plaçai à l'autre bout de l'aire de jeux, à quelques mètres en arrière du banc sur lequel Paul s'était assis. L'enfant se rua vers lui.

« Papa ! Papa !

— Oui, ma chérie ?

— J'ai soif. »

Il pêcha un carton de jus de fruits dans le panier accroché à la bicyclette. Il creva l'opercule au moyen d'une paille – c'était comme s'il venait de la ficher dans mon ventre. Il s'agenouilla pour étreindre Caroline.

J'avais beau me tenir en retrait, je percevais d'ici la joie qui émanait de lui tandis qu'il la ramenait près des balançoires.

« Est-ce que ce siège est libre ? » fis-je quand il regagna son banc.

106

D'abord, Paul se figea.

Puis des spasmes agitèrent ses traits, provoqués par le choc, la peur, l'angoisse et le chagrin. Je crus qu'il allait foncer vers la sortie.

Au contraire, il se laissa tomber sur le banc, la tête entre les genoux.

« Par où veux-tu que je commence ? m'interrogea-t-il calmement en se frottant les tempes.

— Attends un peu que je réfléchisse… » Je tapotai ma lèvre inférieure du bout de mon index. « Le choix est si varié. Par la première fois que tu m'as trompée ? Ou alors par le jour où tu as dévalisé un courtier en billets au Sheraton ? Ou… Non, non, non, je sais : par le jour de ton mariage secret. Non, ça y est : parle-moi donc du bébé que tu as eu sans moi ! »

Des larmes brûlantes inondaient mes joues.

Il me regarda, puis se tourna vers sa fille. « C'était un accident.

— Et tu crois que ça change quelque chose pour moi ? » La rage me glaçait la figure.

Paul s'essuya les yeux et me fixa.

« Donne-moi une seconde, dit-il en se mettant debout. Ensuite je te raconte tout. J'y tiens.

— Quelle délicate attention. »

Il poussa la bicyclette vers plusieurs nounous assemblées. Il s'adressa à l'une d'entre elles avant de me rejoindre, les mains vides.

« Imelda travaille pour nos voisins. Elle ramènera Caroline. Allons faire un tour, si tu veux bien. Je savais que ça devait arriver un jour. »

Je secouai la tête. « Pas moi. »

107

« C'était il y a presque cinq ans, commença Paul en s'engageant avec moi sur le sentier qui ceinturait le parc. Je m'étais retrouvé coincé dans cette abominable réunion d'analystes financiers à Washington, tu te souviens ? J'en avais par-dessus la tête. Et puis, entre nous, les choses n'allaient pas très bien… Bref, j'étais au bar du Sheraton. Un endroit agréable, avec un pianiste. Je buvais pour tenter d'oublier cette foutue réunion. Et puis un type est entré. Il gueulait, il était saoul comme une bourrique. Il a exigé qu'on allume la télé pour suivre le match des Patriots.

— Tu es censé me révéler un secret de famille, Paul. Pas une histoire de bar d'hôtel dont je me fous éperdument.

— J'y viens. À chaque *first down*, le gars reprend un cognac. Au milieu du quatrième quart-temps, il s'enfile le septième ou le huitième et se met à dégobiller sur le comptoir. Il en met partout. Le barman le flanque à la porte. C'est alors que je relève la tête et que je croise le regard de Veronica. Elle était debout, les yeux exorbités, comme moi. Je lui ai dit : "Encore heureux qu'il ne soit pas resté pour fêter la troisième mi-temps." C'est comme ça qu'on s'est rencontrés.

— Très romantique, remarquai-je en ricanant. Et tellement drôle. Tu tenais vraiment la forme, ce soir-là. »

Paul me dévisagea.

« Soit on se dispute, soit je t'explique. Je ne peux pas faire les deux.

— Ou alors je te colle un bon coup de genou dans les testicules. Tu as oublié cette troisième possibilité.

— Est-ce que je peux continuer ?

— Je t'en prie. Je meurs d'envie de connaître la suite de cette histoire fascinante.

— Bon. Elle m'invite à prendre un verre. J'accepte sans la moindre arrière-pensée, je te le jure. Je ne cherchais rien du tout. Je suppose que tu ne me crois pas, mais c'est la vérité. On boit quelques verres de plus, on bavarde, on se raconte nos vies. Et puis un costaud se pointe au bar.

« Veronica ne le lâche pas des yeux. Elle m'explique ensuite qu'elle le connaît. Du temps où elle était pom-pom girl pour les Buccaneers de Tampa Bay.

— Elle s'intéressait au football américain ? intervins-je en inclinant la tête. C'est marrant. Avec les deux ballons de basket qu'elle trimballe sous son chemisier, j'aurais plutôt parié pour la NBA.

— Elle était sortie avec l'un des entraîneurs adjoints. Elle m'a dit que le gars qui venait d'entrer avait un jour acheté des billets pour le Super Bowl à son petit ami. C'était un revendeur. Un type louche qui comptait selon elle parmi les plus célèbres de son secteur d'activité. Elle m'a montré du doigt son attaché-case en affirmant qu'il devait être bourré de coupures de cent dollars. On a repris d'autres verres en imaginant ce qu'on aurait fait d'une somme pareille. Veronica a fini par se lever pour regagner sa chambre. »

Paul s'immobilisa pour scruter mon visage.

« Tu es sûre de vouloir entendre toute l'histoire ?

— C'est maintenant que tu penses à me préserver ? Bien sûr que je tiens à ce que tu me racontes tout. »

Il opina d'un air peiné.

« "Si ça te tente, m'a-t-elle murmuré à l'oreille, j'ai la chambre 206." Sur ce, elle s'est éclipsée. Je me suis rassis et j'ai continué à boire. Trois scotchs plus tard, je vois le costaud se mettre debout, sa mallette à la main. J'attends qu'il sorte. Et je me lève pour le suivre. Je me répète que c'est juste pour rigoler. Hors de question de dévaliser qui que ce soit. Cela dit, je le file jusqu'à sa chambre. Je ne sais pas ce qui m'a pris. J'étais bourré, écœuré, seul, et surexcité en même temps. Au bout de deux ou trois minutes, je frappe à sa porte et, dès qu'il l'ouvre, je lui colle mon poing dans la figure. »

Nous nous écartâmes pour laisser passer un coursier à vélo, qui fila entre nous.

« Le rapport de police indique pourtant que tu étais armé.

— Non, on s'est juste battus. Il a dû inventer cette histoire de flingue pour s'en tirer avec les honneurs. Parce qu'il était balèze. Un seul direct lui a suffi à m'exploser le nez. Mais j'avais bien trop peur pour le laisser prendre le dessus. J'ai continué de cogner jusqu'à ce qu'il tombe. J'ai attrapé l'attaché-case et j'ai pris mes jambes à mon cou.

— Jusqu'à la chambre 206 ?

— Jusqu'à la chambre 206. »

108

Je titubais le long du sentier comme l'unique survivante d'une attaque terroriste après l'explosion. Je tâchai de me rappeler où nous en étions de notre mariage, à l'époque. Paul avait raison, la situation n'était pas brillante. Nous venions d'apprendre que nous ne pourrions pas avoir d'enfant. Pendant un an, le sexe entre nous avait pris des allures d'expérience scientifique. Paul s'était humilié, jour après jour, en se soulageant dans des gobelets en plastique chez les dizaines de spécialistes que nous avions consultés. En vain.

Nous nous étions retournés l'un contre l'autre. Sans nous en rendre compte alors, mais cela m'apparaissait clairement aujourd'hui.

Je ne pouvais plus me retenir.

Je m'arrêtai brusquement et giflai Paul. Très fort. Aussi fort que je pus.

« Je continue ? proposa-t-il en se frottant la mâchoire.

— Quelle bonne idée.

— Quand je me suis réveillé le lendemain matin, je ne savais plus où je me trouvais ni ce qui s'était passé la veille au soir. Sur le bureau trônent deux piles égales de billets de cent dollars. Veronica est assise, en peignoir de bain. Elle nous sert du café. Un quart d'heure plus tard, je quitte sa chambre avec un sac de sport contenant 400 000 dollars. »

Je m'ébrouai. J'étais en train de rêver. Ça ne pouvait être que ça.

Non. On m'avait droguée. Je me frottai les yeux. Comment ça ? Paul réussissant le casse du siècle à l'occasion d'un voyage d'affaires ?

La logique me poussa à lui poser une question : « Qu'est-ce que tu as fait de cet argent ?

— Les îles Caïmans. L'un de mes amis du Trading Desk devait justement s'y rendre. Il s'est chargé de mes affaires. S'il y a au moins un point positif dans cette histoire, c'est celui-ci : au bout de presque cinq ans d'investissements à hauts risques, je me retrouve à la tête de 1,2 million de dollars. »

Je tentais de me représenter cette somme coquette. J'avais bien du mal.

« Trois mois après avoir volé l'argent, j'ai reçu un appel qui m'a glacé le sang. C'était Veronica. Elle m'annonçait qu'elle était enceinte. Sur le moment, ça m'a rendu dingue. Je lui ai dit que j'exigeais un test de paternité, que je voulais en parler à mon avocat. Elle m'a répondu de me calmer. Elle n'avait aucune intention, m'a-t-elle assuré, de faire bouillir un lapin vivant comme dans *Liaison fatale*. Simplement, elle avait jugé bon de m'informer que j'allais avoir une petite fille. À moi de décider ce que je comptais faire.

« J'ai réfléchi. Pendant très longtemps, je ne me suis pas manifesté. Mais j'ai fini par rendre visite à Caroline. Une chose en entraînant une autre, je fais maintenant la navette entre New York et Washington une fois par semaine pour venir jouer au papa.

— Tu fais ça depuis quatre ans ? Tes collègues sont au courant ?

— Non. Ce jour-là, je bosse par Internet.

— Et Veronica ? Tu ne vas pas me faire croire que tu ne la sautes plus ?

— C'est pourtant vrai. »

Une seconde plus tard, j'étais en train de l'étrangler. « Arrête de te foutre de moi ! hurlai-je. Tu l'as épousée ! J'ai vu les photos chez toi ! »

Paul ôta mes mains de son cou.

« Mais non, voyons ! » Il battit en retraite. « On a fait ça pour Caroline. On tenait à ce qu'elle me prenne pour un papa comme les autres. On a demandé à un photographe de réaliser quelques clichés. C'est tout. Elle croit que je suis pilote de ligne. »

Mes yeux baignaient dans l'acide. Je sentais sa morsure jusqu'au fond de leurs orbites.

« Et Veronica, qu'est-ce qu'elle croit ? »

Il haussa les épaules. « Elle sait qui je suis.

— Elle est au courant de mon existence ?

— Depuis le début.

— Espèce d'enfoiré ! » La colère me rendait folle. Je l'aurais volontiers mordu. « Et toi, est-ce que tu sais au moins qui tu es vraiment, Paul ? Parce que moi, je n'en ai pas la moindre idée. Et ton nouveau boulot, c'est aussi du vent ?

— Non. » Il s'assit sur un banc. « Tu te rappelles bien que, quand on a appris qu'on ne pourrait pas avoir d'enfant, notre mariage s'est mis à battre de l'aile. On souffrait tous les deux. Sur ce, tu as été promue à la Crim' du Bronx. Tu bossais sans arrêt. Attention, je ne te reproche rien. Mais je ne te voyais pour ainsi dire plus. J'étais persuadé qu'on ne réussirait jamais à sauver notre couple.

« Mais les choses ont radicalement changé. Tu es enceinte. C'est comme si quelqu'un avait un jour appuyé sur la touche "Pause". Au bout de quatre ans, ce même quelqu'un s'est souvenu de nous et a pressé le bouton "Play". J'adore Caroline, mais pour toi, je serais capable de renoncer à la voir. "Nous" a de nouveau un sens, un avenir se dessine pour toi et moi. Je suis prêt à tout pour que ça fonctionne. »

Il saisit ma main dans la sienne.

« C'est ce que j'ai toujours souhaité. Tu le sais. Dès l'instant où mes yeux se sont posés sur toi. On peut s'en sortir, Lauren. Cette histoire n'est qu'un abominable et stupide accident de parcours. Mais les mensonges, c'est fini.

— Ton discours est charmant, répliquai-je en dégageant ma main. Merveilleux. À ceci près que tu as omis un petit détail. »

Il me considéra d'un air perplexe. À mon tour de le blesser. Voyons un peu ce qu'il éprouverait une fois que j'aurais réduit son cœur en cendres avec ma bombe au napalm.

« Tu as oublié un élément du tableau, Paul. Un élément non négligeable : le flic que tu as tué sous mes yeux. J'étais là quand tu as assassiné Scott, pauvre abruti. »

109

Son visage s'affaissa. « Tu étais où ?

— Chez Scott, à Riversdale. Je suppose que tu avais lu nos mails, mais tu sais quoi ? Tu es arrivé trop tard. On venait de passer un moment ensemble. Eh oui. Juste avant que tu lui fracasses le crâne, on se trouvait dans le même lit. Alors ? Qu'est-ce que ça fait ? »

Mal, apparemment. Paul gardait la bouche plus largement ouverte que celle du masque du meurtrier de *Scream*. « Tu étais… Comment… balbutia-t-il.

— Surprise, surprise. »

J'attrapai son poignet, je le serrai de toutes mes forces.

« Comment crois-tu avoir pu échapper à la prison ? Grâce à ta bonne fée ? J'ai dissimulé la vérité. J'ai bousillé ma carrière, j'ai détruit tout ce qui faisait ma vie pour t'éviter de finir derrière les barreaux. Parce que je te plaignais sincèrement. Tu te rends compte ? »

Il approcha une main de mon visage. Je la repoussai.

Les autres promeneurs passaient prudemment au large.

« Comment as-tu osé tuer Scott alors que tu me trompais depuis des années ? grondai-je. Qui es-tu au juste ? Un voleur. Un assassin. Un bigame. Qu'est-ce que j'oublie ? »

Je le giflai à nouveau. Cela me fit un bien fou.

« Scott avait une femme et trois enfants ! »

Paul s'éloigna. Il se planta de l'autre côté du sentier. Sans doute pour éviter mes coups. La réaction qu'il manifesta au bout d'un moment me désarçonna : il éclata de rire.

« On peut savoir ce qui t'amuse ? » aboyai-je, le visage écarlate, en me rapprochant de lui.

Il se tourna vers moi.

« Pour une chute, c'est une chute, m'éclaira-t-il : je n'ai pas tué Scott parce que vous couchiez ensemble. Je n'étais même pas au courant. »

Il croisa les bras sur sa poitrine avec un sourire. Je ne comprenais pas un mot de ce qu'il racontait.

« Je l'ai tué parce qu'il me faisait chanter. »

110

J'avais à mon tour la tête entre les genoux.

« Il te faisait chanter ? »

Paul opina.

« Il y a un an, Veronica est venue à New York. L'une de ses amies mannequins lui procure quelquefois du travail. Un beau jour, à 11 heures du matin, elle s'est retrouvée au beau milieu d'une descente de police. Ils cherchaient de la drogue. Elle m'a appelé au bureau, complètement affolée, pour que je l'aide à se tirer d'affaire.

« Je m'attendais à trouver un troupeau de flics chez elle, à SoHo, mais quand je suis arrivé, il n'y en avait qu'un. Scott Thayer. C'était trop tard. Veronica avait tellement paniqué qu'elle lui avait parlé de notre pécule. Il m'a emmené dans la cuisine. Il m'a dit qu'il était un type raisonnable, qu'il nous ficherait la paix contre 10 000 dollars. »

Une douleur aiguë me transperça la nuque. Ma peau était devenue moite.

« Je lui ai remis le fric. Un mois se passe. Un après-midi, je retourne au bureau après le déjeuner : Thayer est là, une photo de toi à la main. Il m'annonce que vous bossez dans le même commissariat et que, si j'ai l'amabilité de lui confier 20 000 dollars de plus, non seulement il ne me livrera pas à ses collègues – quel type adorable – mais, en plus, il ne te révélera pas l'existence de Veronica. »

Paul me regarda. J'en fis autant. Je demeurai bouche bée.

« Je me suis exécuté. C'est à sa troisième visite que j'ai compris qu'il n'y aurait pas de fin. Cette fois, il lui fallait

50 000. Au lieu de les lui donner, j'ai décidé de prendre les choses en main à ma manière. »

Un air de flûte s'éleva non loin. Comme un chant funèbre qu'on aurait entonné lors de ma propre inhumation.

Dire que je m'étais imaginé que Paul s'était battu pour moi. Qu'il avait tué Scott au nom de notre amour. Alors qu'il n'avait été question que de chantage et d'argent.

« Tu dois te douter que Thayer ne se serait pas contenté de me faire chanter indéfiniment. Il voulait me ratisser jusqu'au dernier *cent.* C'est pour ça qu'il t'a draguée, pour avoir un moyen de pression supplémentaire sur moi.

— Tu l'as supprimé... lâchai-je avec amertume. Si je comprends bien, tu es un truand. Un voleur et un tueur de flics. Tu devrais sortir un album de rap. »

Paul baissa brièvement les yeux et haussa les épaules.

« Les événements s'enchaînent. Une chose en entraîne une autre... »

Une pointe de compassion me titilla. Après tout, j'avais été prise récemment dans un semblable tourbillon. Je me hâtai de mettre mes bons sentiments de côté.

« Écoute, Lauren. On n'a qu'à se dire qu'on vient de traverser la plus terrible crise de notre existence. Je ferai tout ce que tu veux. Je rendrai l'argent si tu le souhaites. On peut aussi s'en aller sur-le-champ. On roule jusqu'à l'aéroport Ronald Reagan : 1,2 million de dollars nets d'impôts, ça représente un sacré paquet. On n'a qu'à les dépenser. On élèvera notre enfant sur un voilier. Pour le moment, tu es en colère, mais tu m'as trahi aussi. Allez, viens, Lauren. Ensemble, on peut s'en sortir. »

111

Je restai assise, fixant mon escroc de mari. Quel incroyable menteur il faisait. Puis j'abaissai les paupières, mes épaules se voûtèrent. Le monde autour de moi ralentissait sa course, la musique qui résonnait dans l'air, le grondement de la circulation.

C'était officiel. J'avais donné à Paul tout ce que je possédais. Mon amour, mon travail, ma réputation. Je sortais de l'épreuve les mains vides.

Je ne bougeais toujours pas. J'étais à l'agonie. C'est alors que Caroline se matérialisa. La nounou à laquelle Paul s'était adressé se tenait un peu en arrière avec la bicyclette de l'enfant et un autre bambin.

« Papa ! Les photos ! Je veux montrer les photos à Imelda !

— Pas maintenant, ma chérie. Plus tard.

— Mais c'est mes petits frères », répliqua la fillette en tirant un cliché en noir et blanc de la veste de Paul avant qu'il ait eu le temps de l'en empêcher. Comme il essayait de la récupérer, l'image tomba par terre.

« Tu es un méchant papa, décréta Caroline, soudain boudeuse. Je veux montrer à Imelda la photo de mes frères jumeaux. »

J'avais terriblement mal aux yeux.

Paul fixait le petit carré posé sur le sol. Sa pomme d'Adam montait et descendait sans répit.

« Plus tard », rudoya-t-il l'enfant. Imelda le regarda avant de saisir promptement la main de la fillette pour l'entraîner loin de nous.

Je me penchai et ramassai le précieux cliché. Je hochai la tête. Une fois. Deux fois.

Une image échographique. Figurant deux fœtus. Les fameux jumeaux. Je me rappelai Veronica. Elle avait récemment pris du poids, en effet : elle était enceinte !

Je dévisageai Paul, fascinée. Il avait débité ses mensonges avec une aisance déconcertante. Il les avait enfilés les uns à la suite des autres comme des perles.

Je compris qu'il ne cesserait jamais. Il était complètement détraqué. Capable de raconter n'importe quoi. Comment pouvait-on mentir avec un tel aplomb ? Comment pouvait-on commettre les horreurs qu'il avait commises ? La brutalité avec laquelle il venait de rabrouer Caroline résonnait encore à mes oreilles. J'avais protégé un monstre.

« Je sais exactement ce qu'on va faire maintenant, déclarai-je en lâchant le cliché. On va faire ce que j'aurais dû faire dès le début de cette histoire. »

Je fis surgir mes menottes et les refermai prestement sur ses poignets. « Paul, tu es en état d'arrestation. »

112

Les nounous, les joueurs d'échecs et les joggeurs me regardèrent avec stupéfaction entraîner un Paul entravé à l'extérieur du parc. Le spectacle ne devait pas manquer de sel : il était deux fois plus robuste que moi.

« Tu es sûre que c'est la meilleure chose à faire ? gémit-il en se laissant mener jusqu'à la Taurus garée deux blocs plus loin. Un million de dollars, tu te rends compte ? Tu m'aimes encore, sinon tu n'aurais pas dissimulé de preuves pour me sauver. D'ailleurs, tu vas devoir payer aussi. On va t'accuser de complicité de meurtre. Notre bébé naîtra sous les verrous. Tu n'as pas réfléchi à tout ça.

— Dommage pour toi, mais je suis fatiguée de réfléchir. C'est justement parce que j'ai trop réfléchi que je me suis retrouvée dans ce pétrin. Je fais ce qui est juste. J'essaie, en tout cas. »

Je m'immobilisai auprès de la Jaguar. « Où sont les clés, Paul ? Tâchons de conclure cette affaire en beauté. D'autant que j'ai bien mérité de goûter un peu au luxe que t'autorise ton million de dollars. Et puis, qui sait si ça ne me fera pas changer d'avis ? Dans quelques minutes, je foncerai peut-être vers l'aéroport. »

Je lui donnai une bourrade dans le creux des reins. « Mais n'y compte pas trop. »

Je pêchai ses clés dans la poche de sa veste avant de le pousser sur le siège passager. Je fis le tour de la voiture. Je mettais le moteur en marche lorsque Paul ouvrit la boîte à gants.

Une seconde plus tard, un objet dur me malmenait l'aisselle.

« Ça suffit, Lauren. » Il pressa le canon d'un petit revolver contre mes côtes.

Pauvre idiote ! Il était armé, évidemment. Le courtier en billets n'avait pas menti. Paul, si.

« Je croyais que tu n'avais pas de flingue ?

— Tu n'as toujours rien pigé ? Je ne te raconte que ce que tu as envie d'entendre. Maintenant, débarrasse-moi de ces menottes. Et plus vite que ça !

— Que va-t-il se passer ensuite ? Tu vas m'abattre ? » Néanmoins, je m'exécutai. Je n'avais pas le choix. « Ce serait sans doute la meilleure solution. Tu m'as déjà fait tout le mal que tu pouvais me faire.

— Dis donc, c'est toi qui as entamé la partie en me passant les menottes.

— Parce que tu considères cette histoire comme un jeu ? J'ai un scoop pour toi : tu as tué un homme. Tu es un meur-tri-er. »

Le visage de Paul se rétracta sous l'effet de la colère. Son teint vira au rouge vif, la rage étincelait dans ses yeux.

« Un scoop ? répéta-t-il. Est-ce que tu sais ce que ça m'a fait de vivre avec une femme qui en avait plus que moi dans le pantalon ? Pendant que tu bottais le train des méchants, moi je cirais les pompes de mes supérieurs pour te payer de jolies choses. Mais ce n'était pas encore assez ! »

Il assena un violent coup de crosse sur le tableau de bord, puis pointa l'arme sur ma tempe.

« Tu veux savoir ce que j'ai éprouvé quand Veronica m'a fait cette proposition au Sheraton ? Pour la première fois depuis longtemps, je me suis senti un homme ! Enfin, une chance m'était offerte de claquer la porte de cette boîte merdique dans laquelle je gâchais ma vie pour des clopinettes. »

Il prit une profonde inspiration, souffla lentement. Le canon du revolver comprimait toujours ma tempe.

« Je l'ai fait, Lauren. J'ai pris ce dont j'avais envie, après quoi je suis allé chercher ma récompense. Je me souviens de tout. Dans les moindres détails. Si tu savais comme c'était bon. Veronica a léché le sang sur mes poings. Ensuite je l'ai baisée comme un étalon, et je l'ai mise en cloque.

— Tu es un psychopathe.

— Et j'ai tué ce connard de Scott. Il s'imaginait pouvoir se frotter à moi sans crainte. J'aurais voulu que tu voies sa tronche quand il s'est retourné. Il était cuit, et il le savait. J'ai donné à ton petit ami ce qu'il méritait. Quant à sa femme et ses gosses, compte sur moi pour les plaindre. »

Des sirènes mugirent au loin. Quelqu'un avait dû appeler la police depuis le parc en nous voyant à l'œuvre, Paul et moi. Dieu bénisse les téléphones portables !

« Tu entends ? fis-je. Des sirènes. Le son de la vérité te rattrape. Il est temps d'assumer les conséquences de tes actes.

— Tu te trompes, chérie, rétorqua-t-il en ouvrant la portière pour me jeter hors de l'habitacle. Il est plutôt temps de nous séparer sans consentement mutuel. »

Il démarra en trombe. Les pneus de la Jaguar fumèrent contre l'asphalte.

Figée entre les traces de gomme, je me sentais perdue. Quelqu'un pourrait-il m'expliquer ce qui vient de se passer ? Ces dernières heures baignaient dans une atmosphère de totale irréalité. Ces dernières heures, que dis-je ? Ces dernières minutes.

Sirènes hurlantes, deux voitures de police me dépassèrent, lancées pleins gaz aux trousses de Paul. Le déplacement d'air me rejeta les cheveux en arrière.

C'est donc ainsi que les choses vont se terminer ?

À quelques dizaines de mètres de là, je repérai ma Ford de location.

Pas si je m'en mêle. Je me mis à courir, les clés de contact déjà dans la main.

113

Debout sur l'accélérateur, je suçais la roue du véhicule qui poursuivait Paul. Je mourais d'envie de lui faire des appels de phares. Dégage ! La police de New York reprend la main ! Paul est à moi. C'est mon mari qui se fait la malle. Mon mari infidèle et menteur, mon mari assassin.

Nous donnâmes de la bande en virant vers un autre quartier chic. Avions-nous atteint Georgetown ? Des murs en brique couverts de lierre et des édifices inspirés de la Grèce antique avaient à peine le temps de se matérialiser à travers mon pare-brise. Où Paul comptait-il se rendre ? Croyait-il encore réussir à s'en tirer ?

Je compris en avisant le pont qui menait à l'aéroport. À moins d'un kilomètre, sa structure dominait des toits d'ardoise.

Je pris à gauche au carrefour suivant, grillai un feu rouge et virai sur la droite pour m'engager dans M Street. Je m'élançais vers le pont pour tenter d'y intercepter Paul.

Je klaxonnai, m'immobilisant après un dérapage au beau milieu de l'entrée du Francis Scott Key Bridge.

Je sautai hors de la voiture. Debout contre la portière ouverte, j'attendis.

« Vire de là, espèce de cinglée ! brailla un chauffeur de bus excédé en cornant sauvagement. Qu'est-ce que tu fous, bordel ! »

Comme si je le savais, manquai-je lui répondre. Mais je n'en avais ni l'énergie ni le temps.

Paul approchait, les voitures de police derrière lui. Lorsqu'il eut atteint l'embouteillage que je venais de provoquer, il fit grimper la Jaguar sur le trottoir. Sans l'ombre d'une hésitation. À sa calandre s'étaient accrochés un distributeur de journaux et la voiturette d'un vendeur de hot dogs, dont il se débarrassa en se ruant vers le carrefour.

Je bondis sur la gauche de la Taurus – j'occupais à présent l'unique espace disponible pour la Jaguar. Le chauffeur de bus hurla en voyant l'engin accélérer dans ma direction. Il ne restait que moi entre Paul et le pont.

Je demeurai clouée sur place.

Il allait s'arrêter.

Il ne me renverserait pas.

Il ne pouvait pas me tuer.

La voiture cependant continuait de foncer à ma rencontre.

À la dernière seconde, je plongeai sur la droite.

La Jaguar passa comme un missile. Roulant sur le dos, je vis Paul éviter soigneusement la Ford pour rejoindre le tablier du pont. Ce salaud allait bel et bien s'en sortir. Il m'aurait roulé dessus sans aucun scrupule.

Mais c'est alors que sa roue arrière droite vint heurter le bord du trottoir. La voiture s'envola dans les airs.

Un spectacle époustouflant.

La Jaguar s'écrasa dans un fracas épouvantable contre une butée du pont. On aurait cru entendre une bouteille en plastique géante broyée dans un compacteur.

Le verre explosa, ses mille éclats se dispersant comme des grains de poussière autour de nous. L'auto ressemblait à un accordéon. Elle effectua plusieurs tonneaux, déchira le rideau des arbres bordant le fleuve et plongea dans le cours boueux du Potomac.

114

Les eaux avaient englouti la Jaguar. Et Paul avec elle.

Je trébuchai dans ma course sur un Caddie à demi calciné. Je faillis m'écrouler sur la rive. Après un triple *lutz* maladroit, j'atterris sans ménagement à plat ventre dans le fleuve. Je piquai une tête, scrutant le liquide trouble en quête de la voiture ou de Paul.

Pourquoi diable faisais-je preuve d'un tel courage ? Ou d'une telle inconscience ? Parce que c'était la meilleure chose à faire, peut-être.

Je remontais chercher un peu d'air lorsque je distinguai un amas de métal tordu. Je nageai dans sa direction.

Non !

Il s'agissait bien de la Jaguar. Paul était pris au piège de sa ceinture de sécurité, entravé par l'*airbag* qui s'était déployé à l'instant du choc.

Il avait les yeux fermés, le visage balafré d'entailles sanglantes. Depuis combien de temps se trouvait-il sous l'eau ? À quel moment les lésions cérébrales devenaient-elles irréversibles ? J'ouvris la portière d'un coup sec.

Je me penchai vers Paul, m'escrimant pour détacher sa ceinture bloquée par l'*airbag*. Impossible.

Ses mains agrippèrent soudain mon cou.

Qu'est-ce qu'il fabriquait ?

Déjà, ma gorge me brûlait. Quelle sotte ! À croire que c'était moi qui souffrais de lésions cérébrales ! Dire que je tâchais de le sauver, quand il ne trouvait rien de mieux à faire que d'essayer de me tuer au fond du Potomac. Paul était complètement fou.

L'eau du fleuve embrasait mes cavités nasales. Je ne tarderais pas à manquer de forces et d'oxygène. Après quoi, inévitablement, je me noierais.

J'avais beau me débattre, Paul était trop lourd, trop musclé. Je devais m'y prendre autrement. Et vite !

Je pris appui contre le pare-brise. Mon coude atteignit Paul en pleine gorge. Je recommençai.

L'étau qui enserrait mon cou se relâcha tandis qu'une bulle d'air de la taille de Rhode Island s'échappait d'entre les lèvres de Paul. Je me dégageai de son emprise. J'étais sur le point de m'évanouir.

Comme je m'éloignais de lui, il saisit l'une de mes chevilles. Il était toujours prisonnier de sa voiture, ses yeux grands ouverts semblaient tout prêts à jaillir de leurs orbites. Il comptait m'entraîner dans la tombe avec lui.

Je lui assenai un coup de pied dans la figure. Je lui avais assurément cassé le nez ; le sang se répandait autour de son visage. Sa main s'ouvrit. Je remontai vers la lumière.

Je me retournai pour contempler mon mari. Il saignait abondamment et ses traits s'étaient figés dans ce qui semblait un cri. Puis il disparut à ma vue.

Crevant la surface des eaux, j'inspirai avec bonheur une énorme goulée d'air. Un courant puissant m'emportait. Je dérivai sous un pont. Là-haut, des gyrophares tournoyaient. Des dizaines de regards suivaient mon périple. Les pales d'un hélicoptère de la police chahutaient les arbres de la berge.

Un pompier me cria quelque chose et me lança un gilet de sauvetage. Je m'en emparai et m'y cramponnai comme à la vie même.

115

Les flics de Washington me traitèrent avec mille égards. Ayant consulté la liste des passagers du vol à bord duquel Paul et moi avions embarqué, ils en avaient conclu que nous étions en vacances et que mon mari avait craqué nerveusement.

Je me gardai de les contredire. Mieux : après avoir identifié le corps, je ne prononçai plus une parole.

Une heure plus tard, l'inspecteur Zampella lui-même se présenta sur la scène du drame. Il se chargea de rassasier les médias locaux. Puis il m'emmena loin de cet enfer.

J'avais besoin de souffler. Mais pas à Washington.

Je ne souhaitais pas prendre l'avion, aussi roulai-je jusqu'à Baltimore dans ma voiture de location. Là, la nécessité de prendre du repos me submergea.

Je me souvenais d'être un jour descendue dans un charmant hôtel Sheraton à deux pas du port. Je le retrouvai sur Charles Street.

Sheraton Inner Harbor Hotel. Jamais je ne m'étais sentie aussi heureuse de louer une chambre.

Depuis celle qu'on m'attribua, je contemplais l'estuaire – d'autres ouvraient sur Oriole Park, à Camden Yards. Personnellement, je ne me souciais guère de la vue ; j'étais recrue de fatigue.

Je passai le reste de la soirée immobile sur le lit douillet, presque comateuse, fixant le plafond. À mesure que je sortais de ma torpeur, la tristesse m'envahissait, mêlée de colère, d'angoisse, de honte et d'impuissance. Enfin, je m'endormis.

Lorsque je rouvris les yeux, il faisait encore sombre. Je considérai un instant les murs de cette chambre mystérieuse sans me rappeler d'abord où j'étais. Tout me revint en découvrant le port illuminé par ma fenêtre. Un gros bateau y mouillait, le *Chesapeake*. C'est ça, me dis-je. Baltimore. L'hôtel Sheraton.

D'autres images se succédèrent.

Paul. Veronica. La petite Caroline aux cheveux blonds.

La Jaguar au fond du Potomac.

Allongée dans le noir, je récapitulai les événements depuis le début. Je songeai à ce que j'avais fait. À mon état présent. Je fermai les yeux de toutes mes forces. Des sensations très vives, des souvenirs très nets surgissaient régulièrement dans mon esprit. Le parfum de Scott. Le goût de pluie de son baiser. L'eau de la fontaine sur mes tibias alors que je me tenais au-dessus de son corps meurtri. Paul dans sa Jaguar à l'instant de sa mort.

Le souffle me manqua tout à coup.

Je me remémorai la lumière d'un blanc argenté qui se déversait à travers les vitraux de l'église lors de mon mariage. Ma main gauche tressaillit – je percevais l'anneau d'or qu'on glissait à mon doigt.

Le désespoir me frappa comme une attaque. Il me semblait que dès le premier jour je l'avais porté en moi. J'avais porté en moi ce noir bouquet qui attendait de s'épanouir depuis le début de mon union avec Paul.

Je sanglotai deux heures durant.

Puis je m'emparai du téléphone pour commander un sandwich et une bière. J'allumai la télévision. Aux informations de 11 heures, on montra le pont où l'accident avait eu lieu, de même que la voiture qu'une grue hissait hors de l'eau.

Les larmes me montèrent de nouveau aux yeux, mais je les contins à grand renfort de soupirs. Ça suffisait pour le moment. Je secouai la tête devant l'écran. Le présentateur parlait de « tragédie ».

« Et encore, fis-je, tu ne connais rien de cette histoire. Tu n'as aucune idée de ce dont tu parles. Aucune. »

ÉPILOGUE

116

Les dernières minutes de mon jogging d'une heure se révélaient toujours les plus pénibles. Je gardais l'œil rivé sur la bande argentée de la mer venant lécher le sable. Je me concentrais sur la légère élasticité du sol humide sous la plante de mes pieds.

Au terme de ma course, je me laissai tomber sur la plage, les poumons brûlants, surprise et ravie de ce que je venais d'accomplir. Huit kilomètres – dans le sable.

Comme chaque matin, le soleil se montra à l'horizon. Pour la énième fois, je savourai ce moment miraculeux au cours duquel le rivage et l'eau se changeaient en or.

Je contemplai la courbe sableuse que je venais de parcourir. On aurait cru un croissant de lune couché sur le flanc. Le spectacle était éblouissant.

Je consultai ma montre. Tu vas être en retard, Lauren.

Je retrouvai ma mobylette sur le parking quasi désert. J'enfilai des tongs. Coiffai mon casque – sécurité avant tout. Je saluai d'un signe de tête deux pêcheurs que je croisais souvent, évitai une bande de surfeurs bronzés qui sifflaient les filles depuis leur décapotable jaune canari. Je m'engageai sur la route qui, le long de la plage, conduisait à la ville.

Curieux comme les choses évoluent, pensai-je en suivant l'étroit ruban d'asphalte.

Le colis FedEx était arrivé trois mois après le décès de Paul. Il contenait une lettre. Tapée sur un luxueux papier. L'en-tête mentionnait un avocat de la Trust Bank des îles Caïmans.

Paul avait mis à mon nom tout l'argent qu'il avait dérobé, avec les intérêts : 1 257 000,22 dollars.

N'empêche, je n'étais pas prête à lui pardonner.

Je fus d'abord tentée de remettre l'ensemble de la somme aux autorités ou d'en faire don à une œuvre de charité. Mais la date de mon accouchement approchait – quoi de mieux que le coup de pied d'un bébé à naître pour vous rappeler que vos décisions, désormais, le concernent aussi ? J'expédiai 250 000 dollars à la famille de Scott Thayer. Pour le reste, je fis du mieux possible.

Je tournai dans l'allée d'une maison tout en verre perchée sur une falaise dominant la mer. Pour être honnête, le toit fuyait et la structure métallique de l'édifice était piquée de rouille – les lieux tenaient davantage du mobile home que de la demeure opulente. Mais la vue était imprenable, et la tranquillité garantie.

Je courus sans ôter mon casque. Je devais m'assurer que l'homme de ma vie allait bien.

Mon bébé éclata de rire lorsque je m'agenouillai devant son siège suspendu – chic, je faisais toujours de l'effet aux jeunots.

Il s'appelait Thomas. Le prénom de mon père, cela va de soi.

Debout à l'entrée de la cuisine, une Espagnole gloussa.

« Qu'est-ce que vous fichez ici, mademoiselle Lauren ? s'étonna-t-elle. Vous n'allez tout de même pas rater votre première journée de travail ?

— J'ai eu envie d'embrasser Tommy avant d'y aller. »

Du doigt, elle me désigna la porte.

« *Basta*, décréta-t-elle. Vous serez là pour le déjeuner. *Vámonos.* »

117

Mon bureau ne se situait qu'à dix minutes de chez moi, au-dessus d'un bar très fréquenté, dans une rue envahie par les touristes.

Je grimpai l'escalier en détachant la jugulaire de mon casque. Je contemplai l'enseigne qui surmontait la porte en bois vieilli : « Enquêtes au paradis. » Parfait, me dis-je. Ça donne bien. Ça sonne bien.

Je redescendis dans le troquet, me frayant pour ce faire un chemin parmi une jungle de palmiers et de totems.

Le barman tourna une page du *New York Daily News* avant de lever le regard vers moi.

Mike Ortiz, mon ancien équipier, roula des yeux avant de me gratifier d'un large sourire – Mike ne souriait jamais autrement.

« Salut, Sherlock, me lança-t-il. Dis donc, tu n'es pas censée filer je ne sais quel affreux méchant ? Au fait, qu'est-ce que je t'ai dit à propos de ma tante Rosa ? Si tu passes ton temps à faire des sauts chez toi, elle va s'imaginer que tu n'as pas confiance en elle pour s'occuper de Thomas. »

Nous aurions pu aussi bien nous trouver ensemble dans notre antique voiture de patrouille. À ceci près que Mike portait une chemise hawaiienne aux tons si éclatants qu'elle semblait électrique. De toute évidence, il menait une retraite heureuse.

Avant de quitter la maison, il m'avait proposé de lui rendre visite. Je ne m'étais pas fait prier. Avec ça, Mike était l'homme le plus honnête que j'aie connu. Et l'un des plus séduisants, je commençais à m'en rendre compte.

« J'ai vu ta pancarte, là-haut, me dit-il. Super. Sauf que tu as oublié qu'ici, on parlait espagnol. Combien comptes-tu rameuter de clients avec une enseigne rédigée en français ?

— Le moins possible. À part ça, qu'est-ce qu'une fille doit faire dans ce bouge pour qu'on lui serve un café ?

— Attends que je réfléchisse pendant que je t'en apporte une tasse. »

Soudain, Mike ajouta sans raison particulière : « Tu t'en sors drôlement bien, Lauren. Vous vous en sortez bien, Thomas et toi. »

Je rougis jusqu'aux oreilles. Je ne suis pas encore habituée aux compliments.

DU MÊME AUTEUR

CHEZ LE MÊME ÉDITEUR

LUNE DE MIEL

**Si vous êtes jeune, riche et beau...
vous êtes mort !**

« Nora se mit à dresser deux listes avec méthode et concision, comparant les avantages des deux hommes. Agréables, amusants, ils s'étaient révélés des amants merveilleux. En outre, ils n'avaient rien à envier aux stars de cinéma en matière de séduction. Ce qui rendait sa décision infiniment délicate. Lequel des deux allait-elle supprimer ? »

J.P.

Les maris de Nora, aussi fortunés que séduisants, rencontrent tous une fin précoce, au profit de leur veuve... éplorée !

John O'Hara, inspecteur du FBI se faisant passer pour un agent d'assurances, parviendra-t-il à confondre la mante religieuse sans succomber à son charme vénéneux ?

Élu thriller de l'année 2005 par un jury international d'éditeurs, *Lune de miel* a été numéro 1 des ventes aux États-Unis et en Grande-Bretagne.

« Un thriller digne d'un Hitchcock ! »
Pittsburgh Tribune

ISBN 2-84187-767-1 / H 50-7569-2 / 330 pages / 19,95 €

PROMESSE DE SANG

La vengeance ?

Nick Pellisante, responsable de la section C10 du FBI de New York, a réussi l'impossible : mettre la main sur Dominic Cavello, le *capo di tutti i capi*, le chef de toutes les mafias.

Un plat qui ne peut se manger...

Mais, même derrière les barreaux, celui-ci parvient à faire exploser le bus qui mène les membres du jury à la salle du tribunal. Un répit dont Cavello profite pour se faire la belle...

... que saignant !

Débute alors une chasse à l'homme pour laquelle Pellisante reçoit l'aide d'Annie DeGrasse, jurée rescapée de l'attentat qui n'a plus qu'une idée en tête : se venger...

« Patterson est tout simplement le meilleur.
Nous, ses fans, n'avons qu'un mot à la bouche : encore ! »
Larry King, *USA Today*

ISBN 978-2-8098-0004-3 / H 50-5182-6 / 374 pages / 22 €

CRISE D'OTAGES

Que personne ne bouge !

Alors que toutes les personnalités du pays – stars de la politique, des médias, du sport et du show-biz – sont réunies à la cathédrale St Patrick, sur la 5e Avenue, pour rendre un dernier hommage à l'ex-First Lady, les portes se referment. Brutalement.

Prise d'otages !

Pour Michael Bennett, flic atypique chargé de mener la négociation avec les preneurs d'otages, la tâche s'annonce ardue. D'autant que les ravisseurs menacent de tuer si on ne leur verse pas une rançon de 80 millions de dollars. Un montant astronomique !

Le monde a les yeux braqués sur New York...

La tension monte d'un cran lorsque le maire de la ville vient s'écraser sur le parvis de la cathédrale...

« Une écriture très visuelle. Le lecteur a vraiment l'impression qu'un film se déroule sous ses yeux. »
Michael Connelly

ISBN 978-2-8098-0055-5 / H 50-5590-0 / 308 pages / 20,95 €

Cet ouvrage a été composé
par Atlant'Communication
aux Sables-d'Olonne (Vendée)

Impression réalisée par

CPI
Brodard & Taupin

La Flèche (Sarthe)
en décembre 2008
pour le compte des Éditions de l'Archipel
département éditorial
de la S.A.S. Écriture-Communication.

Imprimé en France
N° d'édition : 2117 – N° d'impression : 50479
Dépôt légal : janvier 2009